Über das Buch

Was war das für ein unglaubliches Ereignis, was ich erlebt habe. Hätte ich mich doch nur nicht auf das Abenteuer eingelassen. Aber dann war es zu spät und ich wurde gezwungen, nach deren Regeln zu spielen.

Als Clemens Giesecke ermordet wird, forscht seine Nichte Franziska auf eigene Faust nach dem Mörder. Als engagierte Journalistin scheint sie dafür bessere Möglichkeiten, als die Polizei zu haben. Ihr verwitweter Onkel war Rechtsanwalt und mittlerweile Rentner. Wer tut so jemanden etwas an? Sein Umzug aus dem eigenen Haus in eine neue Loft-Wohnung stand unmittelbar bevor. Franziska stößt bei ihrer Recherche bald auf eine Spur, wobei es um organisierten Betrug mit Wohnungen geht. Es lockt das Paradies, das *#nextParadise*.

Gleichzeitig muss ich bei meiner Firma FIVE-Star Fehler in der KI-Software für ein Immobilien Call Center bearbeiten. Fast zufällig finde ich über die zugrundeliegende Stimmenanalyse heraus, dass ich einem ehemaligen Bankräuber schon einmal begegnet bin. Interessiert und von der Technikmöglichkeit begeistert, gehe ich nur aus Spaß der Spur nach. Bis auch ich auf *#nextParadise* stoße. Dabei lerne ich Franziska kennen. Aus einem Gefallen wird bitterer Ernst.

Das Paradies saugt mich auf und mein Leben steht kurz vor dem Abgrund.

Die Methode
#next*P*aradise

Angst in deiner Stimme verrät Dich!

Kriminalroman

Matthias Hallmann
Mai 2025

Bibliografische Information der Deutschen Bibliothek
Die Deutsche Bibliothek verzeichnet diese Publikation in der Deutschen Nationalbibliografie; detaillierte bibliografische Daten sind im Internet über die Adresse http://dnb.ddb.de abrufbar.

Verlag: BoD · Books on Demand GmbH, Überseering 33, 22297 Hamburg, bod@bod.de
Druck: Libri Plureos GmbH, Friedensallee 273, 22763 Hamburg
Mai 2025
ISBN: 978-3-7583-0537-5
Cover: KI generiert, FLUXX / Hallmann, Rödermark
Kontakt: das_projekt@gmx.net
Layout: Hallmann, Rödermark
www.hallmann-autor.de

My home is my castle.

Für meinen Vater.
Danke, für Alles.

Dieses Buch ist ein Werk der Phantasie. Es liegt nicht in der Absicht des Autors, wahre Begebenheiten oder die wirklichen Verhaltensweisen bestimmter Personen oder Personengruppen zu beschreiben.

Mai 2025

Inhaltsverzeichnis

Prolog

Endlich komme ich dazu, diese unfassbare Geschichte zu Papier zu bringen. Lag es an mangelnder Zeit oder fehlte mir schlicht der Mut? Ich weiß es nicht mehr. Wahrscheinlich beides, da ich selbst Betroffener war und sozusagen mit auf der Bühne stand, sogar in der Hauptrolle. Zum Schluss, als der Vorhang fiel, gab es allerdings keine *standing ovations*, nicht einmal einen zaghaften Applaus. Der Unterhaltungswert der Beteiligten schien begrenzt zu sein. Ich war ein mieser Schauspieler mit mickriger Gage. Diese Einsicht habe ich teuer bezahlt.

Es hat einfach diese zwei Jahre gedauert, dass ich mich nach der tödlichen Bedrohung wieder gefangen habe und die aufgewühlten Gedanken sortiert bekam. Oder haben Sie schon einmal in eine Pistolenmündung geschaut? Nein? Wenn Sie wissen wollen, ob sie geladen ist, dann schauen Sie in die Augen ihres Mörders. Sie offenbaren seine Seele. Für mich ging es nicht nur um mein nacktes Leben, das ich gottseidank retten konnte, sondern auch um meine Existenz, als ich alles auf eine Karte setzte.

Es war nur eine oberflächliche diffuse Angst, die mich davon abgehalten hat, mich mit der Vergangenheit auseinanderzusetzen. Aber diese verbrecherische Organisation gibt es vermutlich immer noch. Sie ist wie ein wucherndes

Krebsgeschwür. Daher schreibe ich unter einem Pseudonym und habe mein Trauma in diesem Roman verarbeitet. Nach solch einem wahnsinnigen Erlebnis braucht man einfach einige Zeit Abstand und muss sich neu sortieren. Schlechte Gedanken müssen eingefangen, bewertet und in ein anderes Bewusstsein transformiert werden. Das riet mir damals ein Therapeut. Seitdem habe ich aber keinerlei psychologische Unterstützung mehr in Anspruch genommen.

Ehrlich.

Vermutlich war ich zu geizig oder auch nur der Meinung, dass ein Mann diese Erfahrung mit sich selber ausmachen muss. Aber mir wird heute noch ganz schummrig, wenn ich an das Erlebte zurückdenke.

Entschuldigung lieber Leser, ich habe mich noch nicht vorgestellt. Mein Name ist Zven Bergmann, Ende 30 und ich wohne südlich von Frankfurt, an den Ausläufern des Odenwaldes. Ich bin „glücklich" geschieden, habe zwei pubertierende Kinder, die ich alle zwei Wochen sehen darf und bin nur bedingt sportlich. Damit entspreche ich überhaupt nicht der 666-Dating-Regel: sechs Fuss groß (=183cm), mit einem sechs-stelligen Gehalt und einem bewundernswerten Six-Pack. Sie kennen die Regel bestimmt und fallen nicht mehr darauf herein. Ich kenne keine offensichtlichen Laster von mir, falls Bier trinken, Unordnung und schnelles Autofahren nicht dazugezählt werden.

Das Scheitern meiner Ehe hatte Gründe, die hier nicht hingehören und mit „glücklich" meine ich, dass ich mit meiner Ex noch reden kann. Zwar nur eingeschränkt und längst nicht über alles, aber es geht. Wir arrangieren uns. Und ja, ich gebe offen zu, dass ich Probleme habe, eine neue Beziehung zu finden. Immer bin ich nur der *Best Buddy*, aber nicht der Partner. Diese Situation lässt mir einerseits große Freiheiten, die ich andererseits auch nicht ausnutze. Dafür läuft es beruflich erstaunlich gut. Ich arbeite als *Chief Technical Architect* im Management einer aufstrebenden Firma, die FIVE-Star heißt und wir beschäftigen uns mit der künstlichen Intelligenz. Die neuronalen Netze sind der Struktur unseres Gehirns nachempfunden und können in diversen Anwendungsgebieten eingesetzt werden. KI kennen Sie sicherlich aus den Medien und es wird heute viel darüber berichtet. Glauben Sie aber bitte nicht Alles. Manche Journalisten haben keine Ahnung und schreiben trotzdem darüber. Oder auch nur ab.

Unsere Firma war als Start-Up sehr erfolgreich und ich bin auf dieser Erfolgswelle mit nach oben geschwommen. Das hat viel Einsatz und Zeit gekostet, die mir für die Familie fehlte. Meine Firma und die KI spielen in den vorliegenden Ereignissen eine maßgebliche Rolle. Daher habe ich es hier schon erwähnt. Es geht fachlich gesprochen, um die phonetische Forensik, einer Methode zur Stimmenanalyse. Dazu später mehr.

Wie gesagt, mein dramatisches Erlebnis liegt circa zwei Jahre zurück. In dieser Zeit habe ich natürlich auch meine eigenen Recherchen angestellt, wie alles zusammenhing. Es erschien zunächst auf dem ersten Blick einfach, stellte sich aber zunehmend als etwas komplizierter heraus und da ich nicht alles haarklein selber ermitteln konnte, die Polizei mir auch nicht alle Fragen beantworten wollte (oder durfte), habe ich die vorliegenden Puzzleteile selber zusammengefügt. Einige Stellen habe ich mit Hilfe meiner Kreativität verschmolzen, aber im Grunde stimmt alles. Darauf können Sie sich verlassen.

Im Nachhinein ist mir vieles klarer geworden. Ich war damals so naiv, als alles für mich mit einem Spaß, einem Spiel begann. Ich wollte nur herausfinden, was unsere Software alles leisten kann. Ohne Hintergedanken, aber mit Stolz und im Rausch des technisch Möglichen. Und, ohne dass ich es ahnte, landete ich bei einem weltweit grassierenden organisierten Betrug. Betrug ist seit je her an sich nichts Besonderes. Den gibt und gab es in jeder Gesellschaft, und insbesondere dann, wenn ein Gut knapp und der Bedarf oder der Wunsch danach groß ist. So tickt auch der stark umworbene Markt für bezahlbare Wohnungen in einer Großstadt.

Folgen Sie mir nun und bewerten Sie von mir aus meine Taten. Sie können meinen Ermittlermut feiern oder auch meine emotionale Naivität höhnisch kritisieren. Aber bitte erst am Ende des katastrophalen Schauspiels. Natürlich habe ich Fehler gemacht, aber was hätten Sie an meiner Stelle getan?

Das ganze Unheil begann beim Kartenspielen von vier Stammtischbrüdern, denen Clemens angehörte. Es war im Oktober und schon nasskalt. Ich kannte ihn zu diesem Zeitpunkt nicht und habe ihn auch später nie mehr kennengelernt. Allerdings habe ich viel über sein Leben erfahren.

Die Zeit lässt sich nicht zurückdrehen.

1. Bubensolo

Frankfurt

Die Karten in seiner rechten Hand zitterten leicht, was man beim genauen Hinsehen sofort bemerkt hätte. Er verzog den Mund und seine Zunge suchte intensiv nach Speichel. Das Blatt war ausgezeichnet und Clemens konnte sein Glück kaum fassen: ein perfektes Blatt für einen Buben-Solo! Den ganzen Abend saß er still und nahm es nachsichtig hin, dass er bisher fast immer verloren hatte. Nicht viel, aber die Anzahl seiner Geldmünzen war schon arg geschrumpft. Und nun? Sein Herzschlag beschleunigte sich, da sich so eine Gelegenheit nur selten bot und wenn, dann verließ ihn zu oft der Mut. Er war kein Spielertyp. Dazu kam er noch mit der ersten Karte selber heraus und könnte im besten Fall mit seinem Kreuzbauer die anderen drei fremden Bauern im ersten Stich einfangen. Ein himmlischer Gedanke. Er rutschte nervös auf der Holzbank nach vorne. Während seine freie Hand über sein Kinn strich, räusperte er sich und sagte, ohne in die anderen drei Augenpaare zu schauen:

„Vorbehalt." Und nach einer kurzen Bedenkpause: „Bauern-Solo."

Die Überwindung befreite ihn. Die schweren Worte waren nun heraus.

„Mensch Clemens, da haben wir dich aber wieder gut bestückt", hörte er als Kommentar von links.

Als Zeichen der Konzentration schob Clemens den Metallständer mit dem Schild *Stammtisch* zur Seite, als ob er nun ein heißes Gemetzel erwartete, bei dem der Ständer vom Tisch gefegt werden könnte. Ein Mitspieler sortierte seine zehn Karten neu und schaute ängstlich durch seine starke Brille herab, was da nun kommen würde. Clemens wartete fokussiert. Konzentration.

„Karte oder ein Stück Holz", maulte Günter mit seiner immer wiederkehrenden Parole, die mittlerweile keinem mehr ein Schmunzeln entzauberte. Clemens legte bedächtig den Kreuzbauer auf den Tisch. Zu schnell und resigniert, warfen seine drei Mitspieler die drei verbliebenen Bauern dazu.

Es lief gut. Sein Matchplan ging bestens auf.

„Sehr gut. - Re," sagte Clemens und spielte mit dem Pikass mutig weiter. *Jetzt die Pikflöte.*

Clemens war ehemaliger Rechtsanwalt und spielte mit seinen drei ehemaligen Kollegen alle zwei Wochen im *Wirtshaus zum Goldenen Engel* Doppelkopf, ein Kartenspiel, welches sie nach verschärften Regeln spielten, sodass jeder konzentriert den Kartenfluss beobachten musste. Meist kam Clemens in seiner abgewetzten Lederweste, die er offen über seinem Bauchansatz trug. Der Kragen des Karohemdes war schon etwas abgetragen. Der verbliebene Haarkranz bestand aus lauter grau braunen Löckchen. Die knubbelige Nase verlieh ihm immer ein fröhliches Gesicht. Mit dem ergrauten Fünf-Tage-Bart wollte er seiner eher kleinen Statur ein etwas revolutionäres rebellisches Aussehen verleihen, was allerdings von einem Zahnpastaflecken auf seinem Hemd wieder neutralisiert wurde. Man sah seiner ehemals sportlichen Statur an, dass er heute niemandem mehr Rechenschaft ablegen musste. Er lebte mittlerweile alleine und das war gut so.

Um das Spiel etwas spannender zu gestalten, spielten sie immer um zehn Cent pro Punkt und in den Bockrunden verdoppelte sich der Einsatz. So konnte man an einem Abend zehn Euro gewinnen oder verlieren. Manchmal, aber eher selten, womöglich auch mehr.

„Keine Neun." Er nippte am Bierglas, ohne hinzusehen.

Es ging wahrlich nicht um seine Existenz, sondern um die Ehre, die Spielsituation richtig eingeschätzt und die korrekten Spielzüge vorbereitet zu haben.

Clemens verscheuchte aufkommende Gedanken über sein morgiges Vorhaben. „Jetzt konzentriere dich", sagte er zu sich selber. Er verlor an den Spielabenden meist etwas Geld, da seine Spielweise von zu viel Vorsicht geprägt war. Günter war da anders gestrickt. Er schätzte die Risiken besser ab und reizte, wenn es das Blatt hergab, alles heraus. So war er früher auch schon gewesen, als Clemens und Günter noch in der gemeinsamen Rechtsanwaltkanzlei arbeiteten. Sie kannten sich seit dem Jurastudium und zwei weitere Ehemalige, ein Rechtsanwalt und ein Richter, vervollständigten die Stammtischrunde. Zwischen den Spielen wurde über alte Fälle gesprochen oder auch über eigenartige Gerichtsverfahren und über eigentümliche Rechtsurteile gefachsimpelt, wenn die Weltpolitik nicht genug Themen hergab, was aber seit dem neu gewählten amerikanischen Präsidenten nicht mehr vorkam.

„Und dieser noch," sagt Clemens erfreut und schmiss selbstbewusst die letzte Karte auf den Tisch. Der Stress ließ nach. Dann sammelte er den letzten Stich ein, klopfte die unsortierten Karten zu einem Stapel in Form und begann, lustvoll laut die Punkte zu zählen.

„Lass es gut sein. Wir haben keine Sechs," sagte Günter resigniert, nachdem er die acht vor ihm liegenden Karten kurz auf ihren Wert hin abgeschätzt hatte. „Nur zwei Stiche."

„Sechs, Neun, Neun, Zwölf, Re verdoppelt und Solo im Bock, das macht genau ein Euro achtzig - von jedem." Clemens grinste selbstzufrieden und strich das hingeworfene Geld ein, nachdem er einen großen letzten Schluck aus dem Bierglas nahm.

„Ich mache jetzt Schluss", und leckte sich den Schaum von den Lippen. Er schaute auf sein linkes Armgelenk, wo er seine Armbanduhr vermutete. „Wie spät ist es denn? Ich habe meine Uhr noch im Auto, die hatte ich vorher noch vom Uhrmacher geholt."

„Halb elf. Da geht noch was, Clemens. Nicht noch eine Revanche? Komm schon."

„Nein, ich muss noch nach Hause fahren. Man soll aufhören, wenn es am schönsten ist."

„Du bist doch sonst nicht so von der frühen Sorte. Komm, ich gebe noch eine Runde aus."

„Danke, aber ich muss noch etwas für morgen vorbereiten", antwortete er geheimnisvoll.

Clemens winkte dem Kellner und holte sein altes Portemonnaie aus der zerknitterten Jacke, die über dem Stuhl hing und sammelte den vor ihm liegenden Gewinn ein. Es waren heute stolze acht Euro fünfundzwanzig.

„In zwei Wochen wieder?"

Alle nickten. „Macht's gut. Und grüßt eure Liebsten von mir." Clemens stand etwas ungelenk auf, setzte sich seine französische Baskenmütze auf die spärlichen verbliebenen Locken und verließ, leicht humpelnd, die Kneipe Richtung Auto. Der Schmerz erinnerte ihn daran, dass er sich irgendwann in naher Zukunft an der linken Hüfte operieren lassen sollte. Sei's drum.

*****

„Und sie spielen alle zwei Wochen?"

„Ja, Frau Kommissarin, immer dienstags. Wir essen zusammen und reden über die Weltpolitik, dann holen wir die Karten heraus und spielen, meist bis elf Uhr. Dann schließt auch die Wirtschaft. Wir haben alle zusammen Jura studiert und sind nun alle im Ruhestand."

„Und, war am letzten Dienstag irgendetwas anders? Ist ihnen etwas aufgefallen?"

„Warum fragen sie? Ist was passiert?"

„Später, beantworten sie einfach nur meine Fragen."

„Nein, eigentlich ist mir nichts aufgefallen. Clemens kam etwas später, was für ihn ungewöhnlich ist. Sonst ist er immer sehr pünktlich und regt sich über andere auf, wenn sie sich verspäten. Er sah etwas abgehetzt aus. Aber erzählen wollte er nichts. Beim Doppelkopf hat er diesmal sogar gewonnen. Dann ist er früher gegangen als wir anderen."

„Hat er einen Grund genannt?"

„Nein, nichts Genaues. Er wollte nach Hause. Aber jetzt wo sie fragen, möchte ich behaupten, dass er unruhiger und in sich gekehrter war als sonst. Eigentlich ist Clemens ein kleiner Geschichtenerzähler, die sehr amüsant sein können."

„Hat er denn etwas erzählt?"

„Nein. Warten sie, nur, dass er seine Uhr vom Uhrmacher abgeholt hatte. Sie musste gereinigt werden. Er war sonst an dem Abend sehr still."

„Also doch auffällig? Hat ihn etwas bedrückt?"

„Das kann sein. Manchmal war er auch mit seinen Gedanken nicht beim Spiel. Irgendwie unkonzentriert."

„Sie haben die ganze Zeit Karten gespielt?"

„Ja, bis auf die Pinkelpausen, die können bei uns schon mal etwas länger dauern."

„War Herr Giesecke auch auf der Toilette?"

„Na klar. Zweimal sogar. Wir dachten schon, dass er eingeschlafen ist."

„Hat er vielleicht mit jemandem telefoniert oder getroffen?"

„Nein. Mit wem denn? Wir waren ja alle hier. Aber er ist fast überstürzt aufgebrochen. Solo gespielt, Geld einkassiert und weg."

„Und sie drei sind noch sitzengeblieben?"

„Ja, wie immer bis elf Uhr. Wir haben noch ein Bier getrunken. Alkoholfrei natürlich."

„Und sind dann alle nach Hause gefahren?"

„Ich ja, die anderen beiden vermutlich auch. So wie immer."

„Haben sie sonst Kontakt zueinander?"

„Sporadisch, aber eigentlich treffen wir uns nur alle zwei Wochen. Wenn jemand Hilfe braucht, dann natürlich auch früher. Da fällt mir ein, dass Clemens sein Haus verkaufen und in eine kleinere Wohnung umziehen will. Das hatte er schon seit zwei Jahren vor."

„Und, hat er?"

„Verkauft meinen sie? Keine Ahnung. Er hat in letzter Zeit nicht mehr darüber gesprochen. Vermutlich will er auch den Verkaufspreis nicht verraten, um sich keine neckischen Kommentare von uns anhören zu müssen."

„Und hat er schon eine Wohnung gefunden?"

„Ja und nein. Da gab es wohl Probleme. So riesig ist das Angebot nicht und Clemens hat spezielle Anforderungen an die Ausstattung und Lage. Jedenfalls vermute ich das, weil er mich um Rat fragte. Ich hatte mich als Anwalt auf Bau-, Wohn- und Mietrecht spezialisiert. Es gibt so viele nasse Keller und Schimmel in den Wohnungen. Da gab es schon früher zu meiner aktiven Zeit immer genug zu tun. Jeder Streit bringt uns Geld."

„Noch eine letzte Frage und verstehen sie mich bitte nicht falsch: können sie sich vorstellen, dass Herr Giesecke ein Doppelleben führt?"

„Ich verstehe die Frage nicht. Was meinen sie damit?"

„Na ja, könnte er homosexuell sein?"

„Also hören sie mal. Natürlich nicht. Er war verheiratet."

*****

Clemens stapfte über den kleinen dunklen Schotterparkplatz, der ihm so vertraut war. Der abendliche frische Herbstduft war kühl und roch angenehm nach Moos und fallenden Blättern. Er atmete tief durch und genoss kurz die Stille. Der *Goldene Engel* war ein Traditionshaus mit deutscher Küche und einer kleinen Privatbrauerei. Besonders das dunkle Kellerbier schmeckte dort sehr süffig, jedenfalls viel besser, als der angebotene saure Apfelwein.

Mit der rechten Hand zielte er mit der Fernbedienung auf das Auto, was es mit einem Blinken quittierte. Er stieg in seinen schon in die Jahre gekommenen Mercedes B-Klasse und ließ noch das letzte Spiel Revue passieren. „Endlich einfach mal Glück gehabt und das Spiel durchgezogen", dachte er schmunzelnd. „Heute habe ich sie mal abgezockt. Keine Sechs wären noch drin gewesen. Aber gut." Beim folgenden Gedanken wurde ihm allerdings etwas unwohl, da sich in den nächsten Tagen entscheiden sollte, ob er nicht auch mal wieder auf der Verliererseite stehen könnte.

Und da stand ein sehr viel größerer Betrag auf dem Spiel.

Jedenfalls für einen Rentner, wie ihn.

Das lass ich nicht mit mir machen. Wofür bin ich Jurist?

Es ärgerte ihn, dass er immer wieder in diesen negativen Gedanken verfiel. Und es ärgerte ihn, dass er sich darüber ärgerte.

Clemens legte bedächtig den Rückwärtsgang ein und startete die 15 Kilometer Heimreise. Bald ließ er die letzten Häuser des Frankfurter Südens und deren beleuchtete Bürgersteige hinter sich. Im Radio lief leise klassische Musik und Clemens Gedanken hatten sich schon vom Stammtisch verabschiedet, als er über seine Zukunft nachdachte. Eigentlich wollte er bald ein neues, ein anderes Leben anfangen. Sich selber einen Schubs geben. Doch es gab Probleme.

Die langgestreckte Ausfallstraße führte durch den Frankfurter Stadtwald und hier war es heute noch dunkler als sonst. Erste Oktobernebelschwaden zogen auf. Clemens fuhr vorschriftsmäßige 70 Stundenkilometer, wie immer. Auf eine Gefahr durch möglichen Wildwechsel, wurde auf einem Schild hingewiesen. Er fuhr selten zu schnell und hatte auch seit über zwölf Jahren keine Verwarnung bekommen. Von einem Bußgeld ganz zu schweigen. Er war penibel, konservativ und sein Rechtsempfinden war stark ausgeprägt, was nicht hieß, dass er nicht auf eine Demo ging: gegen Rechts, gegen Gewalt an Frauen und gegen Maßnahmen zur Energiewende.

Clemens musste sich beim Fahren in der Dunkelheit besonders konzentrieren. Das war früher noch anders gewesen. Ein Tribut an das Alter. Er kam ja gut alleine zurecht, auch wenn er die Hausarbeit und das tägliche Essenkochen beschwerlich fand. Bald sollte sich das ändern. Er suchte eine Putzfrau, die ihm auch das Hemdenbügeln abnehmen könnte, was sich als ein schwieriges Unterfangen herausstellte.

Weit hinten tauchte in seinem Rückspiegel plötzlich ein Auto auf. Es kam zügig näher. Ihn blendete das weiß blaue

LED-Licht. Lichtblitze tanzten unangenehm auf seiner Netzhaut.

„Idiot, mach das Fernlicht aus. Hier ist 70", brummte er laut, fummelte verärgert am Innenspiegel und fand schließlich den Knopf zum Abblenden, so dass die Lichtreflexionen weniger blendeten. Das LED-Licht kam dennoch etwas näher, nun fast drängelnd. Clemens schimpfte vor sich hin, fuhr absichtlich langsamer, aber der Wagen überholte nicht und ließ sich durch das Schneckentempo nicht provozieren.

„Blödmann, das ist Nötigung. §240 StGB mit Freiheitsstrafe bis zu drei Jahren", dozierte er vor sich hin.

Er beschloss, den nächsten Waldparkplatz aufzusuchen. Dann könnte er auch kurz austreten. Die drei Bier, davon nur das erste mit Alkohol, und seine Blasenschwäche zwangen ihn regelmäßig zu irgendwelchen Stopps und auch zu mindestens einer nächtlichen Schlafunterbrechung. Das war mittlerweile Routine. Er kannte die Gegend rund um den großen Frankfurter Stadtwald durch einige ausgedehnte Spaziergänge sehr gut und verringerte nochmals die Geschwindigkeit, nachdem er das blaue Wanderparkplatzschild *Zur Oberschweinstiege* rechts erkannte. Er setzte den Blinker und lenkte nach rechts auf den unbeleuchteten Parkplatz. Sein Wagen rumpelte durch ein tiefes Schlagloch, was Clemens Körper heftig durchschüttelte. Das hinter ihm fahrende Auto hatte mittlerweile ganz dicht aufgeschlossen und schaltete das Fernlicht aus.

„Na geht doch, warum nicht gleich so?"

Clemens ließ seinen Wagen in den hinteren Teil des Platzes ausrollen, als er bemerkte, dass sein Verfolger auch auf den Parkplatz fuhr, sich an ihm vorbeidrückte und sich direkt vor seinen Mercedes setzte.

„Was soll das denn nun? Spinner." Beim Beobachten der Situation dachte er weiter über mögliche Gründe nach.

„Vielleicht funktioniert mein Rück- oder Bremslicht nicht und er will mich warnen. Aber ich war doch gerade erst bei der Inspektion. Für immerhin 530 Euro. - Ich kann ja auch weiterfahren. So dringend muss ich nicht pinkeln. Oder es ist eine Zivilstreife?"

Eine Person mit einer Baseballkappe und langem offenen Mantel stieg aus und kam auf Clemens zu, der nun den elektrischen Fensteröffner betätigte und erwartungsvoll auf den herannahenden Mann sah.

„Was gibt es? Irgendwelche Probleme? Sie fahren mit Fernlicht. Haben sie das gar nicht bemerkt?" rief er misstrauisch aus dem Seitenfenster. Ihm fielen die Handschuhe auf. *So kalt ist es doch gar nicht.*

Der Mann ignorierte die Fragen, sah ihn kurz mit einem stechenden Blick an und schlug seinen Mantel zur Seite.

„Clemens Giesecke?"

„Ja, richtig."

Ohne weitere Worte griff der Mann in die Innenseite des Mantels und zog eine Pistole hervor, die er gelassen auf Clemens richtete.

„Was soll das? Nehmen sie das Ding weg. Wollen sie Geld?", fragte Giesecke überraschend klar und griff nach seinem Portemonnaie in seine Gesäßtasche. Für einen kurzen Moment, plante Clemens einfach schnell weiterzufahren, aber das Auto des Mantelträgers stand direkt vor seinem und blockierte eine zügige Abfahrt. Hilflos blickte Clemens aus dem Seitenfenster und fummelte, nun doch nervös, an der Gangschaltung.

Stumm zielte der Mann erst auf Clemens Kopf, senkte dann die Pistole auf den Oberschenkel und ein lauter Knall erscholl. Ein Schuss? Clemens Blick war zunächst erstaunt, seine Ohren waren taub, dann verzerrte sich sein Gesicht. Der Schmerz hatte sein Gehirn erreicht. Seine beiden Hände drückte er auf den Oberschenkel, und er spürte das pulsierende warme Blut zwischen seinen Fingern. Er schrie auf, blickte nochmals verständnislos auf seinen Peiniger, bis seine Muskulatur erlahmte. Das linke Bein, dass immer noch die Kupplung getreten hatte, versagte jeden weiteren kontrollierten Befehl. Damit machte der Mercedes einen kleinen Satz nach vorne und Clemens sackte in sich zusammen. Wilde Gedanken sprudelten in seinem Gehirn durcheinander. Aus der Ferne hörte er noch ein Knirschen, bevor er ohnmächtig mit dem Kopf nach vorne sackte und seine Brille zerbrach. Dann wurde es schwarz vor seinen Augen

Der Angreifer schaute sich beherrscht um, steckte die Waffe unter den Mantel und ging um das Auto herum, damit er besser in das Wageninnere schauen konnte. Kurz analysierte er die Situation:

Auto – Parkplatz – Straße - Wald.

Alles ruhig.

Mit der kleinen, im Handy integrierten Taschenlampe leuchtete er die Polster ab. Dann öffnete er die Beifahrertür des Mercedes und nahm ein kleines längliches Paket vom Beifahrersitz. Langsam und ohne Hast ging er zu seinem Wagen und fuhr vom Parkplatz.

Clemens war betäubt vom Schmerz. In seinem Trommelfell pfiff es. Das Gehirn hatte auf Notbetrieb geschaltet und seine Extremitäten wurden nicht mehr mit genügend Blut versorgt. Ein Adrenalinschub weckte ihn wieder auf. Wie lange lag er hier schon? Er spürte die klebrige Wärme zwischen seinen Beinen, als er ganz langsam zu Bewusstsein kam und an zwei Gedanken krampfhaft festhielt: es war doch kein Frankfurter Kennzeichen an dem dunklen PKW und kannte er dieses Gesicht unter der Kappe? Er öffnete langsam die Augen und sah auf den durch die Mercedes-Scheinwerfer schwach beleuchteten Parkplatz, der nun leer war. Sein Kurzzeitgedächtnis konnte keine Informationen mehr abrufen. Ihm war kalt und er war durstig. Wie konnte er die Blutung stoppen? Mit der rechten Hand nestelte er an seinem Gürtel. Die Idee des Abbindens des Oberschenkels war nicht schlecht, aber ihm fehlte das nötige Feingefühl und, viel wichtiger, die dazu notwenige Energie. Sein Blutdruck sank erneut ab, obwohl nur noch wenig Blut aus der Wunde sickerte. Er keuchte und seine Atemfrequenz stieg, doch die Sauerstoffzufuhr war zu gering. Als er keine Schmerzen mehr spürte, kippte das Gehirn in den Schlafmodus.

Die kurze Erinnerung an seine verstorbene Frau erleichterte ihm das Loslassen.

*****

„Vergessen sie meine Frage nach dem Doppelleben. Bau- und Mietrecht also, soso. Hört sich nach trockenem Stoff an."

„Nein, ganz und gar nicht. Man kommt mit vielen Menschen in Kontakt. Wir Juristen helfen, Probleme zu lösen. Aber was ist denn nun los?"

„Ihr Freund Clemens Giesecke wurde auf dem Nachhauseweg angeschossen. Im Stadtwald auf dem Wanderparkplatz *Oberschweinstiege*. Vielleicht kennen sie ihn."

„Oh Gott, wie geht es ihm?"

„Er hat überlebt, aber sehr viel Blut verloren."

„Wie ist das denn passiert? Angeschossen?"

„Das wissen wir noch nicht. Aber es sieht so aus, als sollte es ein Einschüchterungsversuch sein oder auch eine Revanche. Vielleicht auch nur ein sinnloses Attentat."

„Revanche? Für was denn? Clemens ist ein netter alter Herr. Wir haben …"

„Hören sie, ich habe wenig Zeit. Was können sie mir über Clemens Giesecke erzählen."

„Also, wir waren früher Kollegen in einer Anwaltskanzlei. Clemens Frau ist vor einigen Jahren gestorben. Ganz tragisch an Hautkrebs. Es war ein langes Leiden. Wir haben alle mitgefühlt", sprudelte es aus ihm heraus. „Die beiden haben keine Kinder. Wir kennen uns seit über vierzig Jahren. Clemens ist immer noch Katholik, ohne ständig in die Kirche zu laufen. Wir haben ihn öfters darauf angesprochen, warum er noch bei diesem Verein ist."

Die Kommissarin zog einen Notizblock und schrieb einige Stichworte auf.

„Das Haus und der Garten wachsen ihm nun über den Kopf. Er kann die Arbeiten nicht mehr ohne Schmerzen machen. Die Hüfte, wissen sie? Deshalb hat er beschlossen, das Haus zu verkaufen und sich eine Wohnung zu mieten."

„Gibt es andere Verwandte?"

„Soweit ich weiß, gibt es noch eine Nichte. Journalistin, die besucht ihn manchmal und hilft beim PC, wenn es nötig ist."

„Hat er jemals von einem heftigen Streit gesprochen?"

„Streit? Mit wem? Nein. Eher Ärger mit einem Nachbarn oder auch mit der Stadt. Da ging es um die Straßenschäden vor seinem Haus."

„Hat er sonst Feinde?"

„Nein, warum auch? Überhaupt nicht. Feinde ist ein großes Wort. Er ist ein netter, gebildeter älterer Herr. Manchmal ist er für einige zu pedantisch und zu korrekt, aber immer offen. Man muss die Menschen nehmen, wie sie sind.

Seine Meinung vertritt er strikt aber freundlich. Er war früher Rechtsanwalt für Verkehrsrecht. - Darf ich mich setzen? Ich kann das alles nicht glauben."

*****

Frankfurter Rundschau

Wie wir berichteten, gab es am Dienstag im Stadtwald einen nächtlichen Überfall auf dem Wanderparkplatz Oberschweinstiege. Der Rechtsanwalt und Rentner Clemens G. aus L. wurde gegen 23 Uhr mit einem Schuss in den Oberschenkel in seinem Auto schwer verletzt. Vom Täter fehlt jede Spur. Ein Motiv und den genauen Tathergang konnte die Polizei bisher nicht ermitteln. Nachdem das Opfer am Mittwochmorgen von zwei Joggern gefunden und vom Rettungsdienst in die nahegelegenen Kliniken gebracht wurde, ist Clemens G. (74) nun seinen Verletzungen erlegen. Sein Blutverlust war enorm.

Die Mordkommission nimmt nun die Ermittlungen auf. Es geht um Mord oder mindestens Totschlag. Sachdienliche Hinweise nimmt jede Polizeidienststelle entgegen.

2. Software und Services

Ich habe in den letzten beiden Jahren die Zeit genutzt, den Ablauf der Tat zu rekonstruieren. Für die Recherche hatte ich diverse Gespräche mit allen Beteiligten, soweit ich sie noch treffen konnte, und mit der Presse geführt. Die Polizei war nicht so auskunftsfreudig.

Ich selber kannte Clemens Giesecke nicht. Unsere Verbindung kam über eine gewisse Situation, die sich im Laufe der späteren Ereignisse ergab. Ich werde darüber noch berichten. Sein Tod war so tragisch und erschien völlig sinnlos. Dafür führte er uns als Gesellschaft und mich auf eine kriminelle Spur, die wir sonst eventuell nicht gefunden hätten. Erst bei Mord und Totschlag tickt unser Empfinden anders, obwohl unsere Gesellschaft massiv verroht. War Clemens Tod nun das Ende oder der Anfang der Ermittlung?

Damit Sie, lieber Leser, die ganzen Umstände besser verstehen, beschreibe ich kurz mein Arbeitsumfeld. Ich arbeite seit 20 Jahren in der Softwareindustrie und es war schon ein Zufall oder auch Vorsehung, dass ich in diesen Fall hineingezogen wurde. Ich hatte mich nicht aufgedrängt und aus heutiger Sicht, hätte ich auch gerne darauf verzichten können. Sie werden mich verstehen, wenn Sie die Ereignisse gelesen haben. Es kam einfach so, wie ein aufziehender Sturm nach einem leichten Lüftchen. Nach dem ersten Schritt kam erst das Interesse und dann war mein Antrieb und Wissendrang nicht mehr zu stoppen. Schließlich befand ich mich mittendrin im Auge des Orkans.

So einen Verlauf kennt man sonst nur beim Drogenkonsum.

Auf meiner Droge stand – Wahrheit, Neugier und Liebe, die bekanntlich blind macht. Eine späte Einsicht.

*****

Die erfolgreiche Firma *ImmoServ* bot seit langem Call Center Dienstleistungen für Mieter, Eigentümer und Verwalter im ganzen deutschsprachigen Raum an. Ein wachsender Markt, dessen Service auch gerne outgesourct wurde. Mit ihrem innovativen mehrsprachigen Service war sie ein geschätzter Partner in dieser Branche. Das stetige Wachstum erforderte es, nicht nur aus dem strukturschwachen Saarbrücken heraus die Kunden zu betreuen, sondern bald in Osteuropa und Indien erste Niederlassungen zu gründen.

Isabel saß vor dem Customer Interaction Center, einem sehr großen leicht konkav gebogenen Bildschirm, und rückte ihren Kopfhörer mit Mikrofon zurecht. Ihr Rücken und die Schultern schmerzten schon vom vielen verspannten Sitzen. Es war viel zu tun. Wie immer hier. Es war nicht körperlich anstrengend, aber psychisch belastend, da sie in der Abteilung Beschwerdemanagement arbeitete. Mit dem Stundenlohn von 16 Euro kam sie gerade so über die Runden. Isabel war alleinerziehend und brauchte diesen Job. Vormittags, wenn ihre Tochter Carla im Kindergarten war, tauchte sie in die schmierige Welt der Nörgler und Hilfesuchenden ein. Nein, besser, die Nörgler fanden und verschlangen sie. Um halb drei war Feierabend, den sie meistens pünktlich einläuten konnte.

Dann gingen ihre Verpflichtungen allerdings zuhause weiter. Der Stress der nervenaufzehrenden Call Center Arbeit wurde immer dann gesteigert, wenn die KITA streikte oder wegen Krankmeldung des Personals auf Notbetrieb lief. Schon dreimal hatte sie Carla deshalb mit in das Büro nehmen müssen. Dass ihr Leben auf Kante genäht war, sah sie schwarz auf weiß noch vor jedem Monatsende an ihrem Kontostand.

Sie nahm einen Schluck lauwarmen Kaffee, den ihr eine Kollegin mit einem angedeuteten Lächeln im Vorbeigehen auf den Tisch gestellt hatte. Keine Zeit für ein persönliches Gespräch. Gerade noch hatte sie einen Wasserschaden mit geplatztem Waschmaschinenschlauch gemanagt, als über ihr schon wieder der grüne LED-Strip aufblinkte, das Signal eines hereinkommenden Anrufes. Jeder Call Agent saß in einer kleinen Box und am Ende des großen Raumes waren weitere Monitore angebracht, auf denen jeder die Calls-in-Line, die Utilization-Rate und die First-Call-Solution-Rate erkennen konnte, die wichtige Kennzahlen zur Messung der Arbeit darstellten. Es gab noch weitere sich bewegende bunte Balken- und Tortendiagramme, die Isabel nicht im Detail kannte, worauf aber insbesondere ihr junger Manager achtete. Die Pausen zwischen zwei Anrufen in diesem Call Center lagen unter zehn Sekunden. Die durchschnittliche Abarbeitungszeit bei drei Minuten und achtundzwanzig Sekunden. Je kürzer, desto besser. Ihr Manager hieß im Team hinter vorgehaltener Hand Mr. Go: *Immer mehr, immer go, go, go.* Seine Forderungen hatten sich in jedem Kopf festgesetzt. Dieser Mini-Bossi hätte auch Mister Peitsche oder Señor Kontrollfreak heißen können. Solche Typen, die misstrauisch in jedem Detail herumschnüffelten und kein Vertrauen zu den Mitarbeitern hatten, gab es überall. Isabel hatte schon etliche dieser Knechte kennengelernt.

Auf Isabels Bildschirm erschien der Name des neuen Anrufers mit allen Eckdaten seiner Eigentumswohnung. Ein großes rotes Ausrufezeichen blinkte auf einer Skala rechts der Mitte bei einer acht, die bis zwölf ging. Auf dem Screen stand rechts unten:

TG, Call 13.4.2025, open,
Prio low, Customer Class D,
Service Level 5
74 dB; male; age > 45;
German; Alcohol !

Isabel war durch diese erste Schleife vorgewarnt. Herr von Marten´s Stimmung war anscheinend schon sehr ungehalten, eventuell auch schon wütend. Das verriet er mit seiner lauten alkoholisierten Stimme, wie das KI-System *AGENT24* vorab herausgefunden hatte.

„Guten Tag, Isabel von *ImmoServ* begrüßt sie Herr von Marten. Womit kann ich ihnen helfen?" Isabel ahnte, was nun kommen sollte, obwohl sie ihre Stimme freundlich verstellt hatte.

„Mann Mädel, ich habe keine Zeit. Verbessert mal euren Service. Ich höre schon drei Minuten Gedudel und habe alles schon erzählt. Tippen sie eins. Tippen sie drei. Sagen sie JA. Ihr spinnt wohl. Jetzt nochmal, auch für dich zum Mitschreiben. Mein Tiefgaragenparkplatz ist total verdreckt und mein Nachbar stellt seine Winterreifen und anderes Zeug dort ab. Das ist aus brandtechnischen Gründen nicht zulässig. Es gibt auch eine Garagenverordnung." Von Marten hatte sich schnell in Rage geredet. Seine barsche Stimme überschlug sich fast.

Isabel hörte geduldig zu und feilte ihre Fingernägel. Sie brauchte diese äußere Demonstration der Lässigkeit.

„Ja, ich verstehe."

„Ich habe mich letzte Woche schon beschwert. Nichts ist passiert. Muss es denn erst zu einem Brand kommen? Ich mache sie verantwortlich", ätzte er weiter.

„Wir kümmern uns sofort darum. Ich setze das Problem auf Prio eins. Versprochen."

„Das will ich hoffen."

„Ich informiere sofort den Hausmeister. Sie bekommen dann eine Statusmeldung per Mail. Wäre das okay für sie?"

„Ja, aber es sollte nun wirklich etwas passieren." Von Martens Stimme modulierte ruhiger und auf Isabels Bildschirm verschob sich das rote Ausrufezeichen nach links, änderte sich in grün und blieb über der drei stehen. Isabel nickte zufrieden. Damit hatte sie auch ihr Scoring verbessert, was intern als Maßzahl geführt wurde. Gespräche wurden regelmäßig von Mr. Go mitgehört.

„Versprochen Herr von Marten. *ImmoServ* wünscht noch einen schönen Tag."

Die gelbe Besetztampel über Isabels kleinem Schreibtisch wechselte kurz von gelb auf grün. Schnell nahm sie einen Schluck kalten Kaffee, bis der nächste Anruf hereinkam.

Hzg, Call 13.2.2025, re-open,
Prio high, Customer Class A
Service Level 3
60 dB; female; age < 35;
German; quite

Isabel überflog die Bildschirminformation und war etwas entspannter.

*****

Ich betrat zum Abschluss einer anstrengenden Woche unser Entwicklungszentrum und nahm sportlich die Treppen in die zweite Etage, bis mein Puls an die äußerste Belastungsgrenze kam. Unsere Firma FIVE-Star war so schnell gewachsen, dass wir diverse Standorte im kleinen Städtchen Rödermark, südlich von Frankfurt betrieben. Das Management, und damit mein Büro, war im ehemaligen Sparkassengebäude untergebracht. Eine Softwareabteilung befand sich im ehemaligen, zum Büro umgebauten Bahnhof, der keine zwei Kilometer entfernt war. Weiterhin hatten wir noch weitere Standorte in Deutschland und ein großes Rechenzentrum in der Nachbarstadt Dietzenbach. Rechenzentren können so viel Strom wie eine Kleinstadt verbrauchen und dort bekamen wir den notwendigen Hochleistungsanschluss vom Energieversorger.

Ich öffnete die Flurtür und sah den kleinen Buddha, der vor der Kaffeeküche auf einem Tisch mit weißer Tischdecke stand. Eine große Kerze, Räucherstäbchen und eine Blumenvase mit Kunstblumen standen akkurat aufgereiht daneben. Dieser Altar führte immer wieder in der Geschäftsführung zu Diskussionen, denn hier beteten Entwickler zum *Gott des Defects*. Häresie, Ketzerei oder nur ein Spleen? Ja, Softwareentwickler haben oft sehr spezielle Gewohnheiten, sie wollen umhegt werden. Sie benehmen sich mimosenhaft, essen Pizza, arbeiten die Nächte durch, manchmal auch am Wochenende, sind gepierct und tätowiert, haben blaue Haare und, und, und. Aber dafür sind sie gesuchte IT-Experten, denen wir Freiräume im Denken geben müssen. Wenn denn nun ausgerechnet der *Gott des Defects* Fehler aus unserer Software zurückhielte, dann sollten unsere Entwickler auch zu ihm beten dürfen.

„Mario, wie weit bist du?", fragte ich Mario, den technischen Projektleiter *VOICE* und setzte mich zu ihm an den Bildschirm. Da er schon eine Karrierestufe hinaufgeklettert war, verabschiedete er sich peu à peu von den extrovertierten Eskapaden eines Entwicklers. Ich fand, er sah schon fast wieder normal aus.

„Ich versuche mein Bestes, aber dieser Typ von *ImmoServ* nervt. Sie will unbedingt das neue Update der Software noch diese Woche haben." Mario war schon drei Jahre bei FIVE-Star. Mit seiner Kompetenz, Zuverlässigkeit und gutem Kundenumgang hätte man ihn mehrfach klonen sollen.

„Und das klappt nicht?"

„Bis jetzt läuft es gut. Aber wir müssen das System noch einmal komplett anlernen. Die KI braucht dann einige Zeit, um die neuen Daten zu verarbeiten. Sie muss halt lernen."

„Haben wir genug Stimmenmaterial?"

Die Softwarearchitekturkomponente *VOICE* bildete den wichtigsten Baustein der KI, wenn es um das Erkennen von Stimmen ging.

„Ja, die Stimmen sind okay. Wir haben auch das ganze Spektrum. Hoch, tief, männlich, weiblich, aufbrausend, ruhig. Ein paar Akzente sind auch dabei."

„Und wo ist das Problem?" fragte ich, während ich auf den flackernden Bildschirm mit vorbeirauschenden Softwarebefehlen starrte.

„Es gibt immer noch Ausreißer. Bei einem von tausend Anrufen bekommen wir die richtige Modulation nicht eingefangen. Die Stimmen werden zwar erkannt, aber der tonale Hintergrund wird gar nicht oder falsch interpretiert. Hier zum Beispiel." Mario ließ auf Knopfdruck eine Stimme abspielen. Die Sequenz dauerte nur acht Sekunden und neben dem hörbaren Ton, wurde dieser in einem Bildschirmfenster durch hüpfende Klangwellen dargestellt. Es bildete sich ein Kreis um einen Ausschnitt und diverse Traversen in verschiedenen Farben blendeten sich ein.

„Siehst du, *VOICE* erkennt zwar, dass es eine Stimme und kein Geräusch ist." Damit zeigte Mario auf seinen Bildschirm.

„Das ist schonmal gut, aber auch einfach", sagte ich. Als Chief Technical Architect konnte ich die Detailergebnisse einordnen und einem Fachgespräch standhalten.

„Ja, dann kommt die Analyse und wir erkennen die wichtigen Stichworte in der Sequenz. Also auch noch okay, obwohl es doch umfangreicher sein könnte. Das kriege ich hin. Aber nun? Die Stimmung? Die KI hat keine Meinung."

„Shit, und das passiert nur bei dieser Stimme?"

„Ja, ich würde sagen, die Stimme klingt nüchtern, ohne Leidenschaft. Vielleicht sogar resignierend. Erst fast schläfrig und dann dominant. Vielleicht weil es so eine tiefe raue Stimme ist. Aber unser *VOICE* kommt damit nicht klar."

„Hast du noch weitere Fälle?"

„Ja einige. Lispeln ist immer so ein Problem, genau wie manche Sprachakzente schwierig zu interpretieren sind. Das liegt aber auch daran, dass es Ausländer sein können, deren Stimme ganz andere Aussagen treffen."

„Verstehe. Ein auf Deutsch fluchender Japaner hört sich für uns immer noch sehr freundlich an." Ich überlegte, was zu tun sei, denn das Immobilien Call Center *ImmoServ* wartete auf ein Update unserer KI-Software, damit ihre Mitarbeiter rechtzeitig vor aggressiven Anrufern gewarnt werden können. Dazu wurde der Anruf nach Telefonnummer, Name, Vorwahl und Stimme in einer kurzen vorgeschalteten Analysephase untersucht. Entsprechend konnten die Mitarbeiter bei dem anschließenden direkten Kontakt reagieren und deeskalieren. Das Call Center *ImmoServ* hatte sich bundesweit auf Immobilien spezialisiert und erbrachte diverse Dienstleistungen für Verwalter, Mieter und Eigentümer. Ein sehr wichtiger Teil des Gebäudemanagements. Angeschlossene Wohnungsverwaltungen konnten so entsprechend entlastet werden. Das KI-System *AGENT24*, was von uns entwickelt worden war, basierte auf einem generischen neuronalen Netz und wurde zur Stimmenauswertung eingesetzt. Und es basierte auf *VOICE*, einer algorithmischen Idee von mir.

„Pass auf Mario", sagte ich, „es ist schon spät und Freitag. Mache Feierabend und ich überlege mir, was wir noch machen können. Mit dem Management von *ImmoServ* telefoniere ich am Montag." Ich schaute ihn erwartungsvoll an. Er nickte meinem Vorschlag zustimmend zu.

„Alles klar, Zven. Wir sehen uns Montag."

„Zeige mir bitte nochmal den Dateiordner, wo die Problemfälle abgelegt sind."

Mario tippte schnell auf der Tastatur. Während seine Finger über die Tasten rasten, sagte er schmunzelnd: „Wer die Wahl hat, sollte seine Stimme erheben, statt seine Stimme abzugeben," faselte er.

„Wo hast du den Spruch denn her?"

„War das nicht Sokrates? Egal. Bald ist Bundestagswahl." Mehrere Dateiordner öffneten sich und zeigten eine Menge Unterordner. „Hier findest du alles. Und Tschüss."

Damit schnappte sich Mario seinen Jutebeutel und ich war allein. Auf dem ganzen Flur in unserem Entwicklungszentrum waren vermutlich noch einige KI-Programmierer anwesend, die allerdings mit diesem Projekt *AGENT24* nichts zu tun hatten.

Ich holte mir einen letzten Kaffee und setzte mich an den Schreibtisch, den ich zehn Zentimeter herunterfahren musste. Ich überlegte, was zu machen sei. Wichtig für so ein KI-System war eine sehr große Datenbasis mit Millionen von Einträgen, damit anhand von Wahrscheinlichkeiten irgendeine stabile Synapsenverbindung zwischen Neuronen hergestellt werden kann. Ich vermutete, dass wir immer noch zu wenige Anrufe/Calls für das Deep Learning hatten, damit unser

System einen höheren Gütegrad von über 99 Prozent aufweisen konnte. Oder die Stimmenstrukturen waren alle aus einer sehr ähnlichen Gruppierung. Dann half die Menge auch nicht.

Ich überlegte hin und her, nahm ein Blatt Papier, skizzierte Ideen zum schnelleren Anlernen und nippte immer wieder am Kaffee. Zwischendurch lenkte ich mich mit dem Lesen von Online-Nachrichten ab. Wieder hatte eine Einbruchsbande eine Tankstelle überfallen, wieder war eine Rentnerin beklaut worden und wieder deutete der unberechenbare amerikanische Präsident Fakten um 180 Grad um. Die Welt wurde immer chaotischer.

Vermutlich war mein Gehirn nun konditioniert, denn mir kam ein Gedanke, der nicht ganz gesetzeskonform war, mindestes aber gegen unsere firmeninternen Compliance Regeln verstieß. Ich wollte nicht päpstlicher als der Papst sein, es ging hier nur um die Qualitätsgüte von Software. Also, was war schon dabei? Ich benötigte nur etwas anderes Stimmenmaterial. Es würde ja keiner mitbekommen, wenn wir die Datenbank vom abgeschotteten System *TRUTH* anzapfen würden. Nur zum Test und nur dieses eine Mal, um *AGENT24* wirklich besser zu machen. Aber es würde ein paar Tage dauern, bis ich die Sicherheitsvorkehrungen ausgeschaltet hätte. Die Stimmen des Systems *TRUTH* unterlagen der höchsten Sicherheitsklasse des Datenschutzes.

Ein Versuch war es wert.

*****

Christine Zielke, genannt Chrissy, erwartete mich schon in der morgendlichen FIVE-Star Managementrunde, die jeden Montag stattfand.

„Schön, dass du es einrichten konntest, Zven," sagte sie spitzbübisch als ich eintrat und die versammelten Führungskräfte am Tisch sah.

„Sorry, wir haben im Moment ein kleines Problem mit dem Release Update von *AGENT24*", entschuldigte ich mich und setzte mich auf den letzten freien Stuhl.

„Ja, das steht auch auf der Agenda heute. *ImmoServ* hat sich bei mir gemeldet. Aber dazu kommen wir später. Starten wir wie gewohnt mit Punkt 1. Zunächst brauche ich den letzten Finanzbericht. Wo stehen wir mit den Zahlen?"

Chrissy war eine sehr umsichtige Chefin, die mit ihrem Mann Ben FIVE-Star gegründet und zu dem gemacht hatte, was es nun war: eine KI-Hochburg, die in ganz Deutschland und Europa für ihre generischen neuronalen Netze und diversen KI-Anwendungen bekannt war. Die Firma hielt mehrere Patente zum Deep Learning und an deren Implementierung auf einer speziell zugeschnittenen Hardware. Das Management von Wachstum war enorm anstrengend. Unser Problem bestand nicht im Cashflow, dem Geldzufluss oder der Gewinnung von neuen Kunden, unser Problem bestand in der Rekrutierung von Experten und der schnellen zuverlässigen Abarbeitung von Aufträgen. Qualität kostete einfach Zeit.

„Wir liegen in diesem Quartal auf Plan, aber auch nicht mehr." Der neue CFO zeigte auf Zahlen in Form von Balken an der Projektionswand und erklärte diverse Zusammenhänge von Anzahl der produktiven Stunden, deren finanziellen Bewertung nach Know-How Typus, dem Krankenstand und den Overheadkosten. Beim letzten Stichwort kam in mir immer ein unguter Gedanke hoch, als würde meine Arbeit nicht entsprechend gewürdigt. Overhead hörte sich diskriminierend an.

Chrissy saß mit weißer Bluse und Jeans konzentriert am Tisch und folgte den Ausführungen. Vermutlich kannte sie die Zahlen schon und wollte uns alle prüfen. Früher wäre sie ruhiger, irgendwie souveräner mit der Situation umgegangen.

„Hergehört, unsere Teamleiter müssen mindestens 30 Prozent der Stunden produktiv auf Projekte buchen", verkündete sie, ohne eine Diskussion zuzulassen.

„Aber dann geht zwar die Produktivität nach oben, doch das finanzielle Projektergebnis reduziert sich. Die Marge geht nach unten. Wollen wir das?" Der Einwand kam vom Leiter des Projektteams.

„Ja, das ist mir bewusst. Aber wir werden von den Investoren momentan unter anderem nach dieser KPI untersucht. Also müssen wir uns hier verbessern." Chrissy konnte knallhart sein.

„So, und nun zu *AGENT24*, Zven."

Ich rutschte nervös auf meinem Stuhl nach vorne, da Chrissys Stimme energischer als sonst klang. „Wo ist genau das Problem?"

„Wir können die Stimmen zuordnen und das System erkennt die Keywords, sowie den Sprechrhythmus und Geschwindigkeit. Ein paar Gemütszustände von speziellen Stimmen werden aber ausgesondert. Insbesondere wenn sie laut werden. Wir arbeiten dran", erklärte ich der Kollegenrunde, die mich alle ansahen.

„Zven, du kennst den Kunden. Du weißt, dass dies ein internationaler Konzern mit sehr vielen Call Centern ist und wie wichtig für uns dieser Umsatz ist."

„Ist mir bewusst. Ich kümmere mich. No problem."

Chrissy nahm eine steifere Haltung an, während sie nervös mit dem Kugelschreiber spielte und mehrmals die Miene heraus- und wieder hineindrehte. „Ich möchte hier nur allgemeines Problembewusstsein schaffen. Die Zeiten ändern sich gerade. Die Wettbewerbssituation mit dem Ausland und gerade mit China ist herausfordernd." Sie blickte in die stumme Runde und fuhr mit angenehm tragender Stimme fort. „Eine kleine Anmerkung am Rande. Ich war gestern bei einem Industrie- und Handelskammertreffen und traf einen Freund. Der Bekannte ist Key Accounter bei einem Softwarekonzern und ist für einen großen Automobilhersteller verantwortlich, der die Transformation in die Elektromobilität verschlafen hat. Namen nenne ich hier nicht." Sie lächelte verschmitzt.

Jeder in der Runde hatte eine genaue Vorstellung, welcher Elefant hier im Raum stand. Und einem Hauch empörter fuhr sie fort.

„Er erzählte mir, dass der Kunde einige große Softwareprojekte adhoc gestoppt hat. Einfach so. Rechnungen werden nicht bezahlt und laufende Ausschreibungen werden zurückgezogen. - Ein Desaster. Der Einkauf des Kunden sagte meinem Bekannten beim letzten Treffen ganz frech ins Gesicht, dass er ihn ja verklagen könnte. Sie hätten kein Geld mehr. Es ist ja klar, dass man nach einem Gerichtsverfahren von der Lieferantenliste gestrichen wird und dort nie wieder Geschäfte machen kann. Ich will nicht, dass wir so etwas erleben müssen."

Alle nickten und ein Gemurmel setzte ein. „Kümmert euch um die Kunden, das Projekt und die Qualität. Rechnungen müssen nach erreichten Meilensteinen sofort gestellt werden. Und trackt bitte auch den dazugehörigen Zahlungseingang. Das muss Teil eurer DNA sein." Stille, die nicht einmal durch ein nervöses Husten unterbrochen wurde. „Wenn ihr morgens in den Spiegel schaut, dann denkt daran, wie ihr euren Kunden zum Lächeln bringt."

Chrissy stand mit diesem Satz auf und verließ den Raum. Im Türrahmen drehte sie sich kurz um. „Wenn es Probleme gibt, dann will ich sofort informiert werden."

An dieser Stelle sei mir gestattet, dass ich Sie, lieber Leser, über eine wichtige Hintergrundinformation informiere. Dazu klinke ich mich mal gedanklich aus unserem Meeting aus. Folgendes ist zwar nicht geheim, aber es wird darüber laut geschwiegen und ist immer ein Gesprächsthema in der Kaffeeküche.

Unsere Firma FIVE-Star war vor fünf Jahren auf Erfolgskurs, bis Benjamin Gratz, der Gründer, CEO und Ehemann von Christine Zielke, in einen handfesten Skandal verwickelt war. Er hatte wissentlich Sozialabgaben hinterzogen und er, wie auch FIVE-Star mussten dafür enorm bluten. Es kam zum Gerichtsverfahren und FIVE-Star wurde vorgeworfen, dass Freelancer wie eigene Mitarbeiter behandelt worden seien. Daraufhin trennte sich Chrissy von ihrem Ehemann Ben, weil anscheinend das notwendige Vertrauensverhältnis aufgebraucht war. Die Stimmung in der Firma war am Tiefpunkt und einige unserer besten Experten kündigten. Zunächst sah es so aus, dass wir für die Strafnachzahlungen in Schieflage gerieten und uns vom Rechenzentrum trennen müssten. Aber ein britischer Investor kam zu Hilfe, brachte Geld gegen Anteile mit und es ging mit einem neu eingesetzten Finanzvorstand weiter. Jetzt wird gemunkelt, dass der Investor FIVE-Star an die Börse bringen und Kasse machen will.

Ich kenne Chrissy seit über zehn Jahren und wir haben sehr eng vertrauensvoll zusammengearbeitet. Trotzdem traute ich mich nicht, Fragen nach einem Börsengang zu stellen. Ihre Reaktion konnte ich nicht abschätzen. Vermutlich war es noch zu früh.

Mit Gemurmel löste sich die Managementrunde auf und ich ging zu meinem Schreibtisch. Erst jetzt fiel mir ein, dass ich zwar zuhause meinen Briefkasten geleert hatte, aber die Briefe und Zeitungen in meiner Aktentasche schnell verstaut hatte. Ich legte den unsortierten Stapel Papier auf den Schreibtisch. Die Reklame und andere Blättchen warf ich in den Mülleimer. Ein weißes Kuvert öffnete ich. Es stellte sich als Post von meinem Vermieter heraus. Er teilte mir mit, dass alles teurer geworden sei und er es überaus bedaure, die Miete um hundert Euro erhöhen zu müssen. Die letzte Erhöhung sei schon fünf Jahre her und er hätte das Recht nach §4 des Mietvertrages vom .... Bla, bla, bla.

Daraufhin fiel mir ein Flugblatt auf, dass ich erst achtlos in den Mülleimer geworfen hatte. Ich kramte es wieder hervor. Es forderte am Wochenende zu einer großen Demonstration gegen Mietwucher und Wohnungsnot auf. Treffpunkt war die Konstabler Wache in Frankfurt, um 15 Uhr. Ein Sternmarsch aus verschiedenen Richtungen zum Rathaus. Toiletten seien aufgestellt.

Ich schmunzelte und warf dann den Aufruf weg. Die hundert Euro brachten mich nicht auf die Palme und auch nicht zur Konstabler Wache.

3. Tatort

„Wie weit seid ihr hier?" Kommissarin Ahlem Bakri zeigte ihren Ausweis und bückte sich geschickt unter der flatternden Absperrung hindurch.

„Stopp, bitte noch stehenbleiben. Nicht kontaminieren!" Ein Mitarbeiter der Spurensicherung im weißen Kunststoffanzug und Mundschutz hielt eine Hand hoch, ein anderer suchte akribisch mit einem speziellen Gerät den Schotterboden des Wanderparkplatzes ab. Es summte angenehm. Nach fünf Minuten gab die Spusi Entwarnung und Ahlem Bakri ging auf das abgestellte Auto zu.

„Und? Was gefunden?"

„Schwieriger Tatort. Der Wagen von Clemens Giesecke ist unversehrt. Er sieht ja innen und außen tipp topp aus. Das Seitenfenster auf der Fahrerseite war geöffnet. Der Fahrersitz ist zwar blutgetränkt, aber wir haben im Polster das Projektil gefunden." Er zeigte eine kleine Tüte mit einer Metallkugel.

„Sieht nach neun Millimeter aus."

„Ja, aber mehr dazu, wenn wir es im Labor untersucht haben." Auch diese Tüte wanderte in eine kleine Box. „Leider hat es seit der Tat am Dienstagabend etwas geregnet. Wir haben trotzdem mehrere Radspuren und Fußabdrücke dokumentiert. Vielleicht ist eine davon später verwertbar. Aber der Rettungswagen und der Notarzt haben ganze Arbeit geleistet." Dabei zeigte er resigniert auf einige Reifenspuren. „An dem Opfer-Wagen ist vorne eine kleine Schramme und eine fremde Lackspur. Jedenfalls kein Silbermetallic. Sie können aber auch schon etwas älter sein. Alte Herren fahren ja oft gerne zu nah an eine Mauer oder kriechen mit dem Auto durch die Hecke."

„Passt aber nicht zum sonstigen Zustand des Fahrzeugs."

„Ja richtig. Sonst lagen im Wagen nur noch ein Regenschirm, eine kleine Taschenlampe und eine Schuhbürste. Ach ja, und noch eine altes Nokia Prepaid Handy im Handschuhfach. Der Akku war aber leer. Das Handy gehört fast ins Technikmuseum. Die würden sich bestimmt freuen. Im Kofferraum lag nur eine Decke, sonst war alles gesaugt. Etwas Wechselgeld für die Parkuhr ist auch noch da. Wir haben auf dem Parkplatz noch ein paar Münzen, Zigarettenstummel und Taschentücher gefunden. Das geht nun alles in das Labor."

Ein riesiger startender Airbus donnerte über den Stadtwald hinweg, dass sich die Beamten für eine kurze Zeit nicht unterhalten konnten, sondern mit Fernweh der Maschine Richtung Süden nachsahen.

„Das ist alles sehr wenig ergiebig", murmelte Kommissarin Bakri eher zu sich, als zu dem Beamten der Spurensicherung. „Wir ermitteln jetzt in Sachen Mord oder mindestens Körperverletzung mit Todesfolge."

„Noch was," sagte der Mann in Weiß, „vor dem Auto lag dieses kleine Plastikstück. Es könnte im Zusammenhang mit dem Verbrechen stehen."

Ahlem Bakri sah sich den Inhalt der kleinen durchsichtigen Tüte an. „Was soll das denn sein?"

„Wir untersuchen es noch genauer. Aber ich glaube, es ist von der Umrandung eines Nummernschildes. Könnte auch ein Teil einer schwarzen Stoßstange sein."

„Hmm, es könnte hier schon länger liegen", meinte die Ermittlerin.

„Ja und Nein. Es ist zumindest nicht richtig schmutzig oder gar verstaubt. Sehen sie hier, die Bruchstelle ist ganz blank." Er zeigte mit dem Finger auf eine scharfe Kante.

„Okay, ich danke euch. Bevor ihr den Parkplatz wieder öffnet, prüft doch bitte nochmal alle Zugänge zum Parkplatz und auch das angrenzende Gebüsch. Vielleicht findet ihr noch etwas Auffälliges. Der Wagen kommt ja in unser Präsidium zur weiteren Untersuchung."

„Machen wir, aber vermutlich gibt es im Auto keine verwertbaren Fingerabdrücke."

„Ihr wisst ja, dass wir hier vor zwei Jahren schon einen Toten hatten. Die *Oberschweinstiege* liegt etwas abseits der Hauptstraße und ist beliebt bei Cruisern."

„Ja ich kann mich erinnern. Ein beliebter Treffpunkt von herumfahrenden Homosexuellen, die in kein Hotel gehen wollen oder zuhause Frau und Kinder haben. Glauben sie etwa an ein Sexualdelikt?"

„Das Opfer war bekleidet, aber ich kann nicht sagen, ob er ein Doppelleben führte. Seht euch bitte hier noch genauer um, ob es etwas Verwertbares gibt."

Ahlem Bakri machte noch ein paar Erinnerungsfotos von den möglichen Beweismitteln und dem Tatort, dann fuhr sie zurück in das Kommissariat. Was für ein Motiv konnte der oder die Täter haben? Kam er oder sie aus dem Wald und war es ein zufälliges Treffen auf dem Parkplatz? Ein Überfall? Was hätte der Täter rauben können? Oder war es eine Drohung? Eine Einschüchterung? Eine Bestrafung? Aber für was? Hatte das Opfer etwa einen oder mehrere Drogendealer überrascht? Könnte sein. Und warum eine Pistole? Der Tod des alten Herrn war jedenfalls in Kauf genommen worden. Die Ermittlerin hatte in ihrer Karriere gute Erfahrungen damit gemacht, auch an das Unmögliche zu denken und in Erwägung zu ziehen. In diesem Fall wäre es ein geplantes Treffen von zwei Schwulen gewesen, welches anders verlief als geplant. Vielleicht eine verschmähte Liebe oder Eifersucht. Der Parkplatz *Oberschweinstiege* war jedenfalls bekannt für nächtliche Treffen dieser Art. Der Gedanke erschien abstrus, insbesondere, wenn man daran dachte, dass Giesecke Rechtsanwalt war. Kurz dachte sie daran, dass eine Polizeistreife in den nächsten Wochen mehrmals in der Nacht den Parkplatz abfahren und staatliche Präsenz zeigen könnte.

Es begann nun das Finden und Zusammenstellen der einzelnen Puzzleteile, ohne dass sie das Lösungsbild vor Augen hatte. Kommissarin Bakri beschloss, dass sie das persönliche Umfeld des Opfers viel besser verstehen musste. Eine Ermittlungsroutine, die jeder Verbrechensaufklärung zugrunde lag.

*****

„Hier ist Ahlem Bakri von der Polizei, spreche ich mit Frau Giesecke?" Die Kommissarin hatte sich von ihren Kollegen eine Liste der nahestehenden Personen und der Familie von Clemens Giesecke anfertigen lassen. Sie war augenscheinlich sehr kurz. Mit dem Studienfreund Günter hatte sie schon gesprochen. Die beiden anderen Mitspieler standen noch auf ihrem Plan. Aber nun telefonierte sie hinter der Nichte Franziska Giesecke hinterher, das sich als ein schwieriges Unterfangen herausstellte.

„Ja, sie wollen mich bestimmt wegen des Todes meines Onkels sprechen."

„Richtig. Zunächst einmal meine aufrichtige Anteilnahme."

47

„Danke. Ich bin über den Tod meines Onkels total schockiert."

„Das kann ich verstehen. Wann und wo können wir uns treffen? Haben sie möglicherweise einen Hausschlüssel für das Haus ihres Onkels? Dann könnten wir uns dort treffen."

„Ja, einen Schlüssel habe ich. Ich bin noch in der Redaktion. Dann habe ich noch den Termin in der Werkstatt. Okay. Sagen wir um 16:30 Uhr in der Lessingstraße 15 in Langen. Früher geht es leider nicht."

„Gut, wir sehen uns dann."

Während sich die Kommissarin erhob, warf sie ein Auge auf den vor ihr liegenden Bericht der Rechtsmedizin.

.... Der Mensch hat etwa ein Blutvolumen von 3 bis 7 Litern. Verliert er mehr als 1,5 bis 2 Liter davon, wird er schwach, durstig, beginnt zu frieren, bekommt Angst und fängt heftig an zu atmen. Wird der Blutverlust nicht gestoppt, kommt es zur Sauerstoffunterversorgung des Gehirns, und der Verblutende wird bewusstlos. Der Tod tritt kurze Zeit später ein, z. B. infolge von Herzversagen durch kardiale Ischämie. Das Opfer Clemens Giesecke verstarb an den Folgen ....

Ahlem schaute auf. Der Bericht gab nichts Neues her.

Franziska Giesecke war Journalistin bei der Frankfurter Allgemeinen Zeitung und arbeitete für den Bereich Wirtschaft. Die meisten überregionalen Artikel bekamen sie von dpa oder anderen Agenturen angeboten. Diese wurden im Sinne des Chefredakteurs etwas umformuliert, um damit die politischen Einstellungen ihrer Leserschaft zu treffen. Einige Recherchen betrafen Südhessen und insbesondere Frankfurt. In diesem Fall schaltete sich die eigene Lokalredaktion direkt ein.

Franziska Giesecke stand ständig unter Strom. Schon lange wollte sie an ihrem Lebensstil etwas ändern. Entschleunigen, sich besser ernähren, Sport und weniger Stress. Aber wer hatte nicht solche Vorsätze? Klar, sie wusste um ihre Gesundheit und insbesondere der kaum bemerkbare hohe Blutdruck waren ein erstes ernstzunehmendes Alarmzeichen. Als Alleinstehende, ohne Kinder, ohne Zwang und ohne weitere Verpflichtungen hatte sie mehr Freiheiten als andere, die aber auch insgeheim an ihrem Intellekt nagten. Für sie gab es den Job und sonst nichts.

Ahlem Bakri wartete schon vor dem Haus von Clemens Giesecke, als sie ein Auto in die ruhige Straße einbiegen sah, die einseitig abgesperrt war. Auch hier sollte das schnelle Internet per Glasfaser Einzug halten. Das freistehende, mit einem kleinen Zaun versehene Haus, schien aus den 70er Jahren zu sein. Es hatte zwar noch alte braunlackierte Holzfenster und die Farbe blätterte von der Haustür ab, aber insgesamt machte das hell verputzte Haus einen passablen, bis guten Eindruck. Die Wohngegend schien früher einmal sehr gehoben gewesen zu sein, bevor in der Nähe drei Hochhäuser gebaut worden waren und damit wahrscheinlich eine andere soziale Schicht Einzug in die Nachbarschaft gehalten hatte. Im Vorgarten lagen sehr viele Blätter, die der Herbstwind zu einem Haufen zusammengetragen hatte. Ahlem sah auf die lange Einfahrt mit dem Waschbetonpflaster, wo drei Autos hintereinander parken könnten. Die beiden Flügel des Einfahrtstors standen weit auf. Ihr fiel am Ende der Einfahrt das alte angerostete beige Metallgaragentor auf, als der herannahende PKW schnittig in die Einfahrt einbog und den Motor abstellte.

„Sind sie Frau Bakri?" Franziska kroch hektisch aus ihrem Golf und nahm schwungvoll ihre Jacke und eine Tasche aus dem Wagen.

„Ja, Ahlem Bakri von der Kriminalpolizei. Mein Beileid Frau Giesecke." Sie zeigte kurz ihren Dienstausweis und musterte währenddessen ihr Gegenüber genau.

„Danke. Es war schon ein Schock. Aber lassen sie uns ins Haus gehen. Ich habe hier den Schlüssel." Franziska Giesecke nahm zügig die drei langgezogenen Stufen auf dem Weg zur Haustür und bemerkte die wackelnde Gardine der Nachbarin gegenüber, als sie sich kurz umschaute. War es Neugierde oder Wachsamkeit? Die Tür war zweimal verschlossen. Der Flur erschien an diesem Oktobernachmittag dunkel und Franziska machte Licht. Ungefragt legte sie los.

„Ich bin Journalistin und ich hatte regelmäßig Kontakt zu meinem Onkel. Er war der Bruder meines Vaters." Sie ging weiter voraus in das kleine Esszimmer und öffnete zwei Fenster. „Riecht ganz schön muffig hier. Wo war ich stehengeblieben. Ach ja. Er wohnte nach dem Tod meiner Tante hier alleine und versorgte sich selber. Er war gesund und mobil, soweit ich das beurteilen kann. Wenn er Fragen hatte, dann meldete er sich bei mir oder wir gingen zusammen auch mal frühstücken. Aber alles sehr sporadisch. Er lebte sein eigenes Leben. Selbstbestimmt und mobil, so wie es viele ältere Menschen gerne hätten."

Erst jetzt musterte sie die Kommissarin etwas genauer und fand, dass sie der Tatort Kommissarin Lena Odenthal ähnlich sah. Sportliche Figur in kurzer Lederjacke mit aufgefönten, mittellangen schwarzen Locken. Nur das Gesicht konnte den türkischen Einfluss nicht verbergen.

„Sind sie heute das erste Mal nach dem Tod ihres Onkels hier?"

„Ja, deshalb riecht es hier auch so schlecht. Sorry."

„Und ihr Vater ist schon gestorben?"

„Ja, schon vor fünf Jahren. Bei einem tragischen Autounfall. Es war eine harte Zeit."

„Können sie sich vorstellen, dass ihr Onkel Feinde hatte?"

„Nein ganz sicher nicht. Die Nachbarschaft ist intakt und man achtet aufeinander. Vielleicht hat er sich mal über den Nachbarn geärgert, der sein Auto immer gegenüber seiner Einfahrt geparkt hat. Aber mein Onkel wollte das Haus verkaufen und sich eine kleinere Wohnung mit Aufzug mieten. Die ganzen Verpflichtungen mit dem Garten und so fielen ihm immer schwerer."

„Ab wann war das geplant?" Ahlem Bakri folgte ins Wohnzimmer, das aufgeräumt und sauber aussah. Allerdings verbreitete die braune Holzvertäfelung an der Decke eine melancholische Stimmung. Die dicken alten Ledersessel waren schon etwas ausgesessen und mit vielen Kissen versehen. Auf dem gefliesten Boden lagen dicke Perserteppiche und an der Wand hingen einige bunte Landschaftsbilder. Alles nicht ihr Stil, aber der Geschmack von älteren Menschen war anders. Der flache Fernseher mit der Soundbar nahm eine zentrale Stellung im Raum ein. Die Kommissarin musste daran denken, dass erst die Menschen von den Medien verdummt wurden, um jede langweilige Serie zu schauen und dann, wenn endlich alle vom Fernseher abhängig waren, dann gab es dort am laufenden Band Wissensquiz und Kochshows, um den Menschen ein Gefühl von Bildung zurückzugeben. Sie hatte viel zu wenig Zeit, um fernzusehen und wenn, dann sah sie lieber etwas Kuscheliges und ja keine Krimis.

Die Kommissarin besah sich einige alte Familienbilder im Bücherregal. Eine Gesellschaft in schwarz-weiß. Ein Kegelabend, Feiern mit Freunden, ein kleines Mädchen mit Fahrrad und ein älteres Ehepaar bei der Silberhochzeit. Sie erkannte darauf das Gesicht des Toten. Darüber stand eine alte 24-bändige Brockhaus-Enzyklopädie aus den 80ern im Ledereinband. Ausgemusterte FALK-Stadtpläne von Frankfurt, Hamburg und München warteten auf die

51

Entsorgung. Fotobildbände von Kanada, Island und Griechenland dokumentierten ehemalige Reiseabsichten. Nach einigen Sekunden entdeckte sie sogar in der Ecke einen Dual-Plattenspieler und LP´s.

„Der Verkauf des Hauses sollte über die Stadtsparkasse abgewickelt werden. Mein Onkel meinte, dass sie bestimmt eine lange Liste von Interessenten hätten. Vermutlich überschätzte er den Wert des Hauses."

„Und wer erbt das jetzt alles?" Die Kommissarin schaute nochmal neugierig in das Regal und zog ein paar Bücher hervor, während sie aus dem Augenwinkel die Reaktion der Journalistin beobachtete. Alte Romanklassiker, wie *Die Blechtrommel, Die Päpstin* und *Das Parfüm* im Hardcover standen dort angestaubt seit Jahren und das Papier war mittlerweile gelblich.

„Das ist eine gute Frage. Kinder gibt es keine. Von einem Testament weiß ich nichts. Vielleicht liegt es bei einem seiner Notarfreunde." Franziska legte ein Hostesslächeln auf. „Vermutlich erbe ich das alles. Aber? Macht mich das jetzt verdächtig?"

„Eine reine Routinefrage. Sorry." Bakri verschränkte die Arme vor der Brust.

„Bevor sie fragen, wo ich am Dienstagabend war, ich war in der Redaktionssitzung."

Die Kommissarin ignorierte die ungefragte Antwort. „Haben sie eine Bankvollmacht?" Mit einem Auge registrierte sie einige angebrochene Spirituosen hinter Glas in einer Bar. Daneben ein selten benutzter angestaubter Humidor.

„Ja, wir hatten vor zwei oder drei Jahren alle Vorsorgevollmachten unterschrieben. Der plötzliche Tod seines Bruders hatte ihn sehr mitgenommen. Mein Onkel war sehr korrekt. Er pflegte sein Auto wie seinen Augapfel, der Garten war immer in Ordnung und am Haus wurden alle

Arbeiten von Handwerkern durchgeführt. Er hasste Pfusch oder Unpünktlichkeit."

„Darf ich mich im Haus etwas umsehen?" Ahlem Bakri wartete die bejahende Antwort nicht ab und schlenderte vom Wohnzimmer in die aufgeräumte Küche. Erst jetzt fielen ihr die schweren Gardinen mir den langen Stores auf, die das Zimmer so dunkel machten. Eine Tageszeitung lag noch aufgeschlagen auf dem Küchentisch und verdeckte zwei Wochenreklameblättchen der Discountmärkte. Der kleine rote Rahmen im Monatskalender mit Strandfotos stand noch auf Dienstag. Am Spülbeckenrand standen ein abgewaschener Teller mit Kaffeebecher. Der kleine Kaffeevollautomat war der einzige moderne Luxus in der sonst ältlichen, wenig benutzten Küche. Die Ermittlerin sah darüber einen weiteren Monatskalender, auf dem einige Eintragungen zu lesen waren: *Geburtstag von Martin Prühm, Frisör, Goldhochzeit, Zahnarzt Dr. Rosen* und alle zwei Wochen am Dienstag *Doppelkopf-Stammtisch.* Bakri blätterte ein paar Monate zurück und ihr fielen einige Kürzel auf, die mit M.v.P. kryptisch aussahen.

„Wissen sie, was M.v.P. heißt?"

Franziska kam näher und studierte die handschriftlichen Kalendereinträge. „Nein. Ich kenne keinen M.v.P. Sorry. Eigenartig, dass der Name nicht ausgeschrieben ist."

„Könnte es Martin Prühm sein?", fragte die Kommissarin in Erinnerung an den Kalendereintrag.

„Könnte sein, aber der hat keine adelige Abstammung", antwortete Franziska.

Bakri blätterte auf den kommenden Monat November und dann auf Dezember. Es gab keine weitere Einträge von M.v.P.

„Besitzt ihr Onkel keinen Computer, den er auch benutzt?" Bakri wunderte sich über die altmodischen Einträge im Monatskalender, die normalerweise heute jeder in seinem

Handy oder PC verwaltet. Aber Juristen tickten oft anders, wie sie aus der täglichen Arbeit mit der Staatsanwaltschaft wusste.

„Doch, ja klar, oben im Arbeitszimmer. Ich zeige es ihnen."

Die dunkle Eichenholztür des Arbeitszimmers war geschlossen, wie auch alle anderen Türen, die vom Flur abgingen. Kommissarin Bakri öffnete die Tür und sah einen großen Schreibtisch vor dem Fenster mit Blick in den Garten. Die Tastatur, ein Monitor und ein Drucker standen auf dem Tisch. Darunter stand ein älterer PC im großen beigen Gehäuse. Auf dem Tisch lagen noch viele Farbausdrucke von zu mietenden Wohnungen und die Übersicht eines Immobilienportals. Alle Wohnungen wurden in Langen angeboten. Ahlem Bakri vermutete, dass der Rechtsanwalt alles Wichtige immer ausdruckte, wie es leider immer noch viele ältere Menschen taten. Ein Exposé einer Wohnung war mit Ausrufezeichen und handschriftlichen Bemerkungen versehen.

„Ihr Onkel, scheint eine Wohnung gefunden zu haben, sehen sie hier", damit zeigte Bakri auf das kommentierte Exposé. „Einzugstermin wäre schon am nächsten Ersten. 130 Quadratmeter Loft mit Balkon und Aufzug, inklusive einem Tiefgaragenplatz für 1200€ und das in Feldrandlage. Gibt es so etwas noch? Die Wohnung würde ich auch gerne haben, wenn ich es bezahlen könnte."

„Davon hat er gar nichts erzählt. Vermutlich wollte er sich dieses Angebot sichern. Es ist ja auch nicht sehr weit weg. Er bliebe sozusagen in der Nachbarschaft."

„Hätten sie etwas dagegen, wenn ich den PC mitnehme? Vielleicht finden wir ja hier noch ein paar Hinweise."

Franziska nickte zustimmend. „Ja klar, kein Problem."

„Können sie sich vorstellen, was ihr Onkel nachts auf dem Parkplatz gemacht haben könnte? War er krank oder nahm er Tabletten?"

„Er war kerngesund. Vielleicht wollte er austreten. Beim Kartenspielen wird ja auch einiges getrunken." Franziska sah der Kommissarin beim Abbau des PC´s zu.

„Drei Kilometer von seinem Haus entfernt? Kann sein."

„Vielleicht war ihm übel."

„Aber dafür gab es in dem Lokal noch keine Anzeichen. Jedenfalls hatte er seinen Mitspielern davon nichts berichtet. Vielleicht wollte er sich mit jemanden treffen?"

„Ach was", antwortete Franziska verärgert, „das macht man doch nicht nachts auf einem Waldparkplatz. Woran denken sie überhaupt? Mir ist das auch schleierhaft."

„Könnten sie sich vorstellen, dass ihr Onkel hinter einer bürgerlichen Fassade, noch ein ganz anderes Leben führte?"

Franziska drehte sich wieder zur Kommissarin herum.

„Was meinen sie mit Fassade?"

„Es gibt Menschen, die spielen ihren Verwandten, ihrer Familie und ihren Nachbarn etwas vor. Aber sie verstecken ein Geheimnis, weil es ihnen peinlich ist. Offen gefragt, hatte ihr Onkel spezielle sexuelle Vorlieben?"

„Was meinen sie denn damit? Glauben sie, er hat sich nachts mit einer Prostituierten dort getroffen? Das hätte er hier einfacher haben können."

„Der Parkplatz *Oberschweinstiege* ist bekannt als Cruiser-Platz, hier treffen sich Homosexuelle. Er könnte dort vorbeigefahren sein, um jemanden zu treffen. Eventuell auch nur zufällig."

„Jetzt machen sie mal bitte halblang. Da sind sie aber nun total auf dem Holzweg."

„Viele Menschen führen ein geheimes Doppelleben. Als Journalistin kennen sie doch bestimmt einige Fälle von Prominenten."

„Mit Verlaub, Frau Kommissarin, da geht die Phantasie mit ihnen durch. Nein, da liegen sie hier völlig falsch."

Franziska sah aufgebracht in den Garten und überlegte weiter. „Mir erscheint der einzige plausible Hergang, dass er wirklich austreten musste und dort überfallen worden ist."

„Aber seine Papiere, Ausweise und auch das Portemonnaie, inklusive Geld waren noch da. Immerhin hatte er 150 Euro und Kleingeld dabei."

„Vielleicht musste der Täter türmen, da er gestört wurde. Jemand anderes kam auf den Parkplatz gefahren und er lief schnell weg."

„Alles möglich. Dann müssten wir den Zeugen finden."

„Hören sie. Mein Onkel war ein gebildeter ehrlicher Mann, der niemandem etwas zuleide tun konnte. Als Rechtsanwalt war er überaus gesetzestreu. Finden sie einfach seinen Mörder."

Ahlem Bakri reagierte auf die im Unterton hörbare Unterstellung der Tatenlosigkeit nicht und hob den abgekabelten PC an. Sie schaute noch in das blitzsaubere Badezimmer und das Schlafzimmer mit Doppelbett, bevor sie sich verabschiedete.

„Falls ihnen irgendetwas einfällt oder hier im Haus auffällt, dann melden sie sich bitte bei mir. Hier ist meine Karte." Sie wendete sich zum Gehen. „Ach übrigens, der Wagen ihres Onkels wird morgen freigegeben. Den können sie dann abholen."

Ahlem Bakri war schon seit acht Jahren in der Mordkommission. Sie war eine geachtete Kollegin, die mit ihrem Spürsinn einige spektakuläre Fälle aufgeklärt hatte. Trotzdem war sie im Team nie richtig angekommen. Es lag an ihrer Art, dass sie viel lieber alleine ermittelte und nur im Notfall einen Kollegen hinzuzog. Das hatte ihr schon einige Rüffel eingebracht, die sie immer wieder durch Erfolge und Leistung ausbügeln konnte.

Der vorliegende Fall erschien zunächst wenig spektakulär, allerdings sagte ihr Bauchgefühl, dass hier mehr dahinterstecken könnte. Ihre einzelnen Gedanken fügten sich nach einiger Zeit in ein fast konsistentes Bild zusammen, was natürlich keine Garantie war, dass es sich so zugetragen haben muss, aber es war eine interessante Spur, die sie auf einem Papier notierte, wie sie es immer tat.

Ein pensionierter Rechtsanwalt verabredet sich in der Pinkelpause des Kartenspielens für 23 Uhr zu einem Treffen mit seinem jungen Lover auf dem Parkplatz Oberschweinstiege, der den Namen M.v.P. trägt. Wie die Kalendereinträge in seiner Küche zeigen, ging das Spielchen schon einige Monate. Ein Treffen in seinem Haus will Giesecke aus diversen Gründen vermeiden (Nachbarn). Seine Adresse soll bei M.v.P. nicht bekannt werden. Als es mit M.v.P. in der Nacht zum Streit kommt (Bezahlung, Erpressung, Trennung, Liebesentzug, Eifersucht etc.), schießt dieser ihm in das Bein. Er will ihn nicht töten, nur bestrafen. Oder Version B: M.v.P. lebt in einer anderen (verheimlichten) Partnerschaft mit Mister X, die Giesecke entdeckt und die ihn massiv stört. Er stellt M.v.P. nach. Deshalb wird er vom Rivalen X gestellt und zur Rechenschaft gezogen.

Die Kommissarin legte den Stift zur Seite und betrachtete nochmals nachdenklich ihre Notiz. *In diesem weiten Feld ist alles möglich. M.v.P. und / oder sein Partner X sind der Schlüssel.*

Bakri griff entschlossen zum Telefon und forderte nun eine Streife an, die in den nächsten Wochen regelmäßig am späten Abend die bekannten Cruiser-Parkplätze besuchen und Ausweiskontrollen durchführen sollte. Es wurde eine Person mit Namen M.v.P. gesucht. Die Kommissarin wusste, dass man ihr für diesen Fall nur zwei bis drei Wochen Zeit ließ. Solange waren die wenigen Spuren noch heiß. Dann ließ auch das öffentliche Interesse der Journalisten an diesem speziellen

Milieu in der Schwulenszene nach und Clemens Giesecke könnte als Cold Case in den Archiven der Kriminalpolizei enden, wenn es nicht irgendwann einen Zufallsfund gäbe. So traurig es war, so realistisch war ihr Ermittlerdasein.

4. Wohnungsbesichtigung

Als Leoni das graue Mehrfamilienhaus verließ, hatte sie ein gutes Gefühl. Ein kühler Wind blies ihr in das hübsche weiche Gesicht und zerzauste ihre Frisur, so dass sie ein Stirnband aus der Tasche nahm und die Haare bändigte. Endlich wurde ihre lange Suche nach einer Wohnung belohnt. Sie hatte sich bei einigen Immobilienportalen registriert und dort nach kleineren Appartements in der Nähe ihrer neuen Arbeitsstelle bei FIVE-Star gesucht, die auch noch bezahlbar waren. Dieses Suchvorhaben schien viel schwieriger, als ihre gerade bestandene Masterprüfung zu sein. Nach vielen Rückschlägen hatte sie das Portal www.#nextParadise.com gefunden, ihre persönlichen Daten eingegeben und einen Account eröffnet. Hier gab es glücklicherweise diverse Wohnungen in ihrem Umfeld, die sie sich leisten konnte. Schnell hatte sie sich für eine 65 Quadratmeter große Wohnung mit Küche und reservierten Parkplatz in einem relativ neuen Wohnquartier interessiert. Die Fahrt zum Arbeitsplatz wären dann nur circa acht Kilometer und es gab eine günstige Anbindung mit der S-Bahn nach Frankfurt im Norden und Darmstadt im Süden, wo das Angebot von Kneipen, Diskotheken und Museen hervorragend war. Der Odenwald lag als Wandergebiet direkt vor der Tür. Ein Volltreffer. Ihre derzeitige Wohnsituation kam an Leonies mentale und organisatorische Grenze, da ihre Schulfreundin, bei der sie untergekommen war, als Krankenschwester im Schichtdienst arbeitete und sich damit ihre beiden Lebensstile völlig unterschiedlich entwickelt hatten.

Ihr Besichtigungswunsch war mit einem Termin sofort per E-Mail von einem gewissen Marvin bestätigt worden, der als Makler bei NextParadise angestellt war. Für den heute anstehenden Termin hatte sie extra den Lidschatten nachgezogen und den roten Lippenstift im Brombeerton aufgetragen. Die enge Röhrenjeans saß perfekt und dazu konnte sie, bei Bedarf, einen weiteren Knopf ihrer frisch gebügelten Bluse in floralem Pink öffnen. Etwas gewagt, aber vielleicht nützlich und notwendig. Gestern hatte sie mit Bedacht ihre Haare blond nachgetönt bis elegante feine braune Strähnen durchschimmerten. Mit einem Meter zweiundsechzig war sie nicht sehr groß, aber zäh und zielstrebig. Zunächst setzte sie probeweise vor dem Spiegel ihre große Sonnenbrille auf, entschied sich dann aber, diese doch zuhause zu lassen. Keine Spielereien, es war wirklich ernst.

Leoni erreichte Langen, suchte in dem Wohnquartier *Am Römerberg* nach Haus sieben und suchte gerade neben der gläsernen Eingangstür die Klingelschilder ab, als ein Mann, Mitte oder Ende Zwanzig mit mittellangen dunklen Haaren die Tür öffnete.

„Frau Kleinschmidt?"

„Ja", sagte sie verunsichert, nichts ahnend, wer ihren Namen kannte und drehte sich zu ihm um.

„Herzlich Willkommen. Mein Name ist Marvin. Kommen sie bitte herein. Das Appartement befindet sich in der zweiten Etage. Treppe oder Aufzug?" Mit diesen Worten hielt er ihr die Haustür auf. Leonie widerstand dem melancholischen Dackelblick. Stattdessen bemerkte sie die knotigen großen Hände des Mannes, die nicht zu einem Makler passen wollten.

„Treppe, die geht noch", antwortete Leonie mit einem sarkastischen Lächeln. Der Aufzug wäre ihr mit einem

Fremden auch zu intim gewesen, obwohl sie keine Abneigung gegen Marvin verspürte. Aber die Wahrung einer geschäftlichen Distanz erschien ihr wichtig.

„Dann mal los, die anderen warten schon." Marvin nahm sportlich zwei Stufen auf einmal.

Leonie fragte sich nur kurz, was damit gemeint war und sprintete hinterher. In der Wohnung war schon einiges los, das Stimmengewirr hörte man schon im Treppenhaus. Marvin betrat die Wohnung und klatschte kurz einmal in die Hände, um die Aufmerksamkeit auf sich zu ziehen.

„Verehrte Damen und Herren, schenken sie mir kurz ihre geschätzte Aufmerksamkeit", lächelte er aalglatt. „Herzlich Willkommen, zu dieser Wohnungsbesichtigung, hier im schönen Langen. Wir sind nun komplett für heute. Und dann auch schon meine erste Frage: haben sie sich schon alle in die Bewerbungsliste eingetragen?"

Leonie nahm die Liste entgegen und trug erstaunt ihren Namen unter der Nummer 19 am Ende ein. Während Marvin alle Daten zur Wohnung herunterrasselte, die auch schon in der Internetanzeige standen, hatte Leonie Zeit, die anderen Interessenten genauestens zu mustern. Sie beobachtete deren Gesichtsausdruck und belauschte deren Gespräche, soweit es möglich war, ohne aufdringlich zu wirken.

Da war eine mittelalte Dame mit Hund, die nach Leonies Meinung nur eine geringe Chance hatte, diese Wohnung zu bekommen. Die vornehme Kleidung passte nicht zum sonstigen, eher rustikalen, Auftritt, obwohl sie die Haare frisch auftoupiert hatte. Man spürte förmlich, wie sie sich in ihrem gewählten Outlook unwohl fühlte.

„.... Die offene Küche verleiht dem Raum eine schöne Größe und sie können den Gesprächen ihrer Gäste folgen." Marvin spulte professionell sein Standardprogramm ab.

Anders sah es schon bei einer jungen Assistenzärztin aus, die mit ihrem Vater gekommen war. Die Haare hübsch nach oben gesteckt, etwas unerfahren, aber sie wusste bestimmt was sie wollte. Vermutlich spielte sie nur die Zaghafte als Papas Liebling und war bestimmt Einzelkind. Und dumm war sie auch nicht. Ein Krankenhaus war in der Nähe und die soziale Stellung eines Arztes im Haus stand meist hoch im Kurs. Leonie bewertete sie, als eine ernstzunehmende Gegnerin.

„…. Die Einbauküche ist neu und wird natürlich mit allen Geräten vermietet. Freuen sie sich auf eine Spülmaschine und einen Induktionsherd mit geringem Stromverbrauch. Es sind alles A+++ Küchengeräte von einem Markenhersteller."

Ein junges Pärchen suchte eine Wohnung, da ihnen wegen Eigenbedarf gekündigt worden war und deshalb auf die Tränendüsen drückten. Immerhin waren sie Doppelverdiener, aber wie lange würden sie wohnen bleiben? Die Wohnung wäre für das Paar doch zu klein. Jedenfalls auf Dauer, wenn dann noch Nachwuchs käme. So jedenfalls, beurteilte Leonie die Lage. Geschäftig vermaßen die beiden mit einem Zollstock einige Wände und notierten die Maße auf einer schnell angefertigten Skizze.

„… Und hier der große Balkon in Südwestlage. Gönnen sie sich ein Glas Wein am Feierabend in der untergehenden Sonne. Alles ist hier so ruhig, obwohl wir hier eine sehr gute Verkehrsanbindung haben. Die S-Bahn-Station ist keine 500 Meter entfernt. Sehen sie, in dieser Richtung." Der Makler zeigte mit der rechten Hand auf mehrere Bäume im Hintergrund. „Ein Ärztehaus und mehrere Einkaufsmöglichkeiten sind fußläufig zu erreichen. Nirgendwo finden sie eine bessere Infrastruktur vor."

Leonies skeptischer Blick analysierte weiter die inhomogene Gruppe der Besichtiger. Ein, mit seiner riesigen Armbanduhr protzender Banker im Casual Business Outfit, hatte sich von seiner Frau getrennt (oder umgekehrt) und erklärte forsch, er stelle für jeden Vermieter ein sehr geringes Risikopotential dar. „Arschloch", dachte Leonie. „Mit einer neuen Frau ist der auch wieder weg."

„.... Hier ist noch ein kleiner Hauswirtschaftsraum für die Waschmaschine. Natürlich gibt es überall Fußbodenheizung."

Dann war da noch eine alleinerziehende Frau mit ihrer 14-jährigen Tochter, die nachfragte, ob sie ihre Katze mitbringen dürfte. „Tiere würde ich nicht nehmen", folgerte Leonie still. „Ist auch für die beiden zu klein. Vermutlich auch eine Trennung." Als die Frau hinterherschob, dass die Miete vom Amt bezahlt würde, strich Leonie sie gedanklich von der Bewerberliste.

„.... Das Parkett ist abgeschliffen worden und natürlich neu versiegelt. Es ist alles sehr fachmännisch ausgeführt worden. Da alles weiß gestrichen wurde, steht dem direkten Einzug nichts im Wege."

Eine übergewichtige ältere Frau, fing an zu schnaufen, als sie sich für einen Prüftest zum Boden bückte und nur mühsam wieder in den Stand kam. Leonie bot sofort ihre Hilfe an, die dankbar angenommen wurde.

„.... Das geräumige Bad hat einen bodenebenen Duscheinstieg. Hier wurde wirklich an nichts gespart." Marvin erklärte mit ausladenden Handbewegungen. „Sehen sie nur die aufwendigen Armaturen, die Duschabtrennung aus Glas und die großen Fliesen. Alles sehr edel."

Leonie verhielt sich ruhig und prüfte die Lage, die sich schlechter als erwartet herausgestellt hatte. Sollte sie kritische Zwischenfragen nach der Höhe des Hausgeldes oder der Heiztechnik stellen? Das könnte für den Makler unangenehm sein und der Konkurrenz wertvolle Tipps geben. Also ließ sie es. Marvin pries die Wohnung weiter an. Nach Leonies Empfinden to much.

„.... Der Vermieter wohnt im Norden von Deutschland und hat die Wohnung als Kapitalanlage und für seine Tochter gekauft. Die ist nun nach dem Studium in das Ausland gegangen. - So, wenn sie jetzt direkt keine Fragen haben, dann besuchen wir noch den Kellerraum und die Tiefgarage. Dort gibt es auch einen Aufzug für die Fahrräder. Ein gemeinschaftlicher Fahrradkeller steht auch zur Verfügung. Alles vom Feinsten, sie werden staunen", sülzte er weiter.

Leonie und die ganze Meute folgten Marvin, der zügig die Treppen hinunterlief. Nebenbei erklärte er noch das Mülltrennsystem mit dem einzigartig gesicherten Schlüsselzugang und die Funktion des automatischen Garagentors.

„.... Das war es auch schon. Ich bedanke mich für ihr Interesse und stehe natürlich für weitere Fragen zur Verfügung. Bitte streichen sie sich von der Namensliste, falls sie kein Interesse mehr haben. Ich werde dem Vermieter eine Übersicht als Entscheidungsgrundlage übergeben. Sie hören dann zeitnah von mir. Ich wünsche ihnen noch einen schönen Tag."

Die Gruppe löste sich langsam mit einem dezenten Stimmengemurmel auf, ohne dass sich jemand von der Liste strich. Leonie sah Marvin noch einmal freundlich an, der den charmanten Blick aber nicht honorierte.

„Mir gefällt die Wohnung super gut. Ich arbeite in der Nähe. Als Informatikerin mit einem guten gesicherten Gehalt", fügte sie schnell noch hinzu. „Gibt es noch weitere Besichtigungstermine?", fragte sie etwas unbeholfen, aber ihre scheinbare Verletzlichkeit war die Maske für ihren scharfen Verstand dahinter.

„Nein, vermutlich wird sich der Vermieter schon bald entscheiden wollen. Die Wohnung ist komplett renoviert und steht, wie sie sehen, direkt zum Einzug bereit."

„Anhand welcher Kriterien wird er sich entscheiden? Dürfen sie dazu etwas sagen?" Leonie wollte nicht lockerlassen.

„Ich vermute mal, wie schnell jemand einzieht, ob er ein gesichertes Einkommen hat, wie viele Personen und ob Tiere dabei sind. Aber genaues kann ich ihnen nicht sagen."

„18 Euro pro Quadratmeter kalt ist schon ein Wort. Dann kommen noch 3 Euro Nebenkosten obendrauf. Kannst du dir das leisten?" Ihre Mitbewohnerin prüfte Leonies überschwänglichen Bericht über deren Besichtigung etwas kritischer. Leonie ließ sich dadurch auch etwas verunsichern und suchte scheinbar nach Argumenten, weshalb sie die Wohnung nicht haben wollte, damit der Frust nicht ganz so groß würde, als ihr Handy klingelte.

„Frau Kleinschmidt? Hier ist Marvin, ihr freundlicher Makler. Haben sie noch Interesse an dem schönen Appartement in Langen, dann habe ich sehr gute Neuigkeiten für sie."

„Oh, hat sich der Vermieter schon entschieden?"

„Ja, und zwar für sie. Ist das nicht toll? Jetzt brauchen sie nur noch drei Monatskautionen überweisen und sie bekommen von mir umgehend den Schlüssel. Ziehen sie ein in ihr Next Paradise."

„Ich, ich bin ganz platt. Natürlich nehme ich die Wohnung. Danke."

„Okay, dann schicke ich ihnen den Mietvertrag zu und sie überweisen 3000 Euro auf das angegebene Konto. Nur eine Kleinigkeit am Rande. Das Geld muss allerdings in den nächsten drei Tagen auf dem Konto sein, da der Vermieter dann zu einer längeren Auslandsreise aufbricht. Wäre das für sie möglich?"

„3000 Euro? Ja, das müsste gehen."

„Prima, der Vertag ist schon unterwegs. Es war mir eine Ehre. Die Schlüsselübergabe sollten wir dann am Freitag um 16 Uhr machen. Geht das von ihrer Seite?"

„Ja klar. Ich komme zur Wohnung." Leonie fühlte sich durch die vielen positiven Neuigkeiten etwas überrumpelt. Mit einem Lachen stand sie auf.

„Sehr gut. Und schon können sie ihren Einzug organisieren und im Kopf ihre Möbel stellen. Herzlichen Glückwunsch. Ich freue mich, sie wiederzusehen. Bis Freitag."

Damit legte Marvin auf und Leonies Handy zeigte mit einem hellen Klang den Eingang einer Mail an.

„Wow." Der Mietvertrag mit allen Daten war schon da. Leonies Herz klopfte aufgeregt und sie hüpfte wie ein Kind umher. Dann hatte sie sich gegen alle anderen durchsetzen können. Sogar gegen die Ärztin und den Banker.

„Yes, I got it." Sie umarmte ihre Mitbewohnerin und beide sprangen im Zimmer umher. Unter Gejohle wurde sofort eine Flasche Sekt aus dem Kühlschrank geholt. „Das muss gefeiert werden. Ich freue mich so für dich, Leonie. Auch wenn ich etwas traurig bin, dass unsere WG sich nun auflöst. Was soll´s? Du bleibst ja in der Nähe."

„Ja, und du kommst am Wochenende zum Frühstück. Prost."

Leonie druckte den zugesendeten Vertrag aus, überflog die diversen Paragraphen und unterschrieb ihn andächtig mit einem Werbegeschenk-Kugelschreiber. Sie fotografierte die letzte Seite ab und schickte sie zurück an den Absender. Aus ihrer kleinen Tasche zog sie ihre Bankkarte hervor, damit die Kaution rechtzeitig auf ein Schweizer Konto mit ihrem Namen überwiesen werden konnte.

Sie fühlte die Röte in ihrem Gesicht aufsteigen.

So fühlten sich Stolz und Zufriedenheit an.

Ein Tag, wie im Paradies.

*****

Vor dem Haus sieben im mondänen Wohnquartier *Am Römerberg* in Langen stand ungeduldig wartend ein mitdreißiger Ehepaar aus Bosnien zusammen mit ihrer zehnjährigen Tochter. Das Wetter war Ende Oktober immer noch schmuddelig und nasskalt, da ein Tief nach dem anderen Deutschland überquerte. Sogar der erste Schneeschauer war für die nächste Woche angekündigt worden. Viel zu früh im Jahr. Der Wind pfiff ungemütlich um die Häuserecken.

„Wo bleibt der denn?" Die Frau stapfte abwechselnd mit den Füßen auf, während der Mann seine Zigarette zu Ende rauchte. „Klingel doch noch einmal. Vielleicht ist er schon oben." Sie zog mit einem fröstelnden Gesichtsausdruck den Kragen noch höher.

„Mach ich, aber wir waren für die Schlüsselübergabe vor dem Haus verabredet. Und da stehen wir jetzt."

Das Mädchen ließ die Hand ihrer Mutter los und hüpfte gekonnt auf dem rechten Bein auf einem imaginären Steinmuster.

Die Frau wirkte nun fahrig und aufbrausend. Mit den tiefen Augenringen sah ihr Gesicht einige Jahre älter aus.

„Dieser Marvin ist jetzt schon eine Viertelstunde zu spät. Er hat doch deine Handynummer. Dann kann er uns ja anrufen, wenn er später kommt. Diese jungen Leute kennen einfach keine Pünktlichkeit mehr."

„Lass uns mal am Spielplatz dort drüben auf die Bank setzen. Fünf Minuten geben wir ihm noch. Dann rufe ich ihn an", schlug der Mann besänftigend vor. Er kannte die aufbrausende Art seiner Frau, unter der er manchmal zu leiden hatte.

„Kannst du auch jetzt schon machen", ätzte die Frau zurück. „Janica, komme jetzt hierüber und lass das Springen. Es sind doch überall Pfützen hier."

Der Mann ging vor zum Spielplatz, der aus zwei einfachen Spielgeräten und einem Sandkasten bestand, in dem verwaiste Spielbagger lagen, deren Funktionstüchtigkeit eingeschränkt erschienen.

„Wir stehen mit dem Lieferwagen im Halteverbot. Ich muss immer einen Blick auf das Auto haben. Ich habe keine Lust auf ein Knöllchen. Die 30 Euro können wir uns sparen."

„Nico, ruf den einfach jetzt an. Bitte", nörgelte die Frau ungehalten weiter.

„Mama, mir ist kalt. Wie lange müssen wir noch hier stehen?", quengelte Janica.

Genervt nahm der Mann einen letzten tiefen Zug, bevor er seine Zigarette intensiver als sonst austrat und wählte die auf der Visitenkarte angegebenen Nummer. Darüber stand:

Marvin
ihr freundlicher Wohnungsmakler von
NextParadise

Nach drei Tönen hörte er erstaunt: diese Nummer ist leider nicht vergeben.

„Was soll das denn? Hast du dich verwählt?"

„Nein schau doch. …. Und dann noch die 35 am Ende. Alles richtig." Auch der nächste Versuch scheiterte.

„Was machen wir jetzt?" Ganz im Innern machte sich bei der Frau eine bittere Vorahnung breit.

„Im Vertrag ist doch die Nummer einer Wohnungsorganisation angegeben. Irgend so ein Call Center."

Sie holte einige zusammengeheftete Seiten aus der Tasche hervor und hielt sie ihrem Mann vor die Nase.

„Ach hier. *ImmoServ.* Zeige mir mal die Nummer.“

Nico wählte und beide warteten, während sich ihre Tochter auf die kleine Spielplatzschaukel setzte und sich gekonnt abstieß.

Die nette Frau im Call Center versuchte zunächst die Situation zu beruhigen, sah dann aber ein, dass sie auch nicht weiterhelfen konnte. „Einen Makler Marvin kenne ich nicht und das Haus sieben mit der Wohnung gehört einem Unternehmer. Den Namen darf ich aber nicht herausgeben. Außerdem ist die Wohnung vermietet.“

„Ja, genau. An uns ist die vermietet. Wir haben hier den Vertrag und die Kaution bezahlt. Und nun wollen wir auch den Schlüssel. Der alte Mieter ist doch ausgezogen.“

„Ich kann sie ja gut verstehen, aber es liegen mir keine weiteren Informationen vor. Tut mir leid.“

„Hören sie. Wir haben 3000 Euro Kaution auf ein Konto in die Schweiz gezahlt. Dort sollte für uns ein verzinstes Unterkonto eröffnet werden.“

„Ich kann ihnen da leider überhaupt nicht weiterhelfen.“

„Was machen wir jetzt? Wir haben unsere Wohnung gekündigt und einige Möbel sind schon im Lieferwagen.“

„Es tut mir wirklich leid. Auf Wiederhören.“

Das Ehepaar schaute sich empört an.

„Was machen wir jetzt?“

Dann fing es an, nasskalt zu regnen.

„Janica, komm jetzt endlich. Verdammt nochmal. Sieh mal, wie du aussiehst!“

Ihr altes Zuhause, wenn man es überhaupt noch so nennen konnte, war kalt und unfreundlich. Überall standen beschriftete Umzugskisten. Die Schränke waren abgebaut, die

Einzelteile mit Klebeband markiert und bereit für den Abtransport. Nur die Küche war noch eingerichtet, zwar einfach, aber immerhin noch nutzbar.

„Wann bekomme ich mein eigenes Zimmer und den neuen Schreibtisch, Mama? Das habt ihr mir versprochen", nörgelte Janica wie eine Fünfjährige. Sie spürte, dass etwas Ungeplantes passiert war, was die Atmosphäre zwischen ihren Eltern enorm belastete.

Den beiden Erwachsenen hatte es die Sprache verschlagen. Sie hatten keine Idee, was nun zu tun sei. In ihren verzweifelten Köpfen machte sich eine Leere breit. Die Frau setzte sich jammernd auf den kargen Holzstuhl in der Küche und verbarg ihr Gesicht hinter den beiden Händen.

„Was sollen wir jetzt nur machen? Bald kommen die mit dem Presslufthammer und reißen hier alles auf. Hier können wir doch nicht mehr leben. Sieh dir mal das Haus an. Alles kaputt und überall der Schimmel."

„Ich rufe jetzt Pavle an", versuchte Nico seine Frau zu beruhigen, die von ihm auch irgendeine Aktion erwartete.

Am Telefon erklärte er seinem Bruder die neue Lage.

„Informiert euren Vermieter, dass ihr noch nicht auszieht. Er soll seine Räumungsklage wegen Komplettsanierung zurücknehmen. Wenn er das überhaupt je geplant hat. Er kann euch nicht auf die Straße setzen. Das geht auch wegen Janica nicht. Dann geht zur Polizei."

„Für die ist das eine Bagatelle. Die Strafanzeige kann man nur Online stellen. Die wollen Dokumente, Schriftverkehr, Adressen und alles. Aber wir haben außer diesem Scheiß-Vertrag nichts. Alles wertlos. Wir sind hier nur Ausländer."

„Dann müssen wir das Problem selber lösen." Und nach einer kurzen Bedenkpause „Ich werde diesen Betrüger finden. Irgendwo, irgendwie. Oder wir nehmen uns den Vermieter gemeinsam vor. Ich komme gleich bei euch vorbei. Ich bin hier in der Werkstatt mit dem Lackieren auch fertig."

*****

Max Krause war ein stämmiger kräftiger Mann mit buschigem, leicht ergrautem Haar und kräftigen großen Händen. Er sah älter aus, als es sein Pass verriet. Demnach wäre er 52 Jahre. Er führte sein Bauunternehmen in der zweiten Generation. Die Krause&Söhne GmbH & Co KG hatte er von seinem Vater übernommen, der sie in den sechziger Jahren gegründet hatte. Mittlerweile verzeichnete die Firma 48 festangestellte Mitarbeiter auf der Gehaltsliste, die ein großes Spektrum der handwerklichen Tätigkeiten abdeckten. Für die restlichen notwendigen Bauarbeiten holte er sich Verstärkung aus dem Osten. Die Polen waren gut, aber nun auch schon teuer geworden. Daher setzte er immer mehr auf Esten, Letten und Georgier. Gut, denen musste man noch einiges beibringen und die Kommunikation war schwer, aber er hatte einen hervorragenden Polier gefunden, auf den Verlass war und der diese Arbeiter gut unterweisen konnte. Seine Firma übernahm im Rhein Main Gebiet kleine bis mittlere Neu-, Umbau- und Renovierungsarbeiten. Bei dem letzten Großprojekt, der Erstellung eines ganz neuen Wohnquartiers mit 122 Wohnungen, war er Unterauftragnehmer bei einem riesigen schwedischen Baukonzern gewesen. Solche Projekte konnte Max Krause nicht stemmen. Sie waren zwei Nummern zu groß für ihn. Hinzu kam, dass er nicht die finanziellen Mittel und auch nicht das Know-how hatte. „Was alleine die Planung und der Vertrieb von diesen Wohnungen an Aufwand bedeutete? Wahnsinn. Und dann die rechtlichen Scherereien. Nein danke", war seine unternehmerische Einstellung, und damit lag er goldrichtig.

Vor drei Jahren hatte er ein altes Wohnhaus mit 16 Einheiten für 4,3 Millionen Euro von einem entfernten Bekannten gekauft, dem aus Altersgründen die Verwaltung zu viel wurde. Immerhin war das Gebäude schon aus den siebziger Jahren und keiner der Vorbesitzer hatte viel Geld in die Hand genommen. Nun gab es einen enormen Investitionsstau, denn die Elektroleitungen, die Bäder, alle Fenster und auch die Heizung müssten bald erneuert werden. Dann sollten auch gleichzeitig die Wasser- und Abwasserleitungen neu installiert werden. Eine Kernsanierung stand an. Dieser Plan bekam einige Risse, als Max Krause von seinem Freund und Stadtratsvorsitzenden hinter vorgehaltener Hand erzählt bekam, dass die Stadt angrenzend an sein Objekt ein neues großes Wohngebiet erschließen wollte. Schnell hatte sich Krause ausgerechnet, dass dann ein Abriss des Wohnhauses lohnenswerter war, als dessen komplette Sanierung. Ob er mit seiner eigenen Firma dort selber bauen oder das Grundstück verkaufen würde, hatte er noch nicht final entschieden. Jedenfalls war der Verkauf an die Stadt oder einen Großinvestor eine echte lukrative Alternative.

Das winzige Restproblem bestand darin, dass in dem Wohnhaus bis vor kurzem immer noch drei Wohnungen vermietet waren. Die anderen dreizehn standen mittlerweile leer. Dies hatte er durch acht freiwillige Umzüge, zwei Todesfälle und auch mithilfe zweier bescheidener Abfindungen erreicht. Nur in einem Fall musste er mit einer Räumungsklage wegen Sanierung nachhelfen. Diese bosnische Familie war einfach stur geblieben. Aber jetzt hatte er sie soweit mit Schikanen weichgekocht, dass sie endlich gekündigt hatten und auszogen. Was für ein Segen.

Krause wohnte in einem vornehmeren Villenviertel *Am Steinberg*. Hier hielt man Abstand zum Nachbarn, was auch an den hohen Mauern und den großen Gärten lag. Sein ganzer Stolz galt seinem neuen X7 BMW mit satten 381 PS, den er in der langen Einfahrt hinter einem automatisch versenkbaren Poller geparkt hatte. Allein der Poller hatte mit Montage über 20.000 Euro gekostet. Er saß mit seiner Frau gerade beim Abendessen, als es vorne am Tor klingelte.

„Wer ist das denn? Hat man niemals mehr seine Ruhe?", schimpfte er und ging zur Türsprechanlage. Auf dem kleinen Bildschirm sah er zwei Männer.

„Ja, bitte. Was gibt es?"

„Herr Krause. Hier ist Djukic, ihr Mieter, sie wissen schon."

„Was wollen sie denn. Wissen sie, wieviel Uhr es ist?"

„Entschuldigung. Wir müssen mit ihnen reden. Es geht um die Wohnung."

„Nicht jetzt. Ich bin beschäftigt. So dringend kann es nicht sein. Kommen sie morgen zur Baustelle. Um acht im Baucontainer, an der Darmstädter Straße."

„Aber es dauert nicht lange. Mit dem Auszug klappt es nicht. Wir brauchen mehr Zeit."

„Das interessiert mich jetzt nicht. Morgen um acht."

Damit beendete er das Gespräch, indem er die rote Taste drückte. *Mehr Zeit?* Verärgert ging er zurück in das Esszimmer.

„Schatz, wer war das denn um diese Uhrzeit?", fragte seine Frau und hielt ihm das leere Rotweinglas zum Nachfüllen entgegen.

„Ach nichts. Nur ein Mieter."

„Aber der muss doch nicht hier bei uns vor dem Haus stehen. Da wird mir ja angst und bange. Woher hat der überhaupt unsere Adresse?"

„Ist ja gut. Kein Grund zur Sorge. Ich treffe ihn morgen auf der Baustelle."

Pavle und sein Bruder Nico standen schon vor acht Uhr vor dem verschlossenen Baucontainer an der Darmstädter Straße und warteten. Es kamen keine Arbeiter, es gab keine Baumaterialanlieferungen und ein Max Krause ließ sich auch nicht blicken.

„Der hat uns verarscht. Total. Es scheint auch so, als sei die Baustelle geschlossen. Hier passiert heute nichts."

„Wir fahren zu dem Krause ins Büro. Los steig ein."

Aber auch im Geschäftsbüro wartete kein Max Krause auf die Beiden. Eine unfreundliche ältere Frau hatte sie wieder rausgeschmissen, als sie auf den Chef warten wollten, aber die Sekretärin nicht wusste, wann Krause vorbeikommen würde.

„Pavle, ich habe die Schnauze voll. Diesen Betrüger Marvin finden wir nicht, wie auch? Und dieser Scheiß-Vermieter will uns loswerden, so wie schon alle anderen in unserem Haus. Er hat uns terrorisiert mit Lärm, mit einer angeblich defekten Heizung, kaputten Fenster und verbogenen Geländer. Der will nur, dass wir auch noch ausziehen. Die Kellerfenster sind eingeschlagen und letzte Woche habe ich eine Ratte im Keller gesehen. Einfach ekelhaft. Ich habe es Elena gar nicht erzählt."

„Verstehe." Pavle dachte kurz nach und steckte sich eine Zigarette an. „Pass auf. Wenn der uns nicht treffen will, dann müssen wir ihn treffen. Und zwar so, dass ihr auch das Geld für die Kaution zurückbekommt."

„Wie soll das gehen?" Nico stand mit fragendem Gesicht und resigniert neben seinem Bruder.

„Ganz einfach. Wir konstruieren einen Unfall." Nico zog genüsslich den Rest Nikotin tief in seine Lungen und schnippte die Kippe auf den Boden. „Pass auf. Krause fährt auf dein

Auto drauf", sagte er kurz entschlossen und der Qualm entwich mit dem Atem seinem Mund. „Er ist schuld und das Auto kommt in meine Lackiererei. Dann rechne ich mit seiner Versicherung etwas großzügiger ab und ihr bekommt dann euer Geld zurück." Noch immer hatte Pavle das kleine Einmalfeuerzeug in der Hand und mit einem Klick hielt er seinem Bruder triumphierend die kleine Flamme vor die Nase.

„Genialer Plan, Nico. Und wo treffen wir ihn?"

„Kennst du die Links-Rechts-Kurve an der kleinen Kirche, wo es den *Eichenbühl* heruntergeht?"

„Ja, da wo von rechts die Mozartstraße einmündet?"

„Richtig. Diese Stelle ist sehr unübersichtlich und meistens parken vor der Einmündung noch andere Autos. Krause muss jeden Abend in dieser Senke vorbeikommen, wenn er nach Hause auf den *Steinberg* fährt. Es ist eine Dreißigerzone. Daher kann nicht viel passieren. Ich postiere mich oben und du stehst mit deinem Auto in der Mozartstraße. Wenn Krause mit dem BMW bei mir vorbeikommt, dann rufe ich dich an, du fährst langsam los und gibst Gas, wenn er kurz vor der Linkskurve ist. Er rauscht dir dann hinten in deinen Toyota rein und ist auch schuld, weil dort Rechts-vor-Links ist. Das ist eindeutig. Ohne Zweifel."

„Guter Plan. Dann krallen wir ihn uns und stellen ihn vor die Wahl, entweder wir rufen die Polizei oder wir regeln den Unfall und unseren Auszug direkt mit ihm. Den Schaden muss er sowieso bezahlen."

„Der ist sowieso Vollkasko versichert. Dieser kleine Unfall wird ihn nicht jucken. Wir müssen nur etwas warten. Komm, wir sehen uns die Stelle an und postieren uns."

Der ganze Tag war einfach beschissen gewesen. Erst hatte sich sein Polier krankgemeldet, dann war er auf dem Bauamt mit dieser blöden Sachbearbeiterin aneinandergeraten und jetzt gerade hatte ihm die Bank die Liquiditätsbeschaffung über das Geschäftskonto massiv eingeschränkt und die Kreditlinie verschärft. Ein Tag zum Wegwerfen.

Max Krause setzte sich in sein Auto und verließ den Kundenparkplatz der Bank. Noch immer schimpfte er über den Filialstellenleiter, der keine Ahnung von seinem Geschäft hatte. Seine Kunden zahlten verspätet und es gab zunehmend Streit über Baumängel und Rechnungen. „Vielleicht wäre ein Bankenwechsel die richtige Antwort", dachte er.

Der Sechszylindermotor des 2,5 Tonnen Autos blubberte angenehm los. Ein riesiger Monitor im Inneren erstreckte sich über das ganze vordere Cockpit. Sein Handy verband sich automatisch mit den diversen Apps auf dem konkav gebogenen Bildschirm. Obwohl sich Krauses Stimmung etwas verbesserte, war er immer noch in Gedanken bei dem Bankgespräch, was große Auswirkungen auf die Finanzen seiner Firma haben würde. Er bog in den *Eichenbühl* ein, und gab nochmal richtig Gas. Nur kurz wurde er angenehm in den Massagesitz gedrückt. Fahren aus Leidenschaft mit ausgezeichneter Straßenlage. Die bevorstehende enge Links-Rechts-Kurve würde sein Urteil bestätigen. Da war er sich sicher. Hier noch runter und dann den *Steinberg* rauf. Der Feierabend und seine Frau warteten.

Pavle sah den dunkelgrauen schweren SUV in den *Eichenbühl* einbiegen. Endlich hatte das lange Warten ein Ende. So ein großes Auto fiel immer auf. Insbesondere er als Lackierer hatte eine große Freude an diesen schönen Autos.

„Nico, er kommt jetzt. Starte den Motor. Noch 150 Meter, noch 100 Meter, noch 50 Meter. Jetzt los", informierte er seinen Bruder verschwörerisch.

Der alte Toyota heulte ungewohnt laut auf, weil Nico vor Nervosität zu viel Gas gab. Jetzt kam es drauf an. Im nächsten Moment quietschten die Reifen auf dem Asphalt, bis sie Grip hatten. Nico rollte zur Einmündung, sah nach links und registrierte den herannahenden BMW. Aber der war schnell. 50 oder 60, statt 30. Er gab nochmal Gas, damit ihn der BMW hinten an der Stoßstange erwischen konnte. Der betagte Toyota brauchte eine kurze Zeit, um den Befehl umzusetzen. Es ging nicht um Sekunden, es ging um Zehntelsekunden. *Bremsen oder noch mehr Gas?* Nico war unsicher und zögerte einen Wimpernschlag. Der BMW nickte schon in der Schnauze ein, was anzeigte, dass dessen Bremsen griffen. Der Bremsweg war zu kurz, um den Unfall abzuwenden.

Ein Knall, ein Bersten von Plastik und Blech, Fensterscheiben zersprangen, Teile wirbelten durch die Luft. Nach zwei Sekunden hörte man deren Auftreffen auf die Straße. Dann folgte eine energielose Stille. Krauses Oberkörper war sanft in dem Airbag gelandet und wieder in den Sitz zurückgeworfen worden. Er benötigte eine gedehnte Zeit, um seine Unversehrtheit zu erkennen.

Krause schimpfte benommen, stieg mit wackeligen Knien aus dem Auto und sah auf dessen Front, wo ein Teil des Scheinwerfers fehlte, die Haube aufgefaltet nach oben zeigte und ein Rad abnormal von der Spur abstand. Dann wandte er sich dem Toyota zu. Er hatte ihn direkt in der Fahrertür getroffen, die nun zerbeult weit in den Innenraum ragte. Der Fahrer lag blutüberströmt auf dem Sitz und dessen Airbag hatte auch ausgelöst. Von oben kam ein Mann gelaufen und riss an der Beifahrertür, die zunächst klemmte. Er stemmte sich mit dem Fuß dagegen, bis die Tür endlich aufsprang. Er zerrte den Fahrer heraus und begann mit Erste-Hilfe-Maßnahmen. Blutungen abbinden, Herzmassage und Mund-zu-Mund Beatmung.

„Rufen sie einen Arzt. Schnell." Krause hörte den Befehl, wie durch einen Wattebausch. Benommen und verstört wählte er die 112.

„Nico. Nico, bleib bei mir. Hallo. Es kommt gleich Hilfe."
Pavle hielt den Kopf seines Bruders, der ihn fragend anstarrte.
„Es wird alles gut", sagte er mitfühlend. Doch die Augen von
Pavle verdrehten sich. Es war zu spät. Nico starb noch am
Unfallort in den Armen seines Bruders Pavle und hinterließ
seine Ehefrau Elena und Tochter Janica.

„Nein Pavle. Komm warte. - Scheiße, und das nur wegen
diesem Marvin", dachte er voll Trauer und Tränen schossen aus
seinen Augen. „Das Schlimmste ist, dass ich meinen Bruder auf
NextParadise aufmerksam gemacht hat. Es ist alles meine
Schuld." In dem Augenblick schwor er Rache.

Krauses Körper hatte zunächst nur willenlos, wie eine
Automat, der Befehle entgegennahm, funktioniert. Nun saß er
unter Schock zusammengesunken auf der Bordsteinkante und
konnte keinen klaren Gedanken finden, um den Unfallvorgang
zu erfassen. Woher war der Wagen so schnell gekommen? Er
fuhr doch diese S-Kurve seit über zehn Jahren mindestens
einmal am Tag. Noch nie war ein Auto aus der Mozartstrasse
so herausgeschossen. Klar war er einen Ticken zu schnell
gewesen, aber immer bremsbereit. Und er hatte gebremst.

Die Sanitäter kümmerten sich auch um ihn, während die
Polizei begann den abgesperrten Unfallort genau zu vermessen
und erste Zeugen zu befragen. Für sie war der Tathergang und
die Schuldfrage klar und eindeutig.

Krause konnte nicht einmal über diesen verdammten Tag
fluchen.

5. Nachlass

Franziska hatte mit dem Nachlass ihres Onkels alle Hände voll zu tun. Sie erinnerte sich, dass sie emotional noch viel betroffener gewesen, als ihr Vater vor fünf Jahren plötzlich gestorben war. Der plötzliche Unfalltod hatte sie kalt erwischt und wusste nicht, wohin mit der Trauer.

Die Leiche ihres Onkels hatte die Polizei freigegeben und der Bestatter wollte angewiesen werden, welchen Sarg, welchen Friedhof und welches Grab er gerne gewünscht hätte. Trauerkarten mussten gedruckt, eine Anzeige aufgegeben und diverse Abos abbestellt werden und das Amtsgericht wartete für die Nachlassregelung auf die Sterbeurkunde. Nur die Kranken- und Rentenversicherung ihres Onkels wurden automatisch informiert. Die Banken schlossen seine Konten vor jeglichen Zugriff, bis ein Erbschein vorlag. Alles ging seinen bürokratischen Gang. Wenigstens den silbernen B-Klasse Mercedes konnte sie in einer Werkstatt in Zahlung geben, die vergeblich versuchten, den Fahrersitz vom Blut zu säubern. Von dem Erlös des Autoverkaufs konnte Franziska die Beerdigung bezahlen.

Sie hatte sich Urlaub nehmen müssen, damit sie alle Behördengänge organisiert bekam. Ihr schauderte schon vor der Post vom Finanzamt mit all den Erklärungen und Formularen. Als Nichte sollte sie in Steuerklasse II 30 Prozent Erbschaftssteuer bezahlen und der Freibetrag war mit 20.000 Euro sehr gering. So hatte sie es jedenfalls auf einer

Internetseite eines Steuerexperten in Erfahrung gebracht. Bei einem Vermögen von einer Million, und das war vermutlich das untere Ende, hätte sie 280 Tausend Euro Erbschaftssteuer zu zahlen und das Finanzamt war ins solchen Zahlungsfällen sehr ungeduldig. Wahnsinn. Wie sollte sie das stemmen?

Erschöpft ließ sie sich im Haus ihres Onkels auf das Sofa fallen. Ein eigentümlicher Geruch kam ihr in die Nase. Etwas muffig, süßlich, so wie es in ihrer Erinnerung als Kind hier immer gerochen hatte. Alles war still, nur das Heizungsthermostat klickte leise vor sich hin. Sie erinnerte sich, dass die Polizei den PC noch nicht zurückgegeben hatte. Franziska machte sich in der Küche einen Tee und sah wieder auf die mysteriösen Einträge M.v.P., auf die sie sich keinen Reim machen konnte. Mit dem Tee ging sie in das Arbeitszimmer, wo viele Ordner und Bücher akkurat beschriftet und sortiert abgelegt waren. Gedankenverloren blickte sie hilfesuchend um sich. Ein Schnüffeln in einem fremden Leben. Womit sollte sie anfangen? Ihr war unwohl, dass sie sich alleine in einem fast fremden Haushalt befand und nach etwas suchte, von dem sie selber nichts wusste, was es war. Wie sollte man da etwas finden? Gab es hier irgendeinen Hinweis, der auf den Grund des Todes zeigen konnte? Sie konnte es sich nicht vorstellen. Auf dem Tisch lag ein ausgeschnittener Zeitungsartikel der Konkurrenzredaktion. Das Erscheinungsdatum war aus dem Sommer. Sie überflog den Inhalt. Es ging um jährliche Mietsteigerungen von acht Prozent, was weit über der Inflationsrate lag, von Staffelmieten, Indexmieten und Mietpreisbremsen. Ihr Onkel hatte sich anscheinend intensiv mit dem Thema beschäftigt. Sie sah sich im Raum weiter um. Auf einem alten Sekretär neben dem Fenster entdeckte sie eine hölzerne Uhrenaufbewahrungskiste. Durch das kleine Sichtfenster sah sie vier wertvolle Uhren. Sie öffnete den Deckel. Der Anblick der kleinen technischen Wunder faszinierte sie. Ein Steckplatz war leer. Ihr Blick fiel auf das große Bücherregal aus Eiche, was über die gesamte Wand gebaut war. Neben alten Bücherklassikern, wie *Name der Rose* oder *Sakrileg*, gab es viele Reiseführer und Ordner, sowie jede Menge Taschenbücher unterschiedlichen Genres. Sie inspizierte das ganze Regal von ganz oben (1998) nach ganz unten (2025). Steuerunterlagen und Bescheide vom Finanzamt der letzten 20 Jahre, jährliche Post der Lebensversicherung und Verwaltungskorrespondenz mit der Stadt waren fein säuberlich in dicken Ordnern abgelegt. Die alten DVDs wurden nur noch von noch älteren VHS-Kassetten getoppt, für die es wahrscheinlich überhaupt kein Abspielgerät mehr gab. Aber auch da war sich Franziska nicht sicher. Unten links waren jede Menge Diakästen sorgsam gestapelt und mit *Griechenland 1978* oder *Algarve 1974* beschriftet. Der Blick folgte ihrem Zeigefinger, bis dieser stockte. Interessiert nahm sie einen Ordner *Bank 2025* aus der unteren Reihe des Regals und prüfte die dort sorgsam abgehefteten Kontoauszüge, die Überweisungen oder Abbuchungen zeigten: Strom, Gas, Wasser, Schornsteinfeger, Edeka, Tanken, Amazon-Bestellungen, Elektriker, Grundsteuer...

Alles nichts Besonderes. Sie blätterte weiter, fixierte schnell den Blick auf die Summen und stieß schließlich auf eine Überweisung in Höhe von 5800 Euro in die Schweiz. Als Empfänger war der Name ihres Onkels angegeben mit dem Verwendungszweck *Wohnung Loft*.

Franziska stöberte weiter, fand aber nichts anderes. Sollte ihr Onkel doch schon eine Wohnung gemietet haben? Aber warum ein Konto in der Schweiz auf seinen Namen? Wollte er auswandern oder war es eine großzügige Spende? Klar, die Banken prüften nur die IBAN und nicht den Empfängernamen. Sie erinnerte sich an die Exposés auf dem

Schreibtisch. Genau, dort war eine Loftwohnung zu mieten im Angebot. Die Ausstattung war Extraklasse und das Vermieterportal war dieses NextParadise. Franziska nahm ihr Tablet zur Hand und tippte den Namen in die Suchmaschine ein. Aber es wurden keine verwertbaren Ergebnisse angezeigt. Stattdessen gab es nur Bilder von hochpreisigen Hotels auf den Malediven und Sansibar inmitten von Palmen am Strand.

Eigenartig.

Sie tippte dann gewissenhaft die ganze korrekte Adresse ein, so wie es auf dem Exposé angegeben war. Eine Immobilienseite öffnete sich.

Willkommen im Next Paradise.

Träumen Sie schon?
Wir vermitteln nur exklusive Wohnungen.
Wir haben, was Sie suchen.
Registrieren Sie sich bei uns, und finden Sie mit uns ihre Traumwohnung, ohne Stress.
Vertrauen Sie auf ihr Bauchgefühl.

Ihre Zukunft wird paradiesisch.
Versprochen!

Der Text war in großen Lettern vor einem Luxushaus im Hintergrund abgedruckt. Auf verschiedenen Internetseiten wurden diverse Wohnungen und Häuser im Detail gezeigt, die keine Wünsche offenließen. Mal ein Châtelet in den Bergen, mal ein Blockhaus an einem See mit Steg, mal am Meer, mal ein Bauernhof im Münsterland, mal ein Luxusappartement in einer Großstadt in den obersten Etagen eines Hochhauses. Franziskas Stimmung hellte sich sofort auf. Dies war mal ein kleiner Ermittlungserfolg. Aber weitere Detailinformationen gab es nur nach einer offiziellen Registrierung. Sie schaute sich vergeblich auf dem Schreibtisch um, ob sie das Password ihres Onkels nutzen könnte.

Sie gab mit *Francisca* einen falsch geschriebenen Vornamen und *Giseke* als Nachnamen ein. Dann tippte sie auf Registrieren und konnte eine E-Mail-Adresse eingeben und ein eigenes Password vergeben. Sie verwendete ihre zweite Mail-Adresse, die sie oft für Einkäufe im Netz nutzte. Sofort bekam sie auf ihr Handy einen Begrüßungslink zum Abschließen der Registrierung zugesandt, den sie antippte und bestätigte. Die nächste Seite erschien im Internet und es wurden weitere Daten abgefragt. Nicht nur ihr Name, heutiger Wohnort, Geburtsdatum und Wohnungs- oder Hauswunsch, sondern auch Beruf, Gehaltsklasse und Geburtsdatum. Ganz unten auf der Seite wurde noch eine Bearbeitungsgebühr von 50 Euro erhoben, die per Kreditkarte zu bezahlen sei. Franziska erschrak und stellte ihre Suche ein. Das ging ihr zu weit, obwohl ihre journalistische Neugier geweckt war. Was war das hier und hatte ihr Onkel etwas damit zu tun? Sie musste über diese Neuigkeiten erstmal in Ruhe nachdenken. Kein voreiliger Schritt, den sie später bedauern müsste.

Plötzlich spürte sie, wie hungrig sie war und bestellte per Telefon beim Chinesen Hähnchenfleisch in Thai-Curry-Soße.

„Dauert ungefähr 20 Minuten." Diese Zeit konnte sie gerade noch abwarten.

*****

„Gabor, wo bist du? Ich hatte dich gebeten, dass du dich melden sollst." Auf dem Bett liegend fischte Marvin mühsam sein Mobiltelefon aus der Hosentasche und hatte zunächst geprüft, ob er den Anruf annehmen sollte. Aber da er aus Ungarn kam und wichtig sein könnte, nahm er ab.

„Du sollst mich auch am Telefon Marvin nennen, verdammt nochmal. Hatten wir das nicht verabredet?" Er setzte sich aufrecht hin und schob das Kopfkissen hinter seinen Rücken.

„Ok, mein Schatz. Mache ich. Geht es dir gut, Marvin?"

„Ich bin müde."

„Du kannst dich gleich wieder hinlegen."

„Was gibt es denn so wichtiges?"

„Der Chef will den letzten Stand wissen. Hat alles geklappt?" Die hohe Frauenstimme klang freundlich und hatte einen ausländischen Dialekt. Lautes Hundegebell erklang im Hintergrund, dass sie zu einem energischen *Ruhe-jetzt, Ben*-Befehl veranlasste.

„Es ist alles geregelt. Aber ich könnte hier langsam Verstärkung gebrauchen. Es ist viel zu tun." Gabor saß in seinem spärlich eingerichteten Zimmer, das nur aus einem Bett, Tisch, Stuhl und einem mobilen Kleiderschrank bestand. Der einzige Luxus bestand aus einer ausrangierten Couch. Die einfache Küchenzeile war übersät mit dreckigem Geschirr und Tellern. Zwei große benutzte Töpfe warteten auf die Reinigung, die ein größeres Projekt würde. Daneben zierte eine geöffnete Raviolidose und drei leere Flaschen Bier das Stillleben. Auf dem Tisch stand ein aufgeklappter Laptop, den Gabor bald wieder benutzen sollte. „Ich komme hier an meine Grenzen."

„Was gibt es denn? Dann sollte doch mehr Geld reinkommen. Wir organisieren doch schon die Termine von hier."

„Hör mir auf. Ihr sitzt zuhause im Warmen und legt die Beine hoch." Gabor strich sich über die rasierte Glatze.

„Was war denn nun mit dem Opa?"

„Was soll sein? Ich habe ihm einen Denkzettel verpasst."

„Das heißt, er kommt uns nicht mehr in die Quere? Der Chef hat getobt. Sei froh, dass du nicht hier warst. Er will dich bald sehen."

„Was wollt ihr mir noch alles in die Schuhe schieben?" Gabor stand erregt vom Bett auf. „Dann reicht es bald." Er musste seinen hochsteigenden Ärger herunterschlucken.

„Du weißt doch: hier spielen alle nach unseren Regeln. Reg dich also ab. Sonst kannst du bald wieder deine alten dreckigen Autos verkaufen. Und denke immer daran: der Chef und ich haben dich da rausgeholt." Ihr Ton war nun eine Nuance schärfer. „Etwas mehr Dankbarkeit bitte."

„Danke für deine wertvolle Unterstützung. Ich werde es mir merken."

„Du musst an das Große und Ganze denken. Das Big Picture. Und an deine Zukunft."

„Gibt es sonst noch was?"

„Ja, es kommen bald neue Places. Nach Frankfurt gehen wir nach Berlin. Plane das ein. Wir sind schon in der Akquise."

„Mir recht. Diese miese Bude hier habe ich satt. Noch was? Ich habe zu tun."

„Moment, ich soll dir noch ausrichten, dass wir auch bald einen neuen Geschäftszweig mit AirBnB Wohnungen aufmachen."

„Dafür sucht euch doch bitte Verstärkung."

„Überlege es dir. Freue mich, dich bald mal wiederzusehen, Marvin mein Schatz. Wir sind ja eine große Familie. Tschau." Damit beendete die süß säuselnde Frauenstimme das Telefonat und Gabor präparierte sich vor dem Spiegel für den nächsten Termin.

Die dunkle Perücke musste perfekt sitzen.

Gabor verließ das Haus und ging zu dem kleinen Caffè *Gassi gehn* an der übernächsten Ecke, wo es ab elf Uhr immer zunehmend entspannter wurde. Das günstige Frühstücksangebot, was oft von Rentnern als Treffpunkt genutzt wurde, war vorbei und für den Nachmittagskaffee war es noch zu früh. Außerdem gab es weiter hinten einen ruhigen Tisch. Vor dem *Gassi gehn* warteten bereits die beiden jungen Studenten.

„Hallo, wartet ihr auf Marvin?"

Die beiden nickten.

„Das bin ich", und hielt ihnen seine kräftige Hand entgegen. „Lasst uns reingehen." Als er eintrat prüfte er die wenigen restlichen Besucher. Alles klar.

Der ruhige Tisch war frei und die Bedienung brachte bald zwei Kaffee und eine Cola light.

„Das übernehme natürlich ich", sagte Gabor und zeigte generös auf die Getränke. „Und ihr beiden sucht einen Job?" Er musterte das Pärchen nach seinen eigenen Kriterien.

„Ja, wir haben den Aushang in der Mensa gelesen und da sind wir neugierig geworden."

„Könnt ihr mir etwas über euch erzählen?" Gabor zog die Zuckerdose zu sich und schaute abwartend nach unten.

„Wir sind Jenny und Stefan. Wir studieren beide an der Fachhochschule Anglistik und sind 22 Jahre alt", begann der junge Mann.

„Kommt ihr aus Frankfurt?"

„Jenny ja, ich komme aus Stuttgart. Was willst du noch wissen?"

„Das reicht mir. Und ihr wollt etwas dazuverdienen?"

„Ja, das wäre nicht schlecht. Wieviel gibt es denn und was müssen wir machen?"

„Also, wir vermitteln Wohnungen. Ich suche ein nettes Pärchen, dass auf Vermieter zugeht und eine Wohnung mietet.

Mehr ist es nicht. Ihr stellt euch dort vor, redet dem Vermieter nach dem Mund und bei erfolgreicher Anmietung bekommt ihr eine Provision von 500 Euro plus Auslagen."

„Und wir schließen den Mietvertrag ab?" Der junge Mann sah fragend seine Freundin an.

„Ja, aber mit anderem Namen. Ihr bekommt von mir andere Papiere. Das heißt einen Ausweis und ein Gehaltsnachweis von einer serösen Firma. Das sollte reichen. Studenten wollen die meisten nicht. Mehr ist es nicht. Kein Risiko, wenig Arbeit."

„Und wie kommen wir an die Adressen? Müssen wir die selber suchen?"

„Ich gebe euch eine Liste von Wohnungen. Die sind meistens in größeren Wohnanlagen. Appartements oder Häuser, wo der Vermieter selber wohnt kommen nicht in Frage. Ihr macht einen Besichtigungstermin aus und ab geht´s."

„Hmm, das hört sich einfach an."

„Es ist auch einfach. Ihr müsst nur korrekt gekleidet sein, hochdeutsch sprechen und keine weiteren Fragen stellen."

Der junge Mann sah seine Freundin an. „Was meinst du Jenny?", die auch weiterhin nur zugehört hatte.

„Wie oft und wie lange sollen wir das machen?", fragte Stefan etwas zaghaft.

„Ich habe für diesen Monat zehn Adressen im Gebiet Rhein/Main. Bei drei erfolgreichen Verträgen habt ihr schon 1500 Euro verdient. Schnelles Geld. Die anfallende Miete bezahle selbstverständlich ich, wenn ich von euch den Wohnungsschlüssel bekomme. Wenn ihr aussteigen wollt, dann gebt ihr mir nur die Papiere zurück. That´s it." Gabor wurde langsam ungeduldig. Diese Studenten hatten immer zu viel Zeit und wollten alles genau durchdenken. „Kein Vertrag, kein Risiko, keine Vorkasse. Was wollt ihr mehr? Also, kommen wir zusammen?"

Die beiden schauten sich kurz an und nickten zustimmend.

„Okay, sehr gut. Dann gebt mir eure Passbilder. Habt ihr welche dabei?"

„Haben wir." Stefan legte zwei kleine Fotos auf den Tisch.

„Super. Ich melde mich, wenn die Ausweise und eure Gehaltsnachweise fertig sind und dann könnt ihr auch schon mit eurer Arbeit beginnen." Gabor stand auf und reichte den beiden zum Abschied die Hand.

„Und was machst du mit den gemieteten Wohnungen?", fragte Stefan etwas ängstlich und ignorierte zunächst die hingehaltene Hand.

„Ich habe dafür Interessenten, die auf dem Markt sonst keine Chance haben. Mein soziales Herz ist groß und ihr tut ein gutes Werk. Ehrlich. Oder wollt ihr den Miethaien und Bonzen die Welt überlassen?"

„Auf keinen Fall."

„Na seht ihr. Auf gute Zusammenarbeit."

Mit einem mitleidigen Grinsen legte er einen Geldschein auf den Tisch und stolzierte aus dem Caffè, während er die Passbilder in der Innentasche verstaute. Er hatte wieder ein Pärchen angeworben, die ihm die Laufarbeiten abnahmen. Sein Team wuchs.

Zurück in seinem kleinen Zimmer, startete er sofort seinen Lieblingsmusikstream - Hardrock von Rammstein. Die Bässe dröhnten die brachiale Musik des Tanzmetalls aus den kleinen Boxen. Er spürte jedes kleine Beben im Bauch. So sollte es sein. Aus der Schublade nahm er sich einen Joint, steckte ihn an und inhalierte den Rauch intensiv. Schnell stellte sich ein zufriedenes Gefühl ein. Auf dem Bett liegend, rauchte er langsam, aber vertraut weiter. Die berauschende Wirkung begann zu wirken. Es machte ihn high. Das Kiffen führte zur Gelassenheit und Freude. Seine Sinneswahrnehmungen verlangsamten sein Raum-Zeit-Gefühl. Allmählich begann er zu spüren, wie an seinem Körper überall kleine Gewichte hingen, die sachte an ihm zogen. Der Stoff zog ihn in eine Traumwelt hinein, in der er durch Wohnungen tanzte und die Besucher in die aufkeimende Ekstase mitnahm. Die Musik verstärkte seine wohligen Empfindungen. Oldtimer wurden hereingeschoben, bockten sich hoch und er schlug im Takt mit dem Schraubenschlüssel auf die Haube, die aufsprang und tausende von Mäusen in die Freiheit entließ. Gabor empfand zunächst diese angenehme innere Entspanntheit, die in Trägheit weiterfloss, bis sich eine tiefe Schläfrigkeit breitmachte. Endlich verschwanden seine geweiteten Pupillen hinter den Augenlidern.

Frieden.

Diesmal stimmte die Dosierung. Keine Paranoia. Das letzte Mal hatte er Angstgefühle und Herzrasen bekommen, bis er kotzen musste und dabei seine Kleidung total eingesaut hatte. Zunächst passte die Einnahme von zwei anregenden Captagon-Pillen, aber er bemerkte nicht, dass er erst riesigen Hunger bekam, und dass es dann abwechselnd viel zu heiß und kurz darauf klirrend kalt war. Sein Körper hatte sich von seinem Bewusstsein gelöst und gehorchte ihm schon lange nicht mehr. Dieses Amphetamin hatte dann irre Halluzinationen mit Todesängsten ausgelöst. Der Trip war schrecklich. Es knallte. Er wurde mit Zangen gequält, bevor ihn seine angeblichen Freunde verstießen.

Wenigstens daran erinnerte er sich.

*****

89

Etwas außer Atem stand der Polizeibeamte mit dem PC im Arm vor der Haustür von Clemens Giesecke und schellte. Franziska nahm den PC ihres Onkels dankend in Empfang, während sie dachte, dass das geparkte Polizeiauto die Nachbarschaft sicherlich immer noch beeindruckte. Da der Beamte keine weiteren Auskünfte geben konnte oder wollte, hatte sie daraufhin die Kommissarin Bakri angerufen, ob es irgendwelche neuen Erkenntnisse gab. Bakri hatte kurz auf den Bericht des digitalen Forensikers geschaut und verneint. Allerdings musste sie im Laufe des Gespräches zugeben, dass in diesem Fall der PC wohl nur nach vorgegebenen kriminalistischen Schlagworten durchsucht worden war. Pädophile würden ihre Bilder oder Ordner mit Namen versehen, oder Terroristen hätten nach bestimmten Worten, wie Sprengstoff, Waffen oder Ähnlichem gesucht, was im Verlaufsordner der Browser zu sehen war, auch dann, wenn alles gelöscht worden war.

„Es gab auch keine Browserhinweise auf Dating-Apps oder Homosexuellentreffpunkte", sagte Bakri trocken mit einer Prise Enttäuschung.

„Da bin ich aber froh", antwortete Franziska sarkastisch in das Telefon.

„Also, alles negativ. Keine Rezepte für Sprengstoff. Keine unseriösen Bilder. Wir werden uns nun mehr auf die Waffe konzentrieren. Es war ein 9 Millimeter Projektil einer SIG Sauer."

Bevor die Kommissarin das Gespräch beendete, bat sie noch um Vertrauen und Zeit für die Aufklärungsarbeit. Sie schien es eilig zu haben, vermutlich weil ein anderer wichtiger Fall schon wartete. Franziska schloss die Tastatur und den Monitor an den PC an und gab *1951* in die Freigabemaske ein, das Geburtsjahr ihres Onkels. Sie kannte zwar das Passwort, wusste aber nun nicht, nach was sie suchen sollte.

Wieder einmal.

Sie öffnete das Mailprogramm und prüfte die letzten E-Mails, dann öffnete sie den Browser und checkte diverse Ordner. Erst *Meine Dokumente,* dann *IN/OUT,* schließlich *Bilder.* Sie fand die Korrespondenz zur Steuer, einigen Versicherungen, drei Reden zum siebzigsten Geburtstag, kleine witzige Tier-Videos und anderes mehr. Das vorgefundene Datenlabyrinth erschien undurchschaubar. So ordentlich wie ihr Onkel sonst lebte, auf dem PC herrschte eine andere Logik. Hinter aussagekräftigen Namen verbargen sich komplett andere Inhalte, so, als ob Dateien willkürlich irgendwohin geschmissen worden wären. Die Logik von Verzeichnissen war außer Kraft gesetzt. So genau es ihr Onkel mit der physischen Ordnung genommen hatte, hier war das digitale Chaos.

Dann öffnete sie das Textverarbeitungsprogramm und ihr wurden die letzten zehn geöffneten Dateinamen angezeigt. Zwei hießen *NxtPradise-1.docx* und *NxtPradise-Klage.docx.* Sie spürte ein neugieriges Kribbeln in ihrem Körper und vermutete, der Tippfehler war ihrem Onkel nicht aufgefallen. Hektisch klickte sie auf die Datei. Es erschien die Meldung *„Bitte den USB-Stick einlegen".* Verzweifelt durchsuchte Franziska den Schreibtisch und drei Schubladen. *Verflixt. Wo war das Ding?* Sie schob Unterlagen, Prospekte und Zeitungen hin und her. Unzählige alte Kugelschreiber, Bilder von alten Geburtstagsfeiern und Visitenkarten versperrten den Blick in die Tiefen der Schublade. Sie fand nichts. Nur anhand des Dateinamens ahnte sie, was ihren Onkel umgetrieben haben könnte.

6. Ein perfekter Platz

Die ganzen Ereignisse, die ich hier beschreibe, spielten sich von Oktober bis maximal Januar ab, also eher in weniger als vier Monaten. Mein Gott, was in dieser kurzen Zeit alles passierte. Unvorstellbar. Ich kam ja erst später dazu, als sich zwei Vorkommnisse kreuzten. Aber da unsere Software im Laufe dieses Vierteljahres einen wichtigen Beitrag zur Lösung des Rätsels leistete, möchte ich schon an dieser Stelle etwas Hintergrundinformationen geben, damit Sie, lieber Leser, die Arbeitsweise unserer Software nachvollziehen können. Nie hätte ich gedacht, dass die Software so eine Macht besäße.

*****

Unsere Chefin beauftrage Leonie mit der Ausfertigung eines kleinen Vortrags, der die künstliche Intelligenz, mit der sich unsere Firma FIVE-Star seit der Gründung beschäftigte, aus drei Sichten beschreiben sollte. Meine Vermutung war, dass es eine kleine Prüfung der neuen Mitarbeiterin sein sollte, die sich zwar gut eingefügt hatte, aber noch in der Probezeit war. Chrissy liebte Challenges.

Leonie hatte selbstverständlich sofort eingewilligt. „Wieviel Zeit habe ich für den Vortrag und wer ist das Zielpublikum?", fragte sie Chrissy, die in ihrem Büro hinter einem Schreibtisch saß und kurz hochblickte, als sei sie gestört worden. Leonie machte auf sie einen etwas eingeschüchterten oder unsicheren Eindruck. Aber das konnte täuschen. Vielleicht war es diese Nervosität gegenüber ihr als Vorgesetzter.

„Also, ich brauche etwas Futter für einen Vortrag in der Uni Darmstadt. Ich stelle mir vor, dass ich im Teil 1 etwas über das Gehirn, im Teil 2 über neuronale Netze und im Teil 3 über unsere Anwendungen erzähle. Schaffst du einen ersten Entwurf bis in, sagen wir, drei bis vier Wochen?"

„Das sollte zu schaffen sein. Einiges habe ich ja schon im Kopf."

„Sehr gut. Und denke bitte an unser neues Folien-Layout. Du bekommst die Mastervorlage in der Marketingabteilung." Damit senkte Chrissy ihren Blick und vertiefte sich wieder in den vor ihren liegenden Vertrag.

Auf dem Weg zu ihrem Schreibtisch machte sich Leonie schon Gedanken über den Teil 1, der sie an ihren Biologieunterricht erinnerte. Es war damals eines ihrer Lieblingsfächer und sie hatte es als Leistungskurs belegt, sodass sie nur wenige Details in alten Schulbüchern nachlesen musste. Sie sicherte ihre etwas verblasste Erinnerung durch das Studieren eines Buches ab und frischte ihr Wissen auf.

Die künstliche Intelligenz, versucht das Gehirn nachzubilden, welches aus einem Netz von über 100 Milliarden Neuronen besteht, die über Dendriden, ähnlich einem kleinen Hafen, mit dem Zellkörper Axon verbunden sind. Der Zellkörper des Neurons stellt einen Speicher für eine elektrische Spannung dar, der durch eingehende Impulse von anderen Neuronen aufgeladen wird. Überschreitet die Spannung einen gewissen Schwellwert, dann „feuert" das Neuron über das Axon und schickt Impulse mit Hilfe von Neurotransmittern über den synaptischen Spalt zur nächsten Nervenzelle, die auf Spannungen chemisch reagieren und den

Impuls weitergeben. Es gibt 100 Billionen Synapsen unterteilt in acht Typen.

Leonie verzweifelte, wie sie dieses komplizierte Wissen auf ein paar Folien bekommen sollte, wobei sie das Vorwissen des Zielpublikums nicht kannte. Aber ihr war klar, dass es im Kopf kleine Stromstöße gab. Sie las nun weiter.

Je mehr eine Synapse benutzt wird, desto höher wird ihre Leitfähigkeit und umso wichtiger wird sie. Inaktive Synapsen sterben irgendwann ab.

Unser Gehirn entstand vor 60 Millionen Jahren und verbraucht heute beim Denken 20 Watt mit einer Taktfrequenz von 200 Herz. Dabei werden fast elf Millionen Reize pro Augenblick erfasst, wohingegen nur 200 davon über einen Filter zur Erkennung von Mustern an das Gehirn weitergegeben werden.

Leonie war immer wieder über das Funktionieren des menschlichen Körpers beeindruckt und fasste ihre Erkenntnisse zum Gehirn in einem kurzen Text zusammen, den sie dann in Folienüberschriften aufteilte. Sie hatte diese beliebte Strukturierungsmethode in der Uni gelernt.

„Das Gehirn arbeitet wie ein Hochleistungscomputer mit 10 bis 100 Millionen MIPS. Oder umgekehrt. – Wahnsinn."

*****

Ich gebe zu, lieber Leser, dass meine Geschichte bis hierhin nicht sehr ungewöhnlich oder gar spektakulär war. Sie hätte von jedem von Ihnen auch so geschildert werden können. Vielleicht haben Sie auch schon ähnliches erlebt. Mit dem Auftritt der nächsten beiden Gestalten wurde das anders. Insbesondere bekam ich es später persönlich mit ihnen zu tun, was kein Vergnügen war. Die Sache begann, erst verworren und dann gefährlich zu werden. Hätte ich die beiden doch besser nie kennenlernen müssen, mir wäre vieles erspart geblieben. Aber zu diesem Zeitpunkt machte ich mir keine Gedanken über meine Zukunft.

*****

Der lange neonlichtbeleuchtete Flur roch nach frischem Desinfektionsmittel, an den sich die Nase schnell gewöhnte. Da Fenster fehlten, war ein leichtes Rauschen der Lüftungsanlage zu hören, dessen Rohre an der hohen Decke verliefen.

Shanty schlurfte lässig dem Beamten mit dem rasselnden Schlüsselbund hinterher, bis er vor dem mit Panzerglas gesicherten Empfangsportal stand. Der Justizbeamte hinter dem Glas unterschrieb die sorgsam zusammengestellten Entlassungspapiere, die er ihm nach quälend langen Minuten mit einigen Sachen in einer Tasche aushändigte, woraufhin sich die kleine Glasluke wieder verschloss.

„Bleib sauber, Shanty. Und keine krummen Dinger mehr. Wir wollen dich hier nicht mehr sehen. Adieu", klang es blechern durch den kleinen Lautsprecher in den Flur.

Das eiserne Gefängnistor fuhr nur ein kleines Stück auf und Shanty hob müde die Hand zum Abschiedsgruß. „Leck mich", dachte er. „Jetzt nur keinen Blick zurück in den beschissenen Block."

Die erste Zigarette in Freiheit schmeckte besonders gut. Er inhalierte tief und zusammen mit dem Rauch kondensierte der Atem wegen der kalten Luft. Shanty zog den Reißverschluss seiner alten Lederjacke hoch, stellte den Kragen aufrecht, nahm die Tasche und ging betont gelassen zum Parkplatz hinüber. Ein alter VW-Bus blinkte zweimal auf und kam ihm entgegen gerollt. Shanty öffnete behutsam die Beifahrertür.

„Hey Alter! Komm rein in die gute Stube. Ich freue mich, dich wiederzusehen", begrüßte Kevin, der Fahrer, seinen ehemaligen Komplizen. Die Fäuste stießen aufeinander und der Händedruck war innig. Shanty warf seine Tasche nach hinten und schloss die Beifahrertür.

„Willkommen in der Freiheit. Alles gut überstanden?"

Shanty ließ die Frage unbeantwortet. „Mann, jetzt freue ich mich auf ein Steak und dann gehen wir in den Puff. Gibt es die Gaby noch?" Seine Stimme klang heiser und angestrengt, was an einer Vernarbung der Stimmlippen lag, ein Überbleibsel einer nicht behandelten Entzündung als Kind.

„Immer noch der Alte. Rau und herb." Kevin schaute ihn grinsend an und startete den Kleinbus. „Ja, die hat auch schon nach dir gefragt. Es gibt, glaube ich, einen Willkommensrabatt für dich. Jetzt bist du zurück im richtigen Leben."

„Fahr schon los", krächzte er, „ich kann die Gegend hier nicht ausstehen."

Shanty hatte noch Kopfschmerzen von der letzten Nacht, als er langsam seine verklebten Augen öffnete. Erst das Essen, dann die anspruchsvolle Gaby und der viele Fusel waren zu viel für einen ehemaligen Knacki. Zumindest hatte er nicht mehr die Kondition wie in früheren Zeiten. Er lag auf dem krummen Sofa in Kevins Wohnung. Ein Glas Wasser mit einer Aspirin halfen ihm, einen ersten klaren Gedanken zu fassen. Er hustete rau.

„Guten Morgen der Herr", sagte Kevin. „Es ist elf Uhr. Die Freiheit, scheint dir gut zu gefallen, Alter."

„Oh Mann, was liegt an?" Shanty rieb sich die Schläfen.

„Hier ist ein Brot und ein starker Kaffee. Dann gehe am besten unter die Dusche, es muffelt hier."

„So riechen echte Kerle." Er hustete Schleim.

„Ich habe morgen Vormittag einen Besichtigungstermin für uns ausgemacht. Die Wohnung liegt gut. Bist du dabei?"

„Ja", murmelte er, „du kennst mich doch", und nippte am Kaffeebecher.

„Okay. Ich habe sie von außen gesehen. Gegenüber sind eine Bank und daneben ein Juwelier."

Shanty erhob sich und stopfte das Unterhemd in seine Hose.

„Ich muss erstmal frische Luft schnappen. Kein Stress."

„Es hat keine Eile. Wichtig ist, dass du eine Wohnung hast. Aber wir brauchen bald Knete, Alter", rief Kevin seinem Partner hinterher, der die Balkontür öffnete. Sofort erfüllte eine belebende frische Luft das Wohnzimmer.

„Und wo ist der Rest?" Shanty wurde argwöhnisch. Ein drohender Husten hallte durch den Raum.

„Rest? Welcher Rest? Frag mich besser nicht, dann brauche ich nicht lügen."

Shanty zog die Stirn in Falten und den Kiefer nach rechts. Seine Backenknochen mahlten drohend.

„Nein, ein Scherz. Der Rest ist hier." Kevin warf ein Bündel von mehreren 50 und 100 Euro Scheinen auf den Tisch. „Dürften noch zehn Mille sein. Das andere Geld ist für deinen Scheißanwalt draufgegangen, damit er dich da wieder raushaut. Du warst aber selten dämlich. Sei froh, dass sie mich nicht auch erwischt haben."

„Ich habe dir doch gesagt, Kevin, ich sage nichts. Auf mich ist Verlass." Shanty beugte sich zu Kevin vor, der dessen schlechten Atem roch.

„Wenn du nicht deine Scheißkappe verloren hättest, dann hätten sie dich nicht gekriegt. Ich habe hier die Stellung gehalten."

„Es ist gut jetzt. Ich danke dir für alles, Massa", murmelte Shanty unterwürfig und rieb sich erneut die Schläfen. „Morgen sagst du? Dann bin ich wieder fit. Hast du noch ein sauberes T-Shirt für mich?" Der folgende Hustenanfall schien chronisch zu sein.

Der alte Bus von Kevin zog eine stinkende Fahne hinter sich her. Das gab sich gewöhnlich erst, wenn der Motor richtig warm wurde. Für eine Reparatur hatten er kein Geld und keine Zeit. Von dem Ökogequatsche hielt er sowieso nichts. Das war was für Reiche.

Sie hielten im Frankfurter Ostend in einem schönen Wohnviertel. Beide stiegen aus und Kevin fischte noch die genaue Adresse aus seiner Jacke. Die sehr interessant geschriebene Anzeige hatte er ausgedruckt und überflog nochmals die Details, während er es nicht verhindern konnte, innerlich ins Schwärmen zu geraten.

All Inclusive Miete:
<u>Traumwohnung - ready to Move ins NextParadise?</u>

Willkommen im Frankfurter Ostend, einem der angesagtesten Viertel der Stadt. Diese luxuriös möblierte 2-Zimmer Wohnung ist der ideale Ort, um anzukommen und sich sofort wohlzufühlen. Mit dem Fahrstuhl gelangen Sie bequem in die 4. Etage.

Vom Moment an, in dem Sie die Tür öffnen und in die Wohnung eintreten, werden Sie von der entspannten und einladenden Atmosphäre empfangen. Das moderne Design verbindet geschickt zeitlose Eleganz mit urbanem Flair.

Genießen Sie die Vorzüge eines voll ausgestatteten Küchenbereichs, einem bequemen Bett, einem modernen Badezimmer mit Walk-in-Dusche und großzügigen Stauraum. Die

Wohnung wurde mit viel Liebe zum Detail eingerichtet und bietet höchsten Komfort und Gemütlichkeit.

Das Ostend ist der perfekte Ort, um das städtische Leben zu genießen. Mit einer Vielzahl an Cafés, Restaurants und Geschäften direkt vor Ihrer Haustür, können Sie sich auf ein abwechslungsreiches Freizeitangebot freuen. Die Nähe zur Europäischen Zentralbank und dem Bankenviertel macht diese Wohnung auch ideal für Geschäftsreisende.

Kommen Sie an und fühlen Sie sich wie zu Hause - in dieser luxuriösen, gemütlichen Wohnung im Herzen von Frankfurt. "Ready to move in" -Sie brauchen nichts weiter als einen Koffer.

HINWEIS: Die Gesamtmiete ist eine Pauschalmiete inklusive Heizung, Wasser, Strom und Internet.

HINWEIS 2: Bitte sehen Sie von telefonischen Anfragen ab und nutzen Sie das Kontaktformular unserer Homepage.

„Scheiß Gesülze", zog er ein negatives Fazit, was sich auf die Anzeige, nicht aber auf die Wohnung bezog. Kevin faltete das verknickte Blatt wieder zusammen und verstaute es in der Innentasche seiner Jacke. „Vierter Stock. Es gibt einen Aufzug."

„Echt schnieke hier. Passt irgendwie zu mir. Die Anlage ist ja groß genug", staunte Shanty, als er prüfend an dem weiß verputzten Gebäude hochsah und sich dann dem Aufzug näherte.

„Du hast es dir verdient, Shanty. Los komm schon."

Die Wohnungstür war nur angelehnt und Kevin klopfte höflich, was eher ungewöhnlich für ihn war. Ein Mann mit längeren Haaren und Mausgesicht kam zur Tür. „Hallo die Herren, ich bin Marvin ihr netter Makler. Kommen sie herein."

Kevin und Shanty hörten sich die kurze Wohnungsbeschreibung an. Viel interessierter sahen sie aus dem Fenster und nickten sich stumm zu.

„Das passt alles. Und die Wohnung ist frei?"

„Ja, im Prinzip können sie sofort einziehen."

„Nur ich", raunzte Shanty. „Was kostet die?"

„Warmmiete 800€, drei Monatskautionen und einen kleinen Abschlag für die Einbauküche und die Möbel kommen on top."

Kevin schaute sich nochmal kritisch um. Es war alles perfekt. Sein Entschluss stand fest und Shanty sollte mitmachen.

„Hier sind zwei Monatsmieten im Voraus. Mit Kaution sind hier 4200 Euro. Ist das Okay?" Er hielt Marvin die Geldscheine hin, dem ein Lächeln über den Mund huschte.

„Okay, gut. Ich fülle dann noch eben den Mietvertrag aus. Es muss ja alles seine Ordnung haben. Welchen Namen darf ich reinschreiben?"

„Schreib mal - Shanty Kaiser, das reicht."

Marvin schaute verdutzt hoch und musterte sein muskulöses Gegenüber. Dann schrieb er den Namen in großen Druckbuchstaben in das Vertragsformular.

Nach weiteren drei Minuten war der Vertrag in zwei Ausfertigungen unterschrieben. „Hier sind die Schlüssel. Und bitte denken sie an das Trennen vom Müll. Die anderen Anwohner sind hier besonders sensibel."

„Das kennen wir von zuhause. Aber danke für den Hinweis."

Als Marvin gegangen war, klatschten die beiden in die Hände. „Shanty, dein neues Zuhause. Es kann losgehen."

„Kevin, ganze Arbeit. Wie früher. Du bist der Beste." Der Satz ging in einen Hustenanfall über.

Die beiden nahmen das Treppenhaus zum Ausgang, inspizierten die Umgebung und gingen zurück zum Bus. Dort holten sie zwei Koffer und eine Tasche heraus, in der der ganze Besitz von Shanty enthalten war. Ein Blick auf die diversen Klingelschilder zeigte ihnen, dass in diesem Haus alle möglichen Nationalitäten wohnten. Und das war gut so.

Schweigend stellten sie das schwere Gepäck in der Wohnung ab, als seien sie schon in der alten Routine angekommen. Ein Koffer musste für Essen und Alkohol herhalten. Aus dem anderen Koffer entnahm Kevin ein verstellbares Edelstahlstativ, was sofort zusammengeschraubt wurde. Mit einem metallischen Klicken hakte das Teleskop mit mehrfach vergüteten Barlow-Linsen ein. Über ein USB-Kabel konnte das Smartphone angeschlossen werden.

Kevins erster prüfender Blick aus dem Fenster erfreute ihn. „Die Aussicht ist einfach phantastisch", bemerkte er ironisch und streifte sich den Pullover über den Kopf, so dass seine wertvollen Löwentattoos auf den Oberarmen sichtbar wurden.

*****

Es gab für die beiden viel zu tun. Sie beobachteten abwechselnd die Gewohnheiten des Juweliers, der Bank und des gegenüberliegenden Supermarktes. Jede wichtige Bewegung wurde notiert und gleichzeitig als Bild oder Video aufgezeichnet. Wann wurde aufgeschlossen, wann kam der Geldkurier, wo hielt dieser und wie verhielten sich die Geldboten? Sie versuchten auch zu erkennen, ob es immer dieselben Personen waren, die an den drei nebeneinanderliegenden Orten erschienen. Noch war keine Entscheidung gefallen, welcher Ort ihr Opfer sein sollte. Sie jagten wie ein Löwe einer Herde von Informationen hinterher. Der schwächste sollte erlegt werden.

Sie arbeiteten still, konzentriert und professionell.

So wie früher.

„Erzähle mal was aus dem Knast", forderte Kevin Shanty auf, als die Gefahr bestand, dass sein Kollege auf dem Beobachtungsposten einzuschlafen drohte. Jedenfalls hatte Kevin Anzeichen von Sekundenschlaf erkannt. Dann wären Fehler vorprogrammiert.

„Was willst du wissen? Es war keine Wellness Oase."

„Na, wie war der Umgang? Schläge, Vergewaltigung, die berühmte Seife auf dem Boden, gab es sowas?" Kevin tat neugierig.

„Fünf Blöcke mit vier Ebenen. In Block C waren die Einzelzellen. Und Kinderfickern wurde ein Besen in den Arsch geschoben."

„Oh!" Die Antwort schockierte sogar Kevin, wobei entsprechende Bilder in seinem Kopf vorbeizogen. Erst wollte Shanty keine weiteren Auskünfte geben, aber dann sprudelte es aus ihm heraus.

„Weißt du, dann kommen diese Klimakleber. Solche Strolche gab es früher nicht. Sie bringen Unruhe in den Knast. Die kennen die Regeln nicht. Wissen alles besser und sind hochnäsig. Wir haben deren Sprache auch nicht verstanden. Und dann das blöde Gendern. Das ist sehr gefährlich, sag ich dir."

„Und du?"

Shanty überlegte einen längeren Moment.

„Wenn du Tipps fürs Überleben im Knast haben willst, dann leihe dir nie etwas. Auf keinen Fall Schulden für Kaffee, Briefmarken oder Tabak machen. Schulden machen dich erpressbar. Und ich kann dir nur raten: halte dich von Drogen fern. Genau da steckt die Gewalt und du wirst abhängig. Im

Knast gibt es mehr Junkies als im restlichen Frankfurt. Und, ganz wichtig, du brauchst eine Beschäftigung, sonst gehst du kaputt. Küche, Werkstatt, von mir aus auch die Bücherei. Egal, Hauptsache die endlose Zeit geht rum. Im Knast gehen die Uhren langsamer als draußen, weißt du." Shanty dachte nach. „Und du musst leise sein, nicht auffallen aber trotzdem Selbstbewusstsein ausstrahlen. Keinesfalls ein Opfer sein."

„Sonst?"

„Wenn sie es auf dich abgesehen haben, lassen sie dich Pisse saufen oder du musst dir die Schamhaare abfackeln. Schwuchteln trifft es besonders schlimm. Denen gibt es gerne mal eins auf die Fresse. Draußen beim Laufen muss man achtsam sein. Am besten nicht alleine stehenbleiben."

Kevin nickte stumm. Das war ihm alles erspart geblieben. „Schreib doch mal ein Buch, einen Ratgeber. Die verkaufen sich gut. Die Leute wollen immer Ratgeber haben, weil die Welt so kompliziert geworden ist."

Ungläubig schaute Shanty seinen Freund an. „Schreiben? Hast du sie noch alle?"

„Ich habe einen Bärenhunger? Was willst du essen?", fragte Shanty, als Kevin seine Beobachtungsschicht übernahm. Er streckte sich und gähnte laut.

„Bringe mir mal eine Pizza Tonno mit. Und dann noch ein paar Dosen von irgendeinem Energy Drink. Ich muss mich wachhalten. Ich habe den Eindruck, dass hier heute irgendwie tote Hose ist. Nichts los auf dem Parkplatz und in der Bank. Haben wir etwa Feiertag?

„Heute ist Mittwoch."

„Oder streiken die?"

„Nein, aber das Wetter ist schlecht. Wer, außer mir, geht da einkaufen."

Shanty warf sich die Jacke über und setzte seine geliebte Baseballkappe auf. Dann stapfte er los. Vor dem Haus zog er den Jackenkragen weiter hoch und überquerte die Straße zu dem gegenüber liegendem Supermarkt. Vor dessen Eingang drehte er sich kurz um und schaute zum Fenster seiner Wohnung hoch. Ein Fernglas konnte er nicht erkennen.

Gut.

Auf dem Rückweg jonglierte er den Einkauf in einem schmalen Pappkarton, den er am Supermarktausgang aus einer Kiste fischte. Er schloss die Haustür auf. Drei johlende Jugendliche in Kapuzenpullis und zerrissenen Jeans verließen gerade den Aufzug und stürmten an ihm vorbei. Shanty nutzte die Gelegenheit, schlüpfte in den Aufzug und drückte die Vier. Irgendjemand hatte ein Feuerzeug unter die Plastikknöpfe gehalten. Die metallene Schiebetür schloss sich und der Aufzug fuhr mit einem Ruck an. Shanty studierte die Anleitung auf dem Pizza-Karton. ..... 200 Grad Umluft .....Plötzlich stockte der Lift zwischen zwei Etagen, das Licht fiel aus, es ruckelte nochmals verdächtig.

„Fuck, was ist das?" Shanty drückte alle Tasten. Nichts tat sich. Eine Notstromlampe erhellte schwach den kleinen metallenen Raum. „Scheiß Kiffer, wenn ich euch erwische."

Er suchte sein Handy hervor.

Kein Empfang. „Verfluchte Kacke."

Er wartete.

Minute um Minute. Nichts passierte.

Um seine Wut unter Kontrolle zu bekommen, setzte er sich schnaubend mit seinem Einkauf auf den Aufzugboden und zählte langsam bis fünfzig,. Als immer noch nichts passierte, stand er auf und drückte den Notrufknopf. Erst ertönte ein Summen und dann hörte er eine Stimme.

„Guten Tag, hier spricht Karina von der Firma *ImmoServ*. Wie kann ich ihnen weiterhelfen?" Die Stimme schepperte aus dem kleinen Lautsprecher, der sich hinter einem verbeulten Lochblech verbarg.

„Was ist das denn hier für eine Scheiße. Ich stecke fest. Im Aufzug." Shanty hatte sich zum vermeintlichen Mikrophon hinunter gebückt.

„Oh, das tut mir leid. Bewahren sie bitte die Ruhe. Ich prüfe, ob ich von hier eingreifen kann. Sind sie alleine?"

„Ja. Mädel, mach mal flott. Ich muss pissen und dann wird das hier zur Katastrophe." Seine Stimme klang angestrengt und ging in ein Husten über, wie immer in solchen Stresssituationen.

„Sorry, Herr äh, ich sehe, wir haben im Ostend einen Stromausfall. Es tut mir sehr leid, Aber …"

„Aber, aber, aber. Ich will keine Beschreibung des Problems, sondern eine Lösung hören. Ich schlag hier alles kurz und klein. Verstehst du? Ich habe Platzangst und dann habe ich mich nicht mehr unter Kontrolle", blaffte er in das Mikrophon und fuchtelte erregt mit den Händen.

„Ja ich verstehe. Natürlich. Ich informiere schnellstens den Hausmeister oder den Notfalldienst. Die Aufzüge verfügen über eine Batterie für den Notstrom. Man kann dann die Bremse deaktivieren und sie am nächsten Ausgang herauslassen." Karinas Stimme blieb ruhig und konzentriert. Sie arbeitete nur ein kleines Problem ab, und davon gab es jede Menge, jeden Tag.

„Bremse deaktivieren?"

„Ja, keine Panik. Der Korb wird dann langsam und kontrolliert nach unten gefahren."

„Hauptsache es geht schnell. Wie lange noch?" Seine Stimme klang noch erregter und heiser.

„Ich melde mich gleich zurück. Bewahren sie Ruhe." Karina legte auf und Shanty haute mit der Faust auf die

Schiebetür. War das *versteckte Kamera*? Vorsicht, er verstand keinen Spaß.

Es dauerte weitere sieben Minuten, dann bemerkte Shanty erst ein metallisches Klopfen, dann ein zögerliches Ruckeln des Aufzugkorbes.

„Hallo, hören sie mich", klang eine Stimme von oben.

„Das wird ja langsam Zeit."

„Ich bin gerade erst informiert worden. Ich fahre jetzt den Aufzug herunter. Nicht erschrecken. Die Tür öffne ich dann mit einem speziellen Schlüssel", hörte Shanty die Stimme des Hausmeisters.

Der Korb gab ein leichtes Summen ab und bewegte sich sehr langsam nach unten, bis die Schiebetür ruckweise zur Seite geschoben wurde. Der freundliche Hausmeister empfing Shanty im zweiten Stock. „So, alles gut. Und Entschuldigung. Aber es ist ja nichts passiert. Es bestand keine Gefahr. Zu keiner Zeit."

Shanty sah seinen Retter grimmig an, sagte nichts, nahm die Einkaufskiste und ging die Treppe nach oben.

Der Hausmeister sah ihm verständnislos hinterher und brummte: „Bitte schön, der Herr."

Im Ostend war wirklich kurz der Strom ausgefallen. Bei der Rettungsaktion war dem Hausmeister aufgefallen, dass die TÜV-Abnahme des Aufzuges ausstand und die jährliche Wartung drei Jahre zurücklag. Er wollte diesen Umstand nochmals dem Verwalter melden.

7. Sprechstunde

Wissen Sie noch, wo Sie waren, als am 9.11.2001 der schreckliche Terroranschlag auf die Twin Towers verübt wurde? Und wo haben Sie 2014 das legendäre 7:1 im WM-Halbfinale gegen Brasilien geschaut?

Es gibt Ereignisse im Leben, die man für immer behält. Sie und die Umstände sind fest und unauslöschbar in das Gehirn eingebrannt. So ging es auch Dr. Kemmer und schließlich mir.

*****

Dr. Kemmer war HNO-Arzt und jetzt im Herbst war das Wartezimmer immer gut gefüllt. Seine Praxis lag in einer gut erreichbaren Gegend in Bad Homburg, nicht weit von Frankfurt entfernt. Werbung brauchte er wahrlich nicht zu machen. Er konnte im Durchschnitt über 1100 Krankenscheine im Quartal einsammeln und überlegte, ob er sich nicht noch einen jungen HNO-Arzt in die Praxis holen sollte, der auch Interesse hätte, später die Praxis für gutes Geld zu übernehmen. Immerhin war Dr. Kemmer schon Mitte fünfzig und erste Pläne für seinen Ruhestand reiften in ihm. Der junge Arzt könnte dann auch die zwei Altersheime in der Gegend übernehmen, die sich mit den Zu- und Abgängen die Waage hielten. Die Besuche waren ein einträgliches Geschäft.

Schon vor Jahren hatte er beschlossen, dass er die Termine für Privatpatienten ausdehnen wollte, um den Wert der Praxis zu steigern. Das dritte Quartal war, wie immer, das schlechteste gewesen. Erfreulicherweise standen nun die Erkältungskrankheiten an und dann sollten die 20 Prozent der Privatpatienten den Umsatz wieder nach oben schnellen lassen.

Mittwoch nachmittags blieb die Praxis geschlossen und er überprüfte mit seiner Arzthelferin die Abrechnungen. Einige Sonderfälle wurden besprochen und, falls notwendig, neues medizinisches Praxismaterial nachbestellt. An diesem Mittwoch lief alles glatt. Seine Hauptkraft war schon lange bei ihm und hatte den Praxisablauf bestens im Griff. Eine zuverlässige und aufmerksame Person, die er eigentlich übertariflich bezahlen sollte.

„Sie können dann auch schon gehen, Frau Schröder. Einen schönen Nachmittag. Bis morgen früh", sagte er zu ihr, setzte sich dann hinter seinen weißen Schreibtisch und holte einen Ordner mit der Aufschrift „Vermietung – Ostend" hervor. Jetzt hatte endlich einmal etwas mehr Ruhe, sich mit einem kleinen lästigen Problem zu beschäftigen. Die Unregelmäßigkeiten bei einem Zahlungseingang waren ihm trotz Vielbeschäftigung aufgefallen. Aber er hatte noch keine Zeit gehabt den Fall genauer zu untersuchen. Dr. Kemmer besaß mehrere Mietwohnungen und kümmerte sich auch um deren Vermietung. Auch, um sich immer einen persönlichen Eindruck von den Suchenden zu machen, wollte er die Arbeit nicht an einen Makler auslagern. Weil er tagtäglich mit vielen Patienten zu tun hatte, bildete er sich ein, ein untrügliches Gespür für Menschen zu besitzen.

Er konnte sich noch gut an dieses sehr nette junge Pärchen erinnern, denen er gerne die Wohnung vermietet hatte. Aber nach der zweiten Miete hatte er keine Einzahlung mehr auf seinem Mietkonto sehen können. Wahrscheinlich hatten die beiden vergessen, einen Dauerauftrag einzurichten, obwohl er darauf sofort bestanden hatte. So stand es auch im Mietvertrag. Genauso, wie der Verzicht einer möglichen Mieterkündigung im ersten Mietjahr. Er fühlte sich auf der sicheren Seite, obwohl ihm bewusst war, dass die Vertragsklauseln hinfällig waren und vor Gericht keinen Bestand hätten.

Auf die zwei Briefe hatten die beiden leider auch nicht reagiert. Sollte er sofort seinen Anwalt einschalten? Er hatte doch so ein gutes Gefühl gehabt. Die beiden hatten anständige und regelmäßige Gehälter, waren Doppelverdiener und machten einen guten gesitteten Eindruck. Sachbearbeiter einer großen Krankenkasse. Sauber, ruhig und solvent. Er müsste sich doch sehr wundern, wenn ihn seine Menschenkenntnis so verlassen hätte. Er, Dr. Kemmer, der jeden Tag alle acht Minuten mit einem fast Fremden zusammenkam. Aber man schaut jedem nur vor den Kopf.

Er entschied, einen letzten Brief mit einer Mietmahnung zu schicken, den er als Einschreiben zustellen lassen wollte. Eine Androhung einer Räumungsklage wollte er auch in den Text mit aufnehmen, um die Daumenschrauben langsam anzuziehen. Im nächsten Schritt, würde er eine Lohnpfändung bei Gericht beantragen. Die beiden würden dann schon sehen, wie unangenehm er werden könnte. Die Personalabteilung des Arbeitgebers würde ihm dann sein Geld eintreiben und dies wäre jedem Arbeitnehmer höchst peinlich.

Der Brief war schnell geschrieben, ausgedruckt und kuvertiert. Er überlegte, wo die nächste Post in Bad Homburg war. Da es dort vermutlich nur wenige Parkplätze gab, war es ihm dann doch alles zu umständlich und er entschied sich kurzfristig, den Brief persönlich bei dem jungen Pärchen abzugeben. Vielleicht traf er sie an und konnte sie direkt zur Rede stellen.

Nach einer guten halben Stunde Autofahrt, parkte er auf dem Supermarktparkplatz gegenüber und stand direkt vor dem Wohnhaus. Nachdem er prüfend auf seine Wohnung im vierten Stock hinaufgeschaut hatte, nahm er die Treppe, um etwas Bewegung, aber auch Bedenkzeit über das anstehende unangenehme Gespräch zu bekommen. Er legte sich die Sätze zurecht, bis er vor der Wohnungstür angekommen war und dort nochmals kräftig durchatmete. Während er an der Tür horchte und schließlich klingelte, holte er den Brief aus der Mantelinnentasche. Verwundert stellte er fest, dass die Beiden immer noch kein Namensschild angebracht hatten. *So sind junge Leute. Alles nicht so wichtig.*

Nichts passierte. Er klingelte erneut, länger und eindringlicher.

Warten.

Er blickte erst auf seine Uhr, dann überprüfte er den Flur. Alles ruhig. Sehr anonym. Obwohl ihm das Ostend sehr gut gefiel, wäre so eine Wohnung doch nichts für ihn. Ständig diese Rücksichtnahme auf andere oder der Lärm vom Nachbarn. Nun wurde er etwas neugierig, zog einen Schlüssel aus der Tasche und versuchte, ihn in das Schlüsselloch zu stecken. Er fummelte einige Zeit, doch der Schlüssel passte nicht. Verdutzt schaute er den Schlüssel an. Es war der richtige.

Er hatte ihn doch mit dem roten Klebepunkt markiert.

Nochmal versuchen.

Nichts. Kein Erfolg.

Plötzlich wurde die Wohnungstür von innen aufgerissen und Dr. Kemmer schaute entgeistert in ein grimmiges Gesicht.

„Was willst du hier?", fragte Shanty im lauten aggressiven Ton und rieb sich den Hals. „Vertreter oder Zeugen Jehovas?

Brauch ich alles nicht." Er hatte den Mann durch den Türspion von innen beobachtet, nachdem er ein leises Klirren eines Schlüsselbundes gehört hatte. Auf genau dieses Geräusch waren seine Ohren seit zwei Jahren konditioniert.

„Na hören sie mal. Was machen sie in meiner Wohnung? Wer sind sie überhaupt?" Dr. Kemmer fühlte sich überrumpelt. „Wo ist das junge Pärchen?"

Der kräftige Körper fasste ihn am Mantel und zog ihn mit Wucht in die Wohnung.

„Spionier hier nicht rum. Meine letzte Frage: was willst du?" Die Schraubstockhände fassten noch kräftiger zu und schüttelten ihn.

„Dies ist meine Wohnung. Ich habe sie vermietet und die beiden jungen Leute schulden mir zwei Monatsmieten. Hier ist der Brief." Dr. Kemmer bot das Kuvert mit dem Schreiben an. Vorsichtig schaute er aus dem kleinen Flur in das Wohnzimmer. Es war nüchtern eingerichtet. Die paar Möbel stammten von ihm. Am Fenster sah er ein großes Fernglas auf einem Stativ stehen.

„Laber nicht so eine Scheiße. Die wohnen hier nicht. Ich wohne hier. Siehst du doch."

„Guter Mann, das kann nicht sein. Ich hole den Hausmeister, der kann das bestätigen."

„Glaube ich nicht. Du hast ja nicht einmal einen Schlüssel."

„Warum der Schlüssel nicht passt wird sich schnell aufklären. Ich fordere sie nun ultimativ auf, diese Wohnung zu verlassen. Ich benachrichtige sonst die Polizei und zeige sie wegen Einbruch an."

„Du scheinst ja ein Superschlauer zu sein. Ich bin die Polizei. Merk dir das." Shanty bedachte sein Gegenüber mit einem eisigen Lächeln. „Die Bullen helfen dir auch nicht."

Dr. Kemmer machte einen Schritt nach vorne, als wolle er seine Wohnung begutachten und bemerkte einen Sekundenbruchteil zu spät, was folgte. Plötzlich holte Shantys mächtiger Arm weit nach hinten aus. Schnell schlug seine linke Faust in die Magengrube seines unvorbereiteten Gegenübers. Als dieser aufstöhnte und sich vor Schmerzen krümmte, schmetterte die andere Hand erst auf Kemmers Hinterkopf, dann traf sein Bein das Knie. Der Überraschungsangriff saß. Kemmer konnte nicht einmal schreien. Er sackte ohnmächtig vor Schmerz zusammen.

Shanty zog sein Handy hervor und rief Kevin an, der gerade versuchte auf das Dach des Hauses zu gelangen, um von dort einen besseren Überblick über Fluchtmöglichkeiten zu bekommen. „Wir haben hier ein Problem und das liegt im Flur. Was sollen wir machen?"

Kevin ließ sich am Telefon von dem kurzen ungleichen Kampf berichten und nach einer kurzen Diskussion kam er zum Schluss: „Abbrechen. Pack die Sachen zusammen. Das ist nun verbranntes Pflaster." Sofort ging er zurück zur vierten Etage und gab das vereinbarte Klopfzeichen. Nach wenigen Sekunden öffnete Shanty die Tür.

„Musstest du ihn so zurichten? Scheiße."

„Er ist ein Schnüffler", verteidigte sich Shanty. „Was macht der an unserer Tür und pisst mich an? Er wollte die Bullen holen, verstehst du?"

Ohne die Frage zu beantworten, packte Kevin hastig einige Sachen zusammen. „Los, hilf mit. Ich hole dich gleich unten ab." Es war schließlich seine Aufgabe Bescheid zu wissen und den Überblick zu behalten. Jedenfalls vertrat er diese Ansicht. Neue Situationen erforderten manchmal auch einen Neuanfang und eine mangelnde Vorbereitung führte zwangsläufig zum Scheitern des Planes.

Als Dr. Kemmer zu sich kam, war es schon lange dunkel. Er rappelte sich stöhnend auf, horchte ängstlich und torkelte zur Toilette. Sein Knie war geschwollen. Der ganze Körper schmerzte und fühlte sich an, wie ein Sack. Er war alleine in der Wohnung. Sein Magen rebellierte und, obwohl er versuchte das Würgen zu unterbinden, musste er sich übergeben. Noch ließ sein Gehirn eine genauere Analyse der Situation nicht zu. *Was war passiert?* Mühselig und etwas wackelig stand er vor dem Waschbecken und spülte sich kaltes Wasser über das Gesicht. Bevor er einen klaren Gedanken fassen konnte, sackte er erneut zusammen. Er meinte, seinen Herzschlag so heftig zu spüren, dass sich sein Körper wie eine Unwucht in einem Otto-Motor bewegte. Nur langsam konnte er sich nach einiger Zeit aufraffen und suchte in seinem Gedächtnis nach Bildern des Vorfalls. Allmählich kamen die Gedanken zurück. Ein fremder Schläger in seiner Wohnung. Lebte der hier? War er Untermieter des netten, aber zahlungsunfähigen Pärchens? Oder ein dreister Einbrecher? Er fühlte immer noch die Erniedrigung des Schlages.

Die Gefahr schien gebannt, aber die Situation blieb suspekt. Er fand seine Meinung bestätigt, dass die Gesellschaft zunehmend verrohte. Von den Schmerzen leicht gebückt, verließt er seine Mietwohnung und humpelte zu seinem Auto. Zuhause legte er sich kurz auf sein Bett und überlegte, was das alles zu bedeuten hatte.

8. Erste Spur

Ich muss zugeben, dass mich die hier vorgetragenen Ereignisse selber erstaunt haben. Der Wohnungsmarkt ist in den Großstädten zu einem Spießrutenlauf für Wohnungssuchende geworden. Es gibt einfach zu wenige bezahlbare Wohnungen. Kein Wunder, dass es da auch Betrüger anzieht. Wenn ich heute die Straße bei meinen Eltern ablaufe und mich zurückerinnere, in welchen Häusern welche Nachbarn gewohnt haben, dann merke ich, dass heute nur noch die Hälfte Menschen dort eine Unterkunft hat. Wo früher eine Familie mit vier oder fünf Personen gewohnt hat, lebt nun ein altes Ehepaar oder gar auch nur eine Person alleine. Manche Wohnungen bleiben ganz leer, da der Hauseigentümer bei einer Vermietung fremde Menschen im Haus dulden müsste. In dem Viertel könnten doppelt so viele Menschen leben, tun es aber nicht, da sich die Ansprüche an die Wohnungsgröße geändert haben und es heute sehr viele Ein-Personen-Haushalte gibt.

*****

Auch eine erfolgreiche Wohnungssuche und die Anbahnung einer Vermietung sollten aus einer Strategie bestehen, dennoch spielt der Zufall eine enorme Rolle. Wann und wie treffen Interessenten und Anbieter aufeinander?

Kleines Angebot, große Nachfrage. Manche Geschehen basieren ja nur auf Zufällen. Jedenfalls glaube ich das. Wenn es den Zufall nicht gäbe, dann müsste er erfunden werden.

Die Menschen im Mittelalter und davor kannten den Zufall nicht. Es gab immer nur eine göttliche Vorsehung, die unerklärliche Zusammenhänge beschrieb. Ich habe mir beim Schreiben auch über so viele Zufälle Gedanken gemacht und habe festgestellt, dass Zufall nicht Glück bedeutet, obwohl es glückliche Zufälle gibt. In der Mathematik wird der Zufall mit einer Wahrscheinlichkeit fixiert, das heißt ein Ereignis tritt zwischen null und 100 Prozent ein, oder auch nicht. Manchmal erklären große Zahlen das Glück. Jeder Mensch soll mit jedem anderen über sechs Ecken bekannt sein. Jeder! Stellen Sie sich das vor. Und es soll auf der Welt sieben genetische Zwillinge von mir geben, mit denen ich nicht verwandt bin. Also richtige Doppelgänger.

Dann treibt mich noch ein Gedanke um, der immer wieder um meinen Kopf kreist: wie vielen Betrügern oder Hochstaplern bin ich schon zufällig begegnet? Und waren bei den menschlichen Begegnungen auch Mörder dabei? Geschah dies auf der Straße, im öffentlichen Raum oder war ich gar mit einem Mörder gleichzeitig in einem Supermarkt, Restaurant, Kino, Flugzeug oder im Skilift? Warum habe ich ihn nicht erkannt? Vielleicht habe ich ihm auch schon einmal die Hand geschüttelt oder saß in der Sauna oder beim Zahnarzt im Wartezimmer neben ihm. Hat ein Mörder Merkmale, die ihn verraten könnten?

Auch die Polizei gibt zu, dass sie bei manchen Verbrechensaufklärungen auf den glücklichen Zufall angewiesen ist. Immerhin gibt es in Deutschland noch über tausend Cold Cases, also gibt es Mörder, die schon sehr lange frei herumlaufen und vermutlich nie aufgespürt werden. Wie kann ein Mensch mit so einer Erinnerung an einen Mord leben?

Ist er danach ein anderes Wesen? Und verblasst mit der Zeit die Angst, entdeckt zu werden?

*****

Franziska arbeitete bis tief in die Nacht in der Redaktion. Der Chefredakteur hatte ihren Bericht über den Betrug einiger Corona-Testcenter zur Überarbeitung zurückgewiesen. Ein Affront. Er sei zu oberflächlich, die Fakten sollten weiter herausgearbeitet werden und der Fokus anders gesetzt werden. Es ging um die teilweise Geldzurückforderung der vom Bund für immerhin 17,8 Milliarden Euro bezahlten Coronatests. Ein heißes Eisen, da Hessen und insbesondere Frankfurt insgesamt hier sehr nachlässig in der Strafverfolgung zu sein schienen. „Ich brauche Fakten und keine Phantasie", hatte er sich ereifert, was allerdings auch zu seinem Naturell gehörte. Die Gesellschaft fordere Aufklärung und dazu sollten die Verantwortlichen in der Politik klar benannt werden. Genau hierzu erwarte er konkrete Beweise.

Aber Franziska hatte zugegebenermaßen in letzter Zeit auch Konzentrationsschwierigkeiten. Der Tod ihres Onkels, die anstehende Beerdigung und die vielen Dinge, die zu regeln waren, hatten ihr zugesetzt. Und das Stichwort *NextParadise* ließ sie nicht los, obwohl sie mit der weiteren Recherche nicht weitergekommen war. Der USB-Stick mit den Daten und Schreiben war bisher noch nicht aufgetaucht. Sie wusste nur von der Zahlung in die Schweiz, wofür ihrem Onkel ein Mietvertrag versprochen worden war. Was war da schiefgelaufen?

Sie beschloss, den Corona-Artikel für die Zeitung um drei Tage aufzuschieben. Ihr Chef hatte dafür erst nur geringes

Verständnis, willigte schließlich ein, da hier Qualität vor Schnelligkeit ging. Mit dem neuen Freiraum setzte sie sich in der Redaktion hin und suchte nochmals nach dem Begriff *NextParadise*. Auch das umfangreiche Archiv der Zeitung lieferte dazu keinen Fund. Dann gab sie abermals die ausgeschriebene Internetadresse ein und sah wieder den bekannten Willkommensbildschirm. Mit wachem Blick tippte sie die angeforderten Daten ein. Vorsichtigerweise schrieb sie ihren Namen in der spanischen Version mit zwei c, ihren Nachnamen nur mit i und ohne ck, tippte ein falsches Geburtsdatum ein und benutzte die Adresse ihres Onkels. Dann wurde sie aufgefordert, 50 Schweizer Franken oder Euro per Kreditkarte zu überweisen. Sie schluckte laut. Die journalistische Neugier überzeugte ihre angeborene Sparsamkeit. Nach weiteren sechs Sekunden war sie vollwertiges Mitglied von *NextParadise*.

Vor einem Luxusloft mit Blick auf eine Skyline stand:

Suchen Sie ihr nächstes Paradies?

Wir nennen es "Immobiliensuche Premium"

Wir wissen, wie verzweifelt viele Wohnungssuchende in Frankfurt, München oder Berlin sind. Damit es gar nicht erst dazu kommt, können wir hier und jetzt eine neue Art der Immobiliensuche umsetzen – gemeinsam, strukturiert und schlussendlich erfolgreich.

Für alle die etwas mehr als nur die reine Immobilienvermittlung wollen.

- ✓ Suchen Sie immer noch eine Wohnung?
- ✓ Kommen Sie trotz intensiver Suche und vielen Besichtigungen nicht zum Mietvertragsabschluss?
- ✓ Bringen Sie auch die klassischen Makler-Suchaufträge nicht weiter?

Bereits seit vielen Jahren praktizieren wir mit unserer Immobiliensuche Premium eine besonders qualitative und erfolgreiche Dienstleistung. Für viele Kunden mit einem erhöhten Bedarf an fachlicher sowie zeitlicher Unterstützung ist sie die ultimative Unterstützung bei der Suche nach einer neuen Bleibe.

Fair, schnell preiswert.
Suchen Sie nicht – wohnen Sie im Paradies.

Franziska prüfte das Impressum. Eine Adresse in Koblenz war dort angegeben. Dann gab sie in der Suchmaske Frankfurt mit Umkreis zehn Kilometer ein. 24 Wohnungen wurden sofort angezeigt. Sie grenzte die Suche auf Loft in der Nähe der Europäischen Zentralbank mit Mainblick ein. Die Größe sollte mindestens 100 Quadratmeter sein und natürlich sofort verfügbar. Ein vermutlich unerfüllbarer Wunsch. Die aktualisierte Ergebnisliste bestand immerhin aus zwei Wohnungen. Sie sah sich die Fotos vom Haus und von den Räumen genauer an. In beiden Fällen waren es größere Wohnblöcke mit vielen Appartements. Weitere Informationen über die Fußbodenheizung mit Fernwärme und einen Glasfaser-Internetanschluss, sowie der obligatorische Tiefgaragenplatz mit dem Aufzug in die Wohnetagen wurden auf ihrem Bildschirm angezeigt. Die noble Einbauküche und die großen bodentiefen Fenster mit Blick auf den Main, rundeten den positiven Eindruck ab. Sie verspürte ein Prickeln in der Bauchgegend, als sie auf den Mietpreis schaute: 1300 Euro Kaltmiete plus Kaution. Da konnte man schwach werden. In dieser Lage von Frankfurt ein Schnäppchen, keine Frage.

Eine weitere ähnliche Wohnung wurde in Hanau und später auch eine in Bad Vilbel angeboten.

„Dieser miese Makler hat uns über den Tisch gezogen, diese miese Wanze." Shanty saß auf Kevins Sofa und trank eine Dose des mitgebrachten Energiedrinks. „Was machen wir mit dem Typen?"

„Ich lasse mir was einfallen. Aber er wird uns das büßen, das geht klar. Der hat uns das Geschäft versaut." Kevin analysierte die Situation etwas emotionsloser. Dafür schien sein Tattoo-Löwe auf dem Oberarm grimmiger zu brüllen.

„Bäng", damit schlug Shanty seine rechte Faust in die linke offene Hand „Wir sollten ihn zerquetschen wie eine Kakerlake. "

„Was ist mit dem Typen aus der Wohnung?", lenkte Kevin ab.

„Keine Ahnung. Ich habe ihm eine verpasst. Der konnte nichts vertragen. Du hast ihn doch auch gesehen. Dann habe ich meine Sachen gepackt und schnell noch etwas geputzt. Da lag er immer noch im Flur."

„Lebte er noch oder hast du richtig zugeschlagen?" Kevin versuchte, seine Unruhe zu verbergen. Er blickte Shanty sträflich an. Vielleicht war ihr ganzer Plan gerade geplatzt.

„Kevin, ich schwöre, ich habe dem nur das Kinn gestreichelt."

„Okay. Der wird zur Polizei gehen."

„Egal. Was will die machen? Die haben andere Sachen zu tun, als so einem Schnösel ein abgefucktes Märchen zu glauben. Woher soll ich wissen, dass er meint, den richtigen Schlüssel zu haben und behauptet der Eigentümer zu sein? Da kann doch jeder kommen."

„Stimmt. Vielleicht hatte er einen geklauten Schlüssel und wollte in die Wohnung einbrechen."

„Und jetzt? Woher hattest du überhaupt die Wohnungsadresse?"

„Ich habe da so meine Kontakte."

„Dieser andere Makler-Typ hatte auch nicht viel gefragt. Er wollte schnell die Knete haben. Und schon hatten wir den Schlüssel."

„Wir können diesen ...., wie hieß der?"

„Martin? Matjes?"

„Nein. – Ma.., Ma.., Marvin. Wir können diesen Marvin ja nochmal aufsuchen und ein paar konkrete Fragen stellen." Kevin schlug zweimal mit der rechten Faust in seine hohle linke Hand.

„Im Vertrag ist doch eine Adresse angegeben", bemerkte Shanty naiv.

„Viel Glück dabei. Ich habe eine andere Methode. Gib mir zwei Tage, dann sage ich dir, wo wir ihn finden."

$$*****$$

Gabors Arbeit bestand einerseits aus konzentrierten Bürotätigkeiten und andererseits aus kommunikativen Außeneinsätzen. Er verstand sich selber als guter Vertriebler und schätzte die vielen Freiheiten, die er hatte. Als ehemaliger Gebrauchtwagenverkäufer kannte er bei jedem Sales Pitch alle Tricks. Damals hatte sein Chef ihm immer wieder eingetrichtert: „Vertrieb fängt dann an, wenn der Kunde NEIN gesagt hat." Aber im Moment bestand der Verkauf eher aus Verteilen und er schmunzelte, als er an diese armen Bittsteller dachte, die ihm alle möglichen tränenreichen Geschichten erzählten, was ihn nicht die Bohne interessierte. Sein Backoffice war im Ausland, denen er nun die Passbilder

der Studenten zukommen lassen musste. Mal sehen, was für Berufe die sich wieder einfallen lassen würden. Zuletzt hatten sie sogar die Gehaltsabrechnungen von zwei Polizisten geschickt. Was für eine spaßige Idee. Nun stand noch die Planung für drei Besichtigungen an. Die Details der Wohnungen lernte er auswendig. Das war nicht sehr schwer, denn das Muster war immer das gleiche. Eigentlich war es auch egal, was er erzählte. Er sah immer schon an den Augen der Menschen, wie gierig sich die Meute auf das Fressen stürzte.

Er checkte seine Mails und lud diverse Menschen zu den jeweiligen Terminen ein. Was für ein Gesülze manche schrieben. Ihn interessierte nicht, ob jemand neu in der Stadt war, oder gerade geschieden oder mit dem Partner zusammenziehen wollte oder, oder, oder. Trotzdem war hier Vorsicht geboten, denn es gab immer einen ersten allgemeinen Termin und kurz darauf einen zweiten mit seinen vielen Auserwählten, die sich dann aber nicht mehr begegnen durften. Schlag auf Schlag. Für seine Buchführung hatte er sich ein komplexes Excel-File erstellt, wo alle Details verzeichnet waren. Es war seine persönliche Datenbank. Stupide Arbeit, aber enorm wichtig für ihn. Das Leben mit Lügen war ein Hochleistungssport, bei dem man alles dokumentieren musste und keine Fehler machen durfte, sonst war man schnell aufgeflogen.

In einer Antwortmail fragte jemand an, ob er auch an einem zweiten Besichtigungstermin teilnehmen könne. Er beantworte positiv.

Dieser Teil des Vertriebes musste ganz akribisch vorbereitet werden. Er durfte nicht auffliegen. Ein wichtiges Sicherheitskriterium bestand darin, dass er nie in der Stadt wohnte, in dem sich die Wohnungen befanden. Und er hatte für den Vertrieb eine spezielle Handynummer und seine Perücke. In der Anonymität konnte er gut arbeiten. Und ja nicht zu oft in einem Bezirk auftauchen. Abwechslung, gepaart mit Routine, tat immer gut.

Ein anderer Teil bestand aus der Akquise eines Supportteams. Im Moment hatte er fünf Pärchen laufen, das war eindeutig zu viel. Jedes musste mit Informationen über die Wohnungen informiert werden. Wenn sie gut waren, dann bekamen sie auf fünf bis sieben Besichtigungen einen Zuschlag. Er brauchte smarte Pärchen, die keine Fragen stellten, sondern gegen Geld nur lieferten. Die Liste der möglichen Wohnungen erstellte das Backoffice nach deren Auswahlkriterien. In seinem Einzugsgebiet Rhein/Main beackerten sie circa 15 bis 20 Wohnungen pro Stadt und Monat. Die Hundert hatte er bald im Oktober geschafft.

Er schaute auf seine schöne Uhr. Jetzt aber schnell ins Auto. Ein Treffen mit seinem besten Supportteam stand an. Er traf sie auf einem Supermarktparkplatz in der Nähe der E-Mobil Ladesäule, die etwas abseits positioniert war.

„Hey, bist du alleine? Wo ist Janine?"

„Guude, Marvin. Die hat bald eine Klausur und muss lernen." Der junge schlaksige Mann hatte einen Bart. Jeans, Sneaker und blaue Ski Jacke versuchten, einen sportlichen Typ aus ihm zu machen. „Es hat alles geklappt. Hier sind der Vertrag und die Schlüssel. Die Wohnung würde uns auch gefallen."

Gabor sah auf die Adresse. „Ach die. Ja gut und günstig. Hier sind die 500 Euro. Habt ihr noch was auf der Liste?"

„Wir sind an Zweien noch dran. Vermutlich kriegen wir eine davon. Könnte aber sein, dass das noch vier Wochen dauert."

„Warum?"

„Der Vermieter will erst noch renovieren."

„Sagt ihm einfach, das macht ihr. Dafür wollt ihr einen Monat frei wohnen. Und ihr könnt sofort mit dem Renovieren anfangen."

„Gut, versuchen kann ich es. Der ist ganz scharf auf Janine. Du hättest seine Augen sehen sollen. Die soll ihn mal anrufen, dann klappt das."

„Nicht zu auffällig. Er soll die Farbe und die Tapeten stellen."

„Gebe ich weiter."

„Das war's schon. Viel Erfolg und eine gute Zeit. See you."

Gabor verstaute die Dokumente und den Schlüssel in einer Durchsichthülle. Eine gute Vertriebsorganisation war nicht nur wichtig, sondern die Basis für den Erfolg.

*****

Ich saß den ganzen Freitag in meinem Büro und zermarterte mir den Kopf, woher wir eine größere Datenbasis zum Testen und Anlernen der *AGENT24* Software bekommen konnten. Ich brauchte Stimmen in verschiedenen Situationen und Lagen. Was hier, für Sie, einfach erscheint, war aber in der Realität enorm schwierig. KI benötigt ein großes Datenmaterial. Ich starrte meinen Computer an und überlegte. Während dort ein Newsticker im Laufband ablief, kam mir eine Idee, als ich das Wort BÖRSENKURSE las. Es gab eine Lösung.

In der Forschungsabteilung von FIVE-Star gab es ein äußerst interessantes Projekt zur Vorhersage von Börsenkursen. Das Projekt war hochgeheim, da es bei einem Erfolg unserer Firma einen Booster verleihen würde, als seien wir BioNTech mit dem ersten mRNA-Coronaimpfstoff. Damit sollte sich FIVE-Star als das Zukunftsinvestment im stetig wichtiger werdenden KI-Bereich auszeichnen.

Intern hieß unser Projekt *Everest,* was für extrem steilen (Börsen)-Kurs stand. Das Everest-Team zeichnete alle Vorträge und Quartalsvorstellungen von DAX, MDAX und TecDAX und SDAX-Firmenchefs und deren Finanzvorständen auf, egal woher sie die Stimmen bekamen. Es war das Rohmaterial. Im Projekt *Everest* analysierten sie die Stimmen und verglichen dann anschließend die zukünftigen Börsenergebnisse der jeweiligen Firma. Die Idee bestand darin, dass die Stimme eines Chefs etwas unsicherer klang, falls er bewusst falsche oder zumindest trügerische Fakten über die Zukunft verbreitete. Diese Nuancen, waren nur durch ein KI-System herauszufinden. Eine suspekte Stimme, die positive Signale in der Zukunft versprach (also steigende Kurse), deutete eher auf sinkende Kurse hin. Der Zusammenhang von Managerstimme, IST-Ergebnis und Zukunft war faszinierend. *Everest* hatte schon diverse Korrelationen gefunden und der nächste Schritt bestand darin, dass das Team an einem Börsenspiel teilnahm. Wenn sie dann Trader des Jahres würden, wollte FIVE-Star die Katze aus dem Sack lassen.

Ich überlegte, ob und wie ich an die Datenbasis dieser Stimmen herankommen könnte. Dazu müsste ich einige Sicherheitsvorkehrungen in unseren Systemen überwinden. Das Everest-Team arbeitete mit speziell ausgestatteten Computern in einem abgesicherten Bereich des Rechenzentrums. Alles top secret. Es gab Vor- und Nachteile für meine anvisierte Vorgehensweise. Falls es herauskäme, wäre ich allerdings geliefert.

Chrissy würde mich feuern.

Vertrauensbruch.

Sie würde für andere ein Zeichen setzen.

Ich wog ab, war dem Gedanken zunächst nicht abgeneigt, um dann doch einzulenken. Sollte ich für diese Firma *ImmoServ* meine Stelle riskieren?

Nein.

Am selben Abend bekam ich einen Anruf von meiner Chefin Chrissy, der mich kurz zusammenzucken ließ, als hätte sie meine Gedanken gelesen.

„Zven, ich habe den CEO von *ImmoServ* in der Leitung. Er beschwert sich über die Qualität der KI. Ich schalte dich dazu. Okay?"

Ich hörte ein Klicken und dann ging es auch schon los.

„Unsere Mitarbeiter im Call Center werden durch ihre Software nicht mehr vorgewarnt. Wissen sie, was das für eine emotionale Belastung ist? Wir haben schon Kündigungen bekommen. Schwierige Kunden sollen im Vorfeld erkannt, deren Gemütszustand angezeigt werden, damit besonders geschulte Mitarbeiter den Anruf bearbeiten. So hieß es in unserer Ausschreibung und ihrem Angebot. Ich verweise auf ihr Kapitel 6.1. Lesen sie das im Vertrag mal nach. Das Ganze klappt in letzter Zeit nicht mehr. Es gibt sehr viele Ausfälle."

Ich zog instinktiv einen Stahlhelm auf und ließ alles auf mich einprasseln. Eine sehr gute bewährte Methode im Kundenumgang. *Lass ihn einfach nur auskotzen.* Als es dann ruhiger wurde, antwortete ich.

„Ich kann sie sehr gut verstehen. Das ist auch nicht unser Anspruch. Mit ihrem Einverständnis, ziehen wir heute Abend noch die aktuelle Datenbank ab. Ich verspreche ihnen, dass wir in den nächsten Tagen eine Lösung haben. *ImmoServ* hat Prio eins. Ich bin bei jeder Eskalation ihr Ansprechpartner."

Die Diskussion ging noch etwas weiter und Chrissy zeigte, wie man einen aufgeregten Kunden vom Baum holt.

Nachdem alle aufgelegt hatten, musste ich laut durchatmen. Wir brauchten noch mehr Daten. Während ich angestrengt überlegte, meldete sich mein Smartphone erneut.

„Zven, du hast es gehört. Kümmere dich."

Von meiner ersten verworfenen Idee sagte ich nichts. Ich favorisierte nun insgeheim schon eine andere, die allerdings auch nicht ganz unbedenklich war. Aber einen Tod mussten wir nun sterben. Ich beschloss, dass Chrissy davon besser nichts wissen sollte.

Unsere KI-Software zur Stimmenanalyse wurde auch seit ein paar Jahren beim Bundeskriminalamt und beim LKA, also der Polizei eingesetzt. Hier allerdings im Bereich, um Zeugenaussagen und Verhöre nachträglich auf Falschaussagen oder Lügen zu untersuchen. Die Testphase konnte sehr erfolgreich abgeschlossen werden.

Die menschliche Stimme ist ein sehr intimes Organ, über das wir kommunizieren und unseren Gefühlen Ausdruck verleihen. Aber im Grunde kann sie sich nur schwer verstellen. In psychischen Ausnahmesituationen gelingt dies nicht. Kinderlügen meines Sohnes, waren einfach zu entlarven. Menschen können ihre Mimik sehr gut kontrollieren und ein "Poker-Face" aufsetzen. Bei der Stimme ist das deutlich schwieriger. Die Stimme ist ein Spiegel unserer Emotionen, sodass andere Menschen am Telefon oft nach Sekunden erkennen können, wie wir uns fühlen. Die Gefühle nehmen wir mit kleinsten Veränderungen in der Stimme mit Sicherheit wahr. Je besser man einen Menschen kennt, umso besser funktioniert dieser Emotions-Sensor. Wenn ich meinen Vater anrief, hörte ich an seiner Stimme, ob es ihm gut ging, egal was er behauptete.

Ich kramte in anderen Dateiordnern herum, loggte mich auf diversen Computern ein und verfolgte elektronische

Verweise, bis ich endlich die Datenbasis von *TRUTH* gefunden hatte, die auf einer speziell gesicherten Partition im Rechenzentrum betrieben wurde. Für den Zugriff mussten aus Sicherheitsgründen immer zwei Passwörter von zwei Personen eingegeben werden: ein Mitarbeiter und ein Manager oder Vorstand. Ich war beides in Personalunion. Natürlich wurde jeder Zugriff in einem Logfile revisionssicher abgelegt. Was sollte es! Die *TRUTH*-Datenbasis bestand aus mehreren zig Gigabyte großen Sprachschnipseln. Ich startete auf einem anderen Monitor das System *AGENT24* und stellte eine Verbindung her. Ich fütterte das System nicht mit Anrufen, wofür es konzipiert war, sondern mit Verhörprotokollen, Zeugenaussagen und Vorladungen. Ich sah einige Zeit abwechselnd auf zwei Bildschirme und schaute ungeduldig der Verarbeitung zu, wohlwissend, dass die Millionen von Daten und längeren Sequenzen das ganze Wochenende zum Einlesen und Bearbeiten brauchten.

Aber es schien zu klappen. Wow! Mein Wissen, dass beide KI-Anwendungen auf derselben Komponente *VOICE* basierten hatte mich auf die Erfolgstrasse gebracht.

Ich fuhr nach Hause und setzte mich müde in meinen geliebten Fernsehsessel, nachdem ich eine Pizza in den Ofen geschoben und mir ein Bier geöffnet hatte. Zwölf Minuten Wartezeit. Ich schaltete den Fernseher an und in den Nachrichten wurde ein langer Bericht über den Ukrainekrieg, Trump und Putin gesendet. Zerschossene Häuser, ohne Strom und ohne Heizung wurden gezeigt. Die Menschen lebten in Angst und in Ruinen oder U-Bahn-Schächten. Dann ging es zum Inland. Eine kurze Meldung über die Demonstration gegen Wohnungsnot in Frankfurt wurde verlesen. Ich sah einige Bilder, die zusammen mit kurzen Teilnehmerinterviews gezeigt wurden, auf denen Demonstranten Schilder in die Kamera hielten.

Mietenwahnsinn stoppen,
Wohnraum ist keine Ware,
Eine Brücke ist kein Zuhause.

Dann wurde eine Politikerin der Linken interviewt:

„Wie viele Mietwohnungen gibt es in Deutschland?"
„Die Zahl habe ich jetzt gerade nicht so parat."
„Ungefähr?", hakte der Moderator nach.
Die Hälfte der Wohnungen seien Mietwohnungen, schätzte die Politikerin.

„Also, sie reden sehr viel über Mieten und Mietdeckel, aber sie wissen nicht, wie viele Mietwohnungen es in Deutschland gibt?", fragte er spitz.

„Ich habe halt nicht jede Zahl parat", erwiderte sie patzig.

„Es sind 42 bis 43 Millionen Wohnungen, ungefähr 23 Millionen davon sind vermietet. Wie viele davon gehören Kleinsparern?" Der Moderator ließ nicht locker.

„Das ist irrelevant. Wichtig ist, dass die Abzocke unterbunden wird."

„60 Prozent gehören Kleinsparern. Die kaufen eine Wohnung, weil sie für das Alter vorsorgen möchten." Dann haute er sofort die nächste Frage heraus. „Wie hoch ist die durchschnittliche Rendite?"

„Warum werden dann nicht die gesetzlichen Renten gestärkt, damit die Leute nicht mit Wohnungskäufen für das Alter vorsorgen müssen?", versuchte die Politikerin abzulenken.

„Die Rendite liegt zwischen 2,5 und 3,5 Prozent vor Steuern. Sind das böse Miethaie, die mit einem Mietendeckel bestraft werden müssen?", fragte der Moderator unbeirrt weiter.

„Die Wohnungslosigkeit ist in Deutschland ohne Beispiel."

Das heiße Interview ging noch weiter hin und her. Dabei fiel mir wieder die Mitteilung meines Vermieters über meine (oder seine?) Mieterhöhung ein. Ich hätte doch zur Demo gehen sollen. Der Backofen piepte und ich genoss die Pizza Funghi. Wie immer - der Klassiker. Dazu schaltete ich den Fernseher auf stumm und nahm mein iPad, um genauere Informationen zu bekommen. Die Demonstrationen waren nicht nur in Frankfurt, sondern auch in Köln, Tübingen, Zürich, Stuttgart, Düsseldorf, Berlin und ... Also überall. In Frankfurt hatten mehr als 4000 Leute teilgenommen. Ein *Bündnis Radikale Wände* (BRW) forderte nicht nur einen bundesweiten Mietendeckel, sondern auch einen Volksentscheid zu *Deutsche Wohnen&Co. enteignen* und ein Verbot von Eigenbedarfskündigungen und Zwangsräumungen.

Unter dem langen Artikel fand ich einen Kommentar von einem „Lucky-Luke":

> Ja, ja, die Linken. Habt ihr am Wochenende nichts Besseres zu tun, als durch die Stadt zu ziehen und den anständigen Bürgern auf die Nerven zu gehen, weil unnötig Stau verursacht wird? Dabei waren es doch gerade die Linken, die immer ein Märchen erzählt haben von den bösen Spekulanten, die ihre Wohnungen zurückhalten, um einen besseren Preis zu erzielen. Immer haben die Linken gesagt, es gäbe zu viele leere Wohnungen. Gleichzeitig haben die Linken die maßlose Zuwanderung gefördert und mit immer strengeren Auflagen den Investoren das Bauen von Wohnungen unangenehm gemacht. Und jetzt plötzlich soll es zu wenige Wohnungen geben? Selber schuld.

Ich war verwundert. Das riesige Wohnungsproblem hatte ich bisher in diesem Ausmaß nicht bemerkt. Und in Deutschland tat sich eine extreme Schere auf, die von beiden politischen Polen befeuert wurde. Wohnen als Anlage- und Profitprojekt gegen Mietenwahnsinn, Luxusneubauten gegen

Wohnraumversorgung und Spekulation gegen Grundbedürfnis.

Deutschland war hier am Scheideweg.

*****

Am Montagmorgen kam ich sehr früh in das Büro, schaute kurz meine E-Mails durch, prüfte meinen Tageskalender auf anstehende Termine und ging gespannt hinüber in das Entwicklungszentrum. Bis zum wöchentlichen Jour Fix im Managementteam hatte ich noch eineinhalb Stunden. Mario saß schon am Schreibtisch und starrte auf den Bildschirm.

„Hast du etwa *TRUTH*-Daten für *AGENT24* genutzt?", raunzte er mich an, wobei er das Abklatschen unserer Hände zur Begrüßung ignorierte.

„Guten Morgen erstmal."

„Moin. - Krass."

Ich schwieg, weil ich seine erste Reaktion nicht richtig einschätzen konnte.

„Geniale Idee. Auch wenn es nicht ganz koscher ist."

„Muss ja nicht jeder wissen." Ich sah Mario verschwörerisch an und fügte hinzu: „Am Freitag gab es einen Eskalationscall. Ich musste mir was einfallen lassen", erklärte ich souverän. „Wie ist der Stand?"

„Es ist wirklich alles durchgelaufen. Top. Jetzt bin ich mal auf die Problemtickets gespannt. Was konnte unser guter ChatBot *AGENT24* nicht fressen?"

Ich holte mir einen Stuhl und setzte mich dazu. Unsere Anspannung erhöhte sich, als wir den Ordner öffneten, in dem Sequenzen abgelegt wurden, die nicht korrekt analysiert werden konnten. Manchmal fehlten auch nur zu viele Merkmale, die eine Stimme ausmachten.

„Erst einmal die gute Nachricht. 99,2 Prozent der Stimmen wurden anscheinend richtig analysiert oder zumindest irgendwie eingeordnet." Mario rief weitere Dateien ab. „Hier gibt es auch einige Stimmen, mit denen es Probleme gibt." Mario schaute sich in einer Übersicht alle gefundenen und zugeordneten Attribute an und auch die Passagen, die offen geblieben waren. Die Attributliste einer Stimmensequenz beschrieb alle Details, die die KI erkannt und der Stimme zugeordnet hatte.

„Einige sehen fast ähnlich aus. Es scheint, dass die Stimmen etwas verzerrt sind. Vielleicht durch eine Erkältung oder eine andere Krankheit." Er scrollte mit der Maus den Bildschirm nach unten. „Und hier, das ist eine fast identische Falschanalyse." So bezeichneten wir die Fälle, denen sehr viele Attribute fehlten.

„Stopp mal. Die hier kommt mir sehr bekannt vor. Schau mal in die *AGENT24* Liste von Freitag."

Hektisch drehte er sich zum anderen Computer um und tippte ungemein schnell. Einen Moment später erschien eine Liste mit jeweils identischen Attributeinträgen.

„Wow. – Krass. Das ist dieselbe Stimme, mit den gleichen Fehlern. Ich glaube es nicht. Wie geht das?"

„Interessant. Weißt du was das heißt?" Ich schaute Mario erwartungsvoll an und zog die Stirn kraus, wobei mein rechtes Bein nervös auf und ab zappelte.

„Dieser Mann hat im Immobilien Call Center angerufen und war früher auch schon bei einem BKA-Verhör beteiligt. Was für ein Zufall?"

Ich pfiff kurz durch meine zugespitzten Lippen.

„Heißt nichts, aber das bleibt zunächst unter uns, verstanden?", sagte ich eindringlich. Zufrieden, aber doch etwas verunsichert verließ ich die Entwicklung und ging hinüber in das Haus des Managements. Warum sollten polizeilich bekannte Menschen nicht auch bei *ImmoServ* anrufen? Das war ja nicht verboten. Aber es war eine interessante Aussage über den Einsatz unserer Software, die wir wie zum Zwecke einer Rasterfahndung eingesetzt hatten.

*****

Seit Leonie in unserer Firma angefangen hatte, begann ich instinktiv wieder etwas Sport zu treiben, was mit Joggen, einigen Sit-Ups und der regelmäßigen Nutzung der Treppe bis in den vierten Stock begann. Ich hatte keine Ahnung, ob die Ereignisse miteinander korrelierten, immerhin war ich mindestens zehn, vielleicht auch zwölf Jahre älter als sie. Leonie hatte ein fröhliches Naturell, war gegenüber anderen aufgeschlossen und spielte nicht das pingelige Etepetete-Dame Spiel. Zugegeben, ich mochte sie sehr und ihre hemdsärmelige Ausstrahlung mit dem spitzbübischen Lächeln.

An diesem Tag erwischte ich mich morgens vor dem Spiegel, dass ich mein Outfit kritischer betrachtete. Meine Augenlider empfand ich als zu schwer und ein Friseurbesuch würde auch nicht schaden. Ich zog sogar ein frisches Hemd an und nutzte ein Deo und Rasierwasser, denn Leonie hatte mich gefragt, ob ich ihr bei einem KI-Vortrag für Chrissy helfen könnte.

Sobald ich mein Büro erreicht hatte, öffnete ich das Fenster, holte zwei Tassen und eine Kanne Kaffee. Frische Herbstluft durchströmte den überhitzten Raum. Während ich noch meinen Schreibtisch aufräumte, klopfte es am Rahmen der Bürotür und Leonie stand dort, biss sich gekünstelt nervös auf die Lippen und fragte: „Klopf, klopf, klopf. Bin ich zu früh?"

„Nein, ganz und gar nicht. Guten Morgen Leonie. Komm herein und setz dich."

Ich musterte sie, als sie mir gegenüber Platz nahm. Ihre großen leicht geschminkten Augen hatten einen neugierigen Blick.

„Eine Tasse Kaffee?" fragte ich und goss, ohne eine Antwort abzuwarten, ein. „Dann schieß mal los. Wie weit bist du mit dem Vortrag." Ich schloss das Fenster und sah von hinten auf ihre zierliche Figur, die in einem bunten Pullover steckte, der ihre schmale Gestalt auf keine Weise verschleierte.

Leonie zeigte mir ihren Folienentwurf zum ersten Teil. Ich gab noch ein paar Tipps zur Formulierung und versprach ihr, auch noch ein weiteres Foto und eine anschauliche Grafik zuzusenden.

„Im Teil zwei muss es nun um die künstliche Intelligenz gehen. Ich habe zwar selber schon recherchiert, aber du solltest mal drüber schauen, ob das alles fachlich korrekt ist", meinte sie.

Leonies Nähe empfand ich als sehr angenehm. Insbesondere als wir zusammenrutschten, um gemeinsam auf einen Bildschirm zu sehen und sich unsere Unterarme berührten, kribbelte es. Ich zwang mich zur Konzentration.

„Dann lass uns mal einen Blick unter die Motorhaube werfen. Den Begriff künstliche Intelligenz gibt es seit 1956, als erste schnellere Computer aufkamen. Man hat sich Gedanken gemacht, was überhaupt Intelligenz ist, nämlich die Fähigkeit Aufgaben durch Denken zu lösen. Den bekannten IQ-Test gibt es aber schon länger. Die Amerikaner haben ihn 1923 für das Militär eingeführt. Bis heute ist deren Gauß-Verteilung stabil. Das heißt, dass 68% der Menschen zwischen 85 und 115 Punkten erreichen. Nur zwei bis drei Prozent haben mehr als

130 Punkte." Ich sah in zwei intelligente Zuhöreraugen und dozierte weiter. „Aber durch den Test werden nur das mathematische und das räumliche Gedächtnis und deren Logik überprüft. Emotionale Intelligenz heißt aber auch Kommunikation Kreativität, Ausdauer, Impulsivität und Begeisterung."

Leonie schrieb alles mit. Ihr Schriftbild war gestochen scharf, worauf ich auf eine hervorragende Selbstorganisation und enorme Disziplin schloss.

„Durch die neuronalen Netze wird das Gehirn im Computer nachgebildet. Es entsteht ein mehrdimensionales Geflecht von Knoten und Kanten, das dynamisch wächst", trug ich mit dem Selbstverständnis eines Experten vor. „Zum Anlernen einer Maschine werden tausende von Vorlagen, also beispielsweise Bilder, Schachstellungen oder Sprache genutzt und die Kanten zwischen den Knoten werden bei jedem Durchlauf stabiler."

Ich griff in meine Schublade und holte einen Papierblock hervor. Schnell malte ich zehn Kreise und verband sie mit Strichen. „Es flitzen kleine Token durch dieses Netz. Die Kanten werden mit Wahrscheinlichkeiten versehen. Ein Knoten kann über seine auslaufenden Kanten nur ein Token feuern, wenn die Wahrscheinlichkeiten einen gewissen Schwellwert erreichen."

Mit dem Kugelschreiber malte ich mit mehreren Strichen eine Kante fetter. Ich war stolz auf meinen kleinen Vortrag und Leonie zeigte sich beeindruckt und dankbar.

„Solange wir in das System eingreifen und das Feuern prüfen oder hervorrufen, damit langsam die Wahrscheinlichkeiten präziser werden, nennt man es *machine learning*. Mit jeder Lernvorlage werden alle genutzten Kanten mit ihren Wahrscheinlichkeiten immer präziser. Ist das neuronale Netz groß genug, dann kann es selber weiterlernen und immer sicherer werden. Dann redet man von *deep learning*.

Die Außenknoten", ich zeigte abwechselnd auf zwei Kreise, „sind die Input- und Outputknoten. Die in der Mitte nennt man Layer." Die Skizze war nun perfekt.

„Das ist ja scheinbar kein Hexenwerk", entfuhr es Leonie erleichtert.

„Nein, wirklich nicht. Man braucht nur viel Material zum Anlernen und sehr schnelle Computer. Oder besser ganze Rechenzentren. Und viele Menschen glauben, dass eine große Datenbank schon KI ist. Das stimmt so nicht."

„Das kommt durch die Werbung. Da ist scheinbar heute jedes Produkt mit künstlicher Intelligenz versehen."

Ich ignorierte ihren Beitrag, da ich mit den Gedanken schon weiter war.

„Die Netze werden immer besser und größer. Mehr Knoten, mehr Kanten und verschiedene Tokentypen. Aber heute werden trotzdem teilweise auch noch Fehler erzeugt. Die KI sucht naturgemäß immer in der Vergangenheit und versucht, daraus Schlüsse zu ziehen. Das gelingt nicht immer. Als Resultat kommen Personenbilder mit nur vier Fingern an den Händen heraus oder ein Frauenkörper, der völlig verdreht ist. Der Körper läuft uns entgegen, während die Füße in der entgegengesetzten Richtung stehen."

„Sind die Ergebnisse denn nachvollziehbar?"

„Bei einem normalen Computerprogramm kommt bei gleichen Eingaben immer dasselbe Ergebnis heraus. So sollte es jedenfalls sein. Da die KI mit Wahrscheinlichkeiten arbeitet, können Ergebnisse im Detail immer wieder abweichen. Es ist nicht-deterministisch. Das ist ein Problem beim autonomen Fahren oder beim Umgang mit Robotern. Wer hat die Verantwortung bei einem Unfall? Der Programmierer? Die Computerhardware? Das zugrundeliegende Datenmodell? Nein, es ist die Maschine. Aber die kann vor Gericht nicht zur Rechenschaft gezogen werden. Daher diskutiert man seit

Jahren auch unter Juristen eine notwendige Haftpflichtversicherung für Maschinen."

Mein Kopf glühte langsam, da ich mich in Rage geredet hatte. Aber es tat gut, die eigenen Gedanken didaktisch etwas aufzubereiten.

„Wenn du zum Beispiel einem kleinen KI-System beigebracht hast, die Anzahl von hochgehaltenen Fingern aus verschiedenen Positionen zu erkennen und anzugeben," dabei zeigte ich hintereinander ein, zwei, drei, und vier Finger und schließlich nur noch den Zeige- und Mittelfinger, „dann bekommst du als Antwort, dass mit 98 Prozent Wahrscheinlichkeit jetzt zwei Finger gezeigt werden. Aber wie wäre das Resultat beim Daumen und Zeigefinger? Der Daumen war beim Anlernen der KI systematisch ausgeschlossen worden und das Erkennungsergebnis läge nur bei 5 bis 10 Prozent. Die KI würde also falsch interpretieren, dass es keine zwei Finger sind. Das Risiko der falschen Aussage nennt man BIAS."

Vermutlich hatte ich Leonie gelangweilt oder überfordert, denn sie sah auf ihre Uhr.

„Oh, ich muss weg. Aber ein sehr interessanter Aspekt. Danke, Zven. Du hast mir sehr geholfen."

Während Leonie zügig ihre Sachen zusammensuchte, fragte sie interessiert: „Die KI besteht doch aus Agenten oder Assistenzsystemen, die in einem abgeschlossenen Datenumfeld nach Lösungen suchen. Dieser Agent ist ja selber nicht kreativ, sondern plappert wie ein Papagei nur nach, was er findet. Kann man die KI als modernen Taschenrechner bezeichnen?"

„Ja richtig. Bei kleinen Modellen fällt das schnell auf, aber wenn das Modell riesig ist, dann kommen beim Bewerten der Wahrscheinlichkeiten und Zusammensetzen der Teillösungen immer neue Ergebnisse hervor. Und das rasend schnell, dass wir denken, alle Ergebnisse müssten richtig sein."

Ich sah Leonie bewundernd zu, wie sie ihre Sachen verstaute. Dieser kleine hübsche Kopf war nicht zu unterschätzen, da sie eine schnelle Auffassungsgabe besaß.

„Nochmals vielen Dank, Zven. Wenn ich noch Fragen habe, komme ich nochmal vorbei, wenn ich darf." Damit stand sie auf und näherte sich der Tür.

„Klar. Keine Ursache. Gerne. Du solltest auch noch etwas über den Turing Test schreiben. Nur kurz. Es geht darum, ob ein Computer einem Menschen eine menschliche Intelligenz vortäuschen kann. Schau mal ins Internet. Da gibt es mittlerweile viele Artikel dazu."

Die Stunde ging viel zu schnell herum, und ich hätte noch so viel zu erzählen gehabt. Leonie nickte zustimmend und verließ den Raum, wobei sie ihren Laptop und alle Zettel mit beiden Händen vor ihren Bauch drückte.

Als Belohnung für meine Kommentare hinterließ sie ihren angenehm herben Duft in meinem Büro.

9. Überraschende Ergebnisse

Ich werde immer wieder gefragt, wie sich ein Informatiker und Experte der künstlichen Intelligenz privat verhält. Manche Menschen glauben, wir seien besonders intelligent und würden auf andere Menschen herunterschauen oder wir würden Probleme schneller erkennen, Abhängigkeiten sofort sehen und Lösungen im Handumdrehen finden. Die komplexe Welt bestände aus ein paar Stellschrauben, die nur darauf warteten, in den korrekten Zustand gedreht zu werden.

Für mich kann ich nur sagen, dass ich ganz normal bin und mich bestimmt nicht als ein Teil einer Elite fühle. Ich habe ein Faible für Zahlen, Wahrscheinlichkeiten, Statistiken und denke oft in abstrakten Modellen. Natürlich baut meine Gedankenwelt auf der Logik auf. Die Informatik ist eine Ingenieurswissenschaft, bei der etwas konstruiert wird, was man aber nicht anfassen kann.

All das hilft aber nicht bei der Bewältigung der alltäglichen Herausforderungen, wie ich bald erfahren sollte. Ich bemerkte, wie das ganz harte Leben, kurz vor dem Abgrund, oft einen unbändigen Überlebenswillen hervorbringt, zuweilen gepaart mit erheblicher krimineller Energie.

*****

Seinen alten Bus parkte Kevin vor dem grauen Mehrfamilienhaus. Hier gab es immer genügend Parkplätze und seiner war mit vielen Ölflecken markiert. Auch aus einem anderen Grund hatte er gute Laune. Er sprang die knarrende Holztreppe mit schnellen Schritten hoch, indem er zwei Stufen auf einmal nahm. Er schloss seine Wohnungstür auf und rief: „Bin wieder da. Erfolg auf der ganzen Linie, Shanty. Mach dich fertig. Wir haben einen Termin." Damit warf er ein Papierblatt mit einigen Adressen auf den Bauch von Shanty. „TSCHAKKA. Los, zieh dich an."

„Hmm, zeig mal", klang es müde. Shanty hatte wieder auf dem Sofa gelegen. Das weiße Unterhemd hing über seiner ausgebeulten Jeans, die dringend eine Wäsche notwendig hatte. „Woher hast du das?" Er hustete stark.

„Es ist immer gut, wenn man Freunde hat, die einem noch etwas schulden." Kevin drückte nun Shanty diesen kleinen Zettel direkt in die Hand. „Sieh dir das an. Hier sind ein paar Orte, wo wir diesen Marvin finden. Totsicher. Irgendwo taucht er garantiert auf. Wir brauchen nur etwas Geduld, aber er kann uns nicht davonkommen. Wir lauern ihm auf und zack, dann fragen wir höflich, ob wir unser Geld zurückbekommen können." Kevin grinste frech und kniff sein rechtes Auge zwinkernd zusammen.

„Aber das kann dauern."

„Sei nicht so negativ. Wir sind zu zweit. Wir teilen uns die Adressen auf. So viele sind es nicht."

Shanty überlegte und verzog sein Gesicht. „Ich brauche jetzt das Geld. Das darf alles nicht zu lange dauern", krächzte er fast heiser.

„Hey Shanty, keep cool. Gib uns eine Woche. Maximal. Solange kannst du auch noch hierbleiben."

Franziska Giesecke hatte als Journalistin eine gute Spürnase. Sie hatte es gelernt, komplexe Situationen und Zusammenhänge analytisch in kleinere Bestandteile auseinanderzudividieren und nach der Wahrheit zu recherchieren. Zum x-ten Male stellte sie ihr Auto in der Einfahrt des Hauses ihres Onkels ab. Beim letzten Besuch, hatte sie Clemens Schlüsselbund in ihr Auto gelegt, damit sie den Briefkasten an der Straße direkt bei ihrer Ankunft leeren könnte. Es stapelten sich dort allerdings nur kostenlose Zeitungen. Sie nahm das lederne Etui und fummelte den Schlüssel in die Haustür, die zweimal verschlossen war. Beim Abziehen des Schlüssels öffnete sich nicht nur die Tür, sondern auch die Klammer des Etuis. Alle befestigten Schlüssel verteilten sich auf dem Boden.

„So ein Mist", dachte sie und bückte sich, um jeden Einzelnen aufzusammeln: Haustür, Keller, Garage, Briefkasten, Gartentor und...

Sie hielt inne.

Der Schlüssel, der vor den großen bunten Blumentopf gefallen war, hatte einen sehr breiten Bart. Er glänzte silberfarben, als sie ihn aufhob. Sie drehte ihn auf die andere Seite und überlegte. Das war kein Schlüssel. Es war ein als Schlüssel getarnter USB-Stick. Ihr Herz begann, vor Aufregung schneller zu schlagen. Eilig schloss Franziska die Haustür hinter sich und ging mit schnellen Schritten zum PC, der ihrer Meinung nach elend langsam hochfuhr. Endlich ertönte das Windows-Willkommenzeichen. Ungeduldig steckte sie den USB-Schlüssel in den dafür vorgesehenen Anschluss des Computers. Ein Ordner öffnete sich automatisch. Sie überflog den Inhalt. Er enthielt viele Dateien und einige Bilder.

Franziska spürte ihren erhöhten Puls. Ihre Neugier trieb sie an, obwohl das Schnüffeln eine Berufskrankheit war. Sie öffnete zuerst die vielen Bilder. Sie zeigten erst ein neues Wohnhaus mit anscheinend mehreren Parteien, dann Bilder einer Wohnung, die frisch renoviert war und schließlich den Garten von oben mit Ausblick auf angrenzende Wiesen. Im Hintergrund sah man einen kleinen Wald auf einem Hügel, davor grasten Pferde, als sei hier ein Urlaubsfoto aufgenommen worden. Die Bilder waren im Spätsommer geschossen worden. Dann startete sie die .mov Datei. Eine entsprechende Software öffnete das Video. Ein großer Balkon einer Loftwohnung war zu sehen. Alles hell und neu. Ein kleiner Schwenk von außen in das große leere Wohnzimmer. Großzügig. Im Hintergrund konnte Franziska schemenhaft eine Person ausmachen. Sie stoppte das Video. Die Person war wohl männlich mit längeren Haaren, schmalem Gesicht und hatte eine Kladde in der Hand. Sie ließ das Video weiter abspielen. Die Person drehte sich um und verschwand aus dem Bild. Die Küche kam in das Bild. Dann wieder ein Schwenk auf das große Fenster zum Balkon. Die Kamera hatte Probleme mit dem schnellen Lichtwechsel, adaptierte dann endlich. Die Gegend war Franziska unbekannt. Ein zweites Video war dunkler und zeigte einen kleinen vergitterten Kellerraum und einen Tiefgaragenstellplatz. Ein Rolltor fuhr zum Abschluss mit einem Geräusch nach oben. Stimmen gab es keine.

Dann öffnete sie die Word-Dateien, die mit gleichem Namen auch als PDF existierten. Sie überflog den Inhalt. In der ersten Datei hatte ihr Onkel alle Daten zur Wohnungsübergabe dargestellt. Er hatte zusammengefasst, dass er 5800 Euro und die erste Monatsmiete auf ein Konto in der Schweiz gezahlt hatte. Das Konto war auf den Namen Clemens Giesecke ausgestellt. Die Wohnung befand sich in Mainz, was circa 30 Kilometer entfernt war. Sie war neu renoviert und direkt einzugsbereit. Dann wurde der Übergabetermin vereinbart.

Im zweiten Schreiben drohte ihr Onkel dem Koblenzer Unternehmen #nextParadise eine Anzeige und Klage an, da er den Schlüssel nicht erhalten hatte. Er forderte mit kurzer Frist sein Geld zurück und die Löschung all seiner Daten und des Accounts.

Franziska pfiff kurz mit spitzem Mund. Sie war nun auf der richtigen Spur. Die Kaution und die Mietzahlungen wurden ergaunert. Aber was passierte in der Schweiz? Sie überflog einige Artikelüberschriften, die ihr Onkel auf dem USB-Stick gesammelt hatte. Als sie hintereinander im Browser angezeigt wurden, blieben ihre Augen bei der großen BILD-Zeitungsüberschrift hängen.

„Sozialer Sprengstoff"

Jetzt haben wir es schwarz auf weiß: Unser Wohnungs-Markt ist kaputt. Das Münchner Ifo-Institut erwartet, dass die Zahl der neu gebauten Wohnungen im Jahr 2026 auf 175 000 absinkt. Das sind beschämende knapp 44 Prozent der von der Regierung jährlich in Aussicht gestellten 400 000 neuen Wohnungen. Und das, obwohl nach Angaben der Immobilienbranche 800 000 (!) Wohnungen in Deutschland fehlen.

Die Folgen: dramatisch. In Städten wie Berlin verzweifeln Mieter bei der Wohnungssuche. Für Neuvermietungen werden im oberen Preissegment 26 Euro pro Quadratmeter aufgerufen (kalt). Der Medianwert, also das mittlere Niveau, ist innerhalb eines Jahres um 19 Prozent auf 13,60 Euro (Wohnmarktreport) gestiegen.

Wie sollen sich Singles mit 2000 Euro netto oder Familien mit 4000 Euro Haushaltseinkommen da mehr als bessere Abstellkammern leisten können? Die Alternative – Kaufen – ist wegen der gestiegenen Bauzinsen erst recht für weite Teile der Mittelschicht utopisch geworden. Heißt: In der Stadt wird man durch Wohnen arm oder man bekommt halt nichts mehr für sein Geld.

Die Regierung findet auf all das keine Antwort. Es gibt Durchhalteparolen, ein paar Förderprogramme hier, ein bisschen Bürokratieabbau da. Zuletzt gipfelte die Hilflosigkeit der eigentlich zuständigen Bauministerin darin, den Menschen nahezulegen, doch aufs Land zu ziehen und mehr im Homeoffice zu arbeiten.

Nicht mal im Ansatz versteht die Regierung, was sich gerade vor ihren Augen abspielt: Die Mittelschicht kann sich das Leben in Städten zunehmend nicht mehr leisten. Sie wird aus ihrem Umfeld – Schulen, Nachbarn, Vereine, Freunde – vertrieben.

Die Gewerkschaft IG BAU hat völlig recht mit ihrer Einordnung: „Fehlende Wohnungen sind sozialer Sprengstoff."

Ein Boom am Bau könnte soziale Probleme entschärfen und sogar die gesamte Wirtschaft ankurbeln. Aber mit DIESER Baupolitik wird die Gesellschaft nur gespalten.

Die Quittung kann sich die Regierung an der Wahlurne abholen.

Franziska dachte über die weitere Vorgehensweise nach, die ihr nicht offensichtlich erschien. Dazu hatte sie zu viele kontroverse Informationen erhalten, die sie im Kopf erst noch ordnen musste. Noch kristallisierte sich kein Plan für die nächsten Schritte heraus. Eher als Überbrückung ihrer Bedenkzeit, gab sie bei Google den Begriff *nextParadise* ein. Sofort erschien eine Resultatliste, die allerdings fast leer war. Die Suchmaschine kannte unter dem Begriff *nextParadise* einige Strandhotels und bequeme Stiefel, auf denen man paradiesisch endlos weit laufen konnte. So kam sie nicht weiter. Ein weiterer Gedanke kam ihr. Sie nahm ihr Handy zur Hand und öffnete ihren Facebook Account. Auf der App rieselten sofort kleine Filmchen mit Werbung auf sie herab. In der Suchzeile gab sie den Begriff *#nextParadise* ein und wartete einige Sekunden. Es dauerte, bis ihr eine private Gruppe vorgeschlagen wurde, deren Mitglieder Kommentare hinterlassen durften. Allerdings hatte sie keinen Zugang zu der Gruppe. Sie beantragte eine Berechtigung und wartete. Nervös lief sie im Zimmer auf und ab und nutzte die Wartezeit für einen Toilettengang.

Endlich wurde ihre Teilnahme mit einer kleinen Nachricht bestätigt.

Willkommen Franziska. Willst du etwas über dich erzählen?

Mit der Leseberechtigung klickte sie auf weiter. Und dann sah sie viele Kommentare aus München, Nürnberg, Freiburg, Stuttgart und Frankfurt. Fast alle beschwerten sich über die Vermieterpraktiken. In kurzen Sätzen beschrieb *KUNI*, was sie erlebt hatte. Überall wurde vor dieser Maklerorganisation *nextParadise* gewarnt. Manche Kommentare waren nicht nur ausfällig, sondern sprühten geradezu von Hass. Ein *Werner* meinte, alle Vermieter seien Haie und geldgeil. *Oma´s Liebling* wollte denen sogar die Ohren auf links ziehen und sie dann an die Wand stellen. Mustafa schwor, den Makler ins Paradies zu schießen.

Aha, dachte sie. Nur zu.

*****

Von meinen ersten kleinen Erfolgen ermutigt, immerhin hatte ich schon nach zwei Wochen 1,5 Kilogramm abgenommen, beschäftigte ich mich intensiver mit dem Thema Sport und Ernährung. Ich verbot mir die Pizza und den heißgeliebten Döner und schwenkte auf den Genuss von Radler und sogar alkoholfreiem Bier um. Zugegeben, es kostete mich etwas Überwindung, aber die zufälligen Kantinentreffen mit

Leonie zeigten Wunder. Eine Wurfsendung eines nicht sehr weit entfernten Fitnessstudios machte mich neugierig auf einen Besuch. Zum ersten Mal in meinem Leben betrat ich an einem Donnerstagabend einen dieser Sporttempel. Eine attraktive junge Frau sprach mich sofort nett an und ich verabredete mich für das Wochenende für ein offizielles Probetraining mit Geräteeinweisung und einem kostenlosen Fittnesscheck. Sie bot mir ein zweimonatiges kostenloses Training an, wenn ich einen Zwei-Jahresvertrag unterschriebe. Das Angebot enthielt auch den regelmäßigen Saunabesuch. Ich steckte den Aufnahmeantrag in meine Tasche, zog mich um und startete meinen ersten Versuch auf einem Laufband, was ich auf angenehme acht km/h stellte. Während ich joggend auf dem großen Fernseher über mir immer wieder Nachrichten in Kurzform vorbeirauschen sah, schaute ich mir die anderen schwitzenden Teilnehmer an. Das Publikum war sehr gemischt: Rentner und junge Wilde, Gewichtheber und Yogafreaks. Ein Azubi oder Schüler war damit beschäftigt, mit einem Akkusauger Wollmäuse aus den Ecken zu fischen, ein anderer desinfizierte einige Geräte. Bald hatte mein Puls die 160 hinter sich gelassen und ich war dankbar, dass mich jemand von der Seite ansprach.

„Mensch, bist du nicht der Zven?"

Erstaunt drehte ich mich zur Seite und konnte noch rechtzeitig das Laufband in den langsameren Cool-Down-Modus schalten. Ich benötigte ein paar Sekunden, dann erkannte ich einen alten Schulkameraden. Sogar dessen Name Holger fiel mir rechtzeitig ein. Auf der letzten Klassenfahrt hatte er im Bett über mir gelegen und bei der Kissenschlacht hatte sein Kopfkissen schlapp gemacht.

„Holger. Schön dich zu sehen. Das ist ja eine Ewigkeit her", schnaufte ich.

„Ich bin viel unterwegs, aber ich wohne immer noch hier. Bist du neu im Studio?" Holger hatte das Handtuch lässig um den Hals gewickelt. Sein schweißnasses T-Shirt spannte sich imposant über den muskulösen Brustkorb.

„Ja, heute das erste Mal. Ich muss etwas für meine Gesundheit tun." Das Laufband schaltete sich ab.

„Ja, das Alter holt uns ein. Lass dich nicht aufhalten. Pass auf, ich habe noch drei Geräte vor mir. Wollen wir uns in einer halben Stunde vorne an der Sportbar treffen? Ich lade dich zu einem Shake ein. Dann quatschen wir über alte Zeiten."

Ich saß schon an der Sportbar, als Holger eintraf und generös zwei Proteinshakes für uns bestellte. Das nasse Trainingsshirt hatte er durch ein trockenes ersetzt auf dem unübersehbar TRAIN HARD stand. Er redete sofort drauflos und es stellte sich heraus, dass er Bankberater geworden war. Somit kamen wir schnell auf das Thema Geld.

„Ja, die Tech-Firmen sind gut gelaufen, aber damit steigt nun auch das Aktienrisiko."

„Stimmt", pflichtete ich ihm bei. „In der KI wird es in den nächsten Jahren viele neue Anwendungen geben. Medizin, Automobil, Pharmazie, die setzen alle auf künstliche Intelligenz." Immerhin, in diesen Gebieten kannte ich mich aus, obwohl ich keine Aktieneinschätzungen bekannter Firmen abgeben konnte.

„Die muss ich weiterverfolgen. Guter Tipp, aber leider nicht meine Analysebranche. Ich bin bei unserer Bank im Team Immobilien und dort verantwortlich für geschlossene und offene Immobilienfonds."

Ich sog mit dem dicken Strohhalm den leckeren Vanilleshake in mich hinein, während ich aufmerksam zuhörte. Das Gespräch versprach interessant zu werden.

„Weißt du, Immobilen sind ein langlebiges und ausgewogenes Investment. Zum Beispiel der

Wohnungskonzern *Vonovia*, der mit fast 500.000 Wohnungen einer der führenden Immobilienkonzerne in Deutschland ist, schluckt nun die *DeutscheWohnen*. Mit den sinkenden Zinsen kann die Übernahme gestemmt werden und die Aktie wird weiter steigen. Operativ läuft es blendend."

„Was heißt das?", fragte ich naiv.

„Der Wohnungsmarkt ist enorm angespannt und *Vonovia* kann davon profitieren. Der Konzern kalkuliert mit vier Prozent höheren Mieten im nächsten Jahr. Die Dividendenrendite mit fast fünf Prozent kann sich sehen lassen. Das bekommst du bei keinem Tagesgeldkonto."

„Stimmt. Aber was gut für die Aktionäre ist, ist doch schlecht für die Mieter, oder?"

„Wer wohnt denn schon in so einem Plattenbau. Ein großer Anteil ist an Flüchtlinge und ihre Familien vermietet. Die Mieten bezahlen dann das Sozialamt oder das Jobcenter. Einen Leerstand gibt es hier nicht. Den hast du nur bei Büroimmobilien. Übrigens, die Logistikbranche mit den Hallen entlang der Autobahnen läuft auch gut."

Da ich nicht tiefer in die Diskussion über allgemeine Markttrends einsteigen wollte, wechselte ich das Gesprächsthema. Die Fußball Bundesliga bot genug Stoff für die nächsten zwanzig Minuten, bevor wir uns verabschiedeten.

*****

Clemens Giesecke wurde in der kleinen Friedhofskapelle am Langener Stadt-Friedhof aufgebahrt. Sein Sarg stand in der Mitte, rechts daneben ein Porträtfoto von ihm, wie er mit einem Glas Bier in die Kamera lächelt. Um den Sarg lagen Blumenkränze mit Namensbändern. Die Trauerhalle war gut gefüllt, so wie es sich für einen honorigen Bürger der Stadt gehörte. Er war im Sportverein, im Männerchor und früher im Stadtrat gewesen Dazu ein beliebter Nachbar, dessen Meinung immer gerne gehört worden war. Ab und zu, war ein Schluchzen zu hören.

Franziska saß alleine in der ersten Reihe und hielt sich am Gesangszettel fest, als Musik erscholl. Der Männerchor sang ein letztes Lied.

Günter, sein Doppelkopffreund und ehemaliger Kollege stand bereit. Das Redemanuskript zitterte leicht, als er in der Abschiedsrede kurz die gemeinsamen 40 Jahre beschrieb. Eine lange Zeit. Die Sargträger hoben den Sarg in den bereitstehenden Wagen und trugen die Kränze hinterher. Das letzte Geleit der Trauergemeinde begann. Das ausgehobene Grab lag direkt neben der Bestattungsstelle von Clemens Ehefrau. Der Pfarrer sagte einige christliche Worte und segnete den Sarg mit Weihwasser, bevor er hinabgelassen wurde.

„… zu Erde wirst du. Amen."

Franziska stand als erste vor dem Grab. Sie schluchzte und ihre Augen füllten sich mit Tränen. Nun war sie die letzte lebende Giesecke. Mit einer Schaufel warf sie Erde und mit der Hand einen kleinen Blumenstrauß auf den Sarg. Dann trat sie beiseite und ließ die Beileidsbekundungen über sich ergehen, während ihre Wimperntusche verlief. Sogar die Kommissarin Bakri war gekommen.

Die große Gesellschaft löste sich langsam am Grab auf. Einige enge Freunde ihres Onkels hatte sie in seinem Namen zum Beerdigungskaffee mit Streuselkuchen eingeladen. Immerhin folgten circa 20 Freunde der Einladung. Die Stimmung war gelöst und es gab nur ein Thema: was war passiert und warum musste Clemens sterben?

Franziska war froh, als sie den Tag überstanden hatte, auch wenn es nicht ihre Eltern waren, die gestorben waren, so war ihr Verhältnis zu ihrem Onkel doch innig gewesen. Immerhin kannte sie ihn ihr Leben lang. Die Trauer hielt sie noch gefangen. Sie fuhr zum Haus, schloss auf und ließ den Gedanken zum Gedenken an ihren Onkel freien Lauf. Frühere gemeinsame Erlebnisse kamen ihr in den Sinn. Der Segelturn, die Wanderungen im Allgäu, das Aufstauen eines kleinen Baches, ihr erster Auftritt am Klavier. Onkel Clemens war immer dabei. Wo war denn dieses alte Fotoalbum? Sie sah erst im Wohnzimmer nach, dann im Arbeitszimmer. Ah, hier sind die Alben. Sie zog zwei hervor auf denen die Jahreszahlen 1988 und 1990 standen und blätterte. Es war wie in einem historischen Rückblick. An immer mehr konnte sie sich erinnern. Die großen Geburtstagsfeiern im Garten, wo sie mit einer Freundin die Gläser unter dem Tisch leer getrunken hatte. Was war das für ein Spaß, obwohl ihr nachher so schlecht geworden war. Und hier war ihre Tante beim Kuchenbacken abgelichtet. Die Fotos waren alle gelblich.

Plötzlich hörte sie Geräusche im Erdgeschoss. Was war das? Vorsichtig schlich sie die Treppe nach unten und war erleichtert, dass nur die Rollläden automatisch herunterfuhren. Beruhigt setzte sie ihre Reise in die Vergangenheit fort.

Sie stellte die beiden Fotoalben wieder zurück und zog ein weiteres Album heraus. Dabei fiel eine kleine dunkelblaue Kladde mit heraus, die mit einem Band zugebunden war. Neugierig öffnete sie die Schleife und fand mehrere alte Briefe. Sie entnahm ein Blatt aus dem Kuvert, was an Clemens Giesecke adressiert war.

Lieber Vater,

oder darf ich dich nicht so nennen? Wäre dir Erzeuger lieber? Ich habe dich endlich gefunden und schreibe dir, damit du mich nicht vergisst. Mich gibt es wirklich und ich dachte, du solltest wissen, was aus mir geworden ist. Ich habe die Schule abgeschlossen und arbeite nun auf einem Bauernhof. Harte Arbeit für wenig Geld. Eine Unterstützung für meine weitere Ausbildung wäre angemessen. Meine Mutter ist wieder zurück in Italien. Ihr geht es aber nicht gut.

Melde dich, wie wir weiter miteinander umgehen sollen. Ein Besuch von mir wird dir sicherlich nicht recht sein.

Deine Tochter

Bellina

Franziska war erschüttert. Sie las noch die anderen Briefe. Zwei Fotos waren beigelegt, die eine junge Südländerin Mitte Zwanzig vor einer Kuhherde auf einer Weide zeigten, inmitten einer sonnigen leicht hügeligen Landschaft. Sollte ihr korrekter, katholischer Onkel eine uneheliche Tochter haben? Hatte er ein Verhältnis mit einer Italienerin gehabt? Vermutlich war es die ehemalige Putzfrau der Familie, an die sich Franziska nur vage erinnern konnte. Lebte sie noch und wo? Die Briefe waren 18 Jahre alt. Demnach wäre Bellina nun vierzig, überschlug sie schnell. Etwas älter als sie. Die strenge katholische Fassade bröckelte. Ihre Tante hatte ganz bestimmt nichts davon gewusst. Es war Clemens Geheimnis, das er mit ins Grab genommen hatte. Franziskas Gedanken kreisten um diese Täuschung. Wie konnte sie herausfinden, ob ihr Onkel jemals Kontakt zu Bellina hatte und ob er ihr regelmäßig Geld überwiesen hatte? Oder hatte er sich gewehrt und einen Vaterschaftstest beantragt? Unwahrscheinlich. Wenn diese Bellina noch lebte, dann wäre sie auch erbberechtigt. Nein, sie würde als Tochter sogar alles erben. Seit 1998 waren nichteheliche Kinder den ehelichen gleichgestellt. Schockiert suchte Franziska in den Briefen und Umschlägen nach einer Adresse des Absenders. Während sie die Post nochmals und nun systematisch durchsah, schoss ihr ein verwegener Gedanke durch den Kopf. Was, wenn Bellina mit dem Tod ihres Onkels etwas zu tun hatte? Könnte sie ihn ausfindig gemacht, Forderungen gestellt haben und dann abgewiesen worden sein? Das war nicht abwegig, da sie seine Adresse kannte. Es kam zum Streit, ihr Onkel schmiss den ungebetenen Gast aus dem Haus und Bellina sann auf Rache. Daraufhin beauftragte sie jemanden, ihrem Onkel einen Denkzettel zu verpassen? So konnte es sich zugetragen haben. Sie spann in ihrer Phantasie den Faden weiter. Es war bestimmt Bellinas Mann, der sie dazu angestiftet hatte, eine Geldforderung zu stellen und dann bei der Geldübergabe auf dem Wanderparkplatz *Oberschweinstiege* die Nerven verloren hatte, als Onkel Clemens ihn brüsk zurückwies. Und dann *Peng*, ein Schuss in das Bein. Diese Erklärung war nicht nur schlüssig, sondern das Motiv auch nachvollziehbar. Jedenfalls hatte ihr Onkel doch noch ein anderes Leben gehabt, kein Doppelleben, wie es die Kommissarin vermutete, aber ein fremdes Gesicht, hinter dem sich ein anderer Clemens versteckt hatte.

Sie wühlte weiter die ganze Post nochmals durch. Es gab keine Adresse. Sie wendete drei Briefumschläge hin und her, bis sie mit der Lupe des Handys auf einem Poststempel ganz schwach den Namen *Butzbach* in der Wetterau entziffern konnte, was 70 Kilometer entfernt, im Norden von Frankfurt, direkt an der A5 lag.

Sie beschloss herauszufinden, wo diese Bellina heute lebte aber gleichzeitig durfte sie über den Tod des Onkels, oder korrekterweise ihres Vaters, nichts erfahren. Vielleicht war sie in der Wetterau geblieben. Die Spur führte über Bellina zum Mörder. Was, wenn Bellinas Mann das Kürzel M.v.P. trug? Dann hätte sich ihr Onkel laut Kalender mehrmals mit ihm getroffen. Hatte es Verhandlungen gegeben? Nun war sie sich ganz sicher und entschied, die Kommissarin nicht einzuweihen.

10. Eine komplizierte Lage

Der regelmäßige Besuch im Fitnesscenter tat mir gut. Manchmal traf ich Holger, der immer einen guten Tipp für den besseren Muskelaufbau oder den richtigen Einsatz von Geräten für mich übrighatte. Auf seinen Rat hin kaufte ich mir eine Fitnessuhr, die ab sofort mein Leben überprüfte. Wohlwollend las ich regelmäßig positive Tendenzen ab. Meine Kardio-Fitness lag nun schon bei 35, obwohl mir die Einheit nichts sagte, meine Ruheherzfrequenz tendierte bei rund 72 BPM und ich lief pro Tag durchschnittliche 4560 Schritte. Sogar meine Schlafphasen mit Atemfrequenz wurden jede Nacht analysiert. Mein Körper schien auf dem richtigen Weg zu sein. Vermutlich half mir diese verbesserte Konstitution, die auf mich zukommenden Aufgaben, bewältigen zu können. Es sollte sich auszahlen.

*****

In der Einsatzzentrale der Hanauer Feuerwehr schrillte das Telefon. Der Koordinator hinter den Monitoren und dem breiten Schreibtisch nahm den Anruf konzentriert und ruhig entgegen. Die Gesprächsdaten wurden in das System eingetippt und er informierte die Einsatzkräfte. In der Auftragsbeschreibung stand:

Notfalltüröffnung

Nun lief der normale Einsatzprozess der Feuerwehr ab, der vom Team routiniert abgearbeitet wurde, obwohl jedes Ausrücken nichts Gutes verhieß.

In einer Wohnanlage im sechsten Stock stank es erbärmlich. Bewohner hatten den Hausmeister informiert. Dieser traute sich bei dem Gestank auch nicht mehr auf den Flur und hatte Hilfe zur Wohnungsöffnung angefragt. Der Feuerwehrmann setzte zur Vorsicht eine Beatmungsmaske auf, nahm den Generalschlüssel vom Hausmeister und versuchte vergeblich die Tür zu öffnen. Der Schlüssel passte nicht. Nach einer kurzen Diskussion, weiterem Klingen und lautem Klopfen, gab es einen eindeutigen Beschluss, die Tür mit Gewalt zu öffnen. Der Ansatz des Brecheisens neben dem Schloss war gekonnt. Die Tür gab mit einem lauten Knirschen nach, das Schloss splitterte und sprang auf. Der Feuerwehrmann betrat langsam die Wohnung und prüfte, ob es Feuer, Rauch oder eine andere Qualmentwicklung gab. Alles schien ungefährlich zu sein. Aber woher kam der Gestank? Er machte einen weiteren Schritt in die Wohnung. Die Atemmaske behinderte sein Sichtfeld. Er blickte zu allen Seiten. Mit dem nächsten Schritt in den Flur stieß er auf eine leblose Person, die halb in der Küche lag. Der Kopf lag auf dem Boden, der Körper war ausgestreckt und die Füße und Arme abgewinkelt. Der Verwesungsprozess hatte begonnen und es stank bestialisch in der sonst leeren Wohnung. Das Summen der aufgescheuchten Fliegen war unüberhörbar. Der Feuerwehrmann war erschrocken, reagierte aber professionell und verließ den möglichen Tatort sofort, ohne Spuren zu hinterlassen.

Die Polizei brauchte bis zu dem Tatort nur fünfzehn Minuten. Der Zutritt zur Wohnung wurde abgesperrt und die

Kommissarin Ahlem Bakri traf kurz nach der Spurensicherung ein.

„Kennen sie den Mann?", wurde der Hausmeister gefragt, der die Frage verneinte. Er stand unter Schock. So etwas in seinem Haus. „Soweit ich den Mann überhaupt von hier erkennen kann. Die Wohnung war aber auch neu vermietet worden", sagte er zu seiner Entschuldigung. „Darf ich gehen? Ich brauche frische Luft." Er wischte sich mit dem Hemdsärmel die kalten Schweißperlen von der Stirn.

„Ja, geben sie dem Kollegen ihre Adresse. Wir haben sicherlich noch Fragen." Die Kommissarin hielt sich den Ärmel vor die Nase und betrat durch die Tür die Wohnung.

„Ahlem? Schau mal hier", sagte die Rechtmedizinerin, die sich die Leiche genauer ansah. „Er hat eine Perücke auf."

„Sieht eher nach einer Verkleidung aus. Sonst noch was?"

„Er wurde brutal niedergeschlagen. Darauf weisen die Hämatome am Kopf und auf dem Arm hin. Reine Abwehrhaltung. Einige Rippen scheinen gebrochen zu sein. Vermutlich ein Tritt. Aber daran kann er nicht gestorben sein. Mehr gibt es, wenn ich ihn auf dem Tisch gehabt habe. Unter dem Körper ist Leichenwasser ausgetreten. Die Fäulnisblasen sind schon aufgesprungen. Vermutlich liegt er hier über eine Woche. Die Leichenstarre hat sich gelöst und die Hornhaut der Augen ist trüb. Die äußere Verwesung hat schon stark eingesetzt. Es ist halt warm hier drin." Der Rechtsmediziner protokollierte diverse Fakten zur Lage des Toten, der Verwesung und notierte diverse Temperaturen.

„Vielen Dank. Anscheinend wurde er von niemandem vermisst. Ich lasse das mal prüfen." Die Kommissarin blickte mit Abscheu umher und machte sich gerade einige Notizen, als ein Polizist auf sie zukam.

„Frau Kommissarin. Ich war mit dem Hausmeister in der Tiefgarage. Auf dem Platz, der zur Wohnung gehört, steht ein

PKW mit Wiesbadener Kennzeichen. Die Halterermittlung habe ich schon gestartet."

„Sehr gut. Ich schau mir den Wagen gleich selber einmal an."

Ahlem Bakri war froh, dass sie dem Gestank entfliehen konnte und folgte dem Polizisten in den Aufzug. Viele Brandschutztüren musste der Hausmeister auf dem Weg öffnen. Dann standen sie vor der Parkbucht. Sie begutachtete das Auto, das rückwärts zur Wand eingeparkt worden war, von außen. Dann sah sie hinein.

„Wir schreiben hier auf den Schildern immer, die Leute sollen nur vorwärts einparken, damit die Wände nicht verrußen. Aber es hält sich ja keiner dran", sagte der Hausmeister resigniert. „Neulich habe ich noch Ermahnungen verteilt."

„Und wie lange steht dieser Wagen hier?"

„So genau kann ich das nicht sagen. Aber die zugehörige Wohnung ist neu vermietet worden. Seitdem wird der Wagen hier wohl parken."

Ahlem Bakri nahm eine kleine Taschenlampe aus ihrer Jacke und leuchtete in das Fahrzeug. Dann besah sie sich die Reifen. Keine Auffälligkeiten. Mit Handschuhen versuchte sie, ob das Auto zu öffnen war. Erfolglos. Sie ging zum Heck und leuchtete den Raum hell aus. Ein leichter Schatten war auf dem Lack zu sehen. Eine kleine Beule und ein gebrochener Nummernschildrahmen fielen ihr auf, dessen obere Ecke aus schwarzem Plastik fehlte. Sonst nichts Auffälliges.

„Haben sie schon ein Ergebnis von der Halterermittlung?"

„Ich gehe mal nach draußen. Hier unten gibt es keinen Empfang."

Der Fundort der Leiche wurde dokumentiert und der Leichenwagen brachte den verwesenden Toten in die

155

Gerichtsmedizin. Auch für die Bestatter ein schwieriges und unangenehmes Unterfangen.

Nachdem Ahlem Bakri im Kommissariat eingetroffen und an ihrem Schreibtisch Platz genommen hatte, öffnete sie im Computersystem einen neuen Fall. Sie waren mit 15 Ermittlern heillos unterbesetzt und sollten nach der neuen Vorgabe nicht nur Frankfurt Stadt, sondern auch in den benachbarten Kleinstädten aushelfen. Was hatte sich die Führungsstelle dabei überhaupt gedacht? Für diese neu zu startenden Ermittlungen brauchte sie definitiv Hilfe. Ärger stieg in ihr auf. Sie versuchte erfolglos, ihren Tisch aufzuräumen und schob ältere Akten zur Seite, andere kamen auf einen Stapel, der ins Rutschen kam. Drei Akten fielen zu Boden.

„Ich Trampel", ärgerte sie sich noch mehr über sich selbst und hob die Akten auf. Dabei blickte sie auf ein Foto, was herausgerutscht war und an einem anderen Tatort gemacht worden war. Noch keine drei Wochen her. Es zeigte eine kleine schwarze Plastikecke, was sie interessiert analysierte. Sie schlug mit dem Foto auf ihre linke Hand und dachte nach.

„Mein Gott. Zufall oder Vorsehung? Können die beiden Toten irgendwie zusammengehören? Was hatte dieser Tote mit Albert Giesecke zu tun? War er M.v.P. und eventuell von seinem Partner in dieser Wohnung erst geschlagen, dann getreten worden und schließlich seinen Verletzungen erlegen? Hatte es Streit gegeben? Und über was? Wozu die Perücke?"

Es waren wieder die normalen Fragen, die sie sich nach jeder Tat stellte. Aber in diesem Fall hatte sie den Eindruck, dass sie kurz vor einer Lösung stand.

*****

Ich habe in meinem Berufsleben schon einiges erlebt. Gestartet als Programmierer, dann Projektleiter und nun erweiterter Teil des Vorstandes von FIVE-Star. Die Softwareindustrie startete Anfang der 80er Jahre und durchlebte seitdem mehrere Höhen und Tiefen, die ich Wohl oder Übel aus Neugier mitmachte. Sie war halt neu und schien innovativ zu sein. Das Internet hat die Entwicklung wie ein Turbo beschleunigt. Der Höhepunkt war der *Neue Markt* an der Frankfurter Börse. Unternehmen mit hohen Verlusten und wenig Umsatz wurden gehypt, dass deren Kurs raketenartig durch die Decke ging. Fadenscheinige Geschäftsmodelle und gefälschte Umsätze führten zu immer höheren Kursen. Die Gründer verkauften alle Aktien und schlugen sich anschließend schnell in die Büsche. Mitte 2002 platzte die DotCom Blase. Ich schreibe dies, weil sich die Märkte wieder erholt haben, und auch viel seriöser geworden sind. Den *Neuen Markt* gibt es nicht mehr und die Finanzaufsicht und Wirtschaftsprüfer sind vorsichtiger geworden. Nur bei *WireCard* und den *CUM Ex* Geschäften haben alle versagt. Und das im großen Stil. Hunderte von Milliarden Euro stehen hier im Feuer.

Aber auch jede Menge Betrüger, die den normalen Menschen als Opfer im Blick haben, sind im Internet unterwegs. Pishing, Scam, Identitätsdiebstahl, Abofalle und was es sonst noch gibt. Ich kann zwar nicht sagen, dass ich immun gegen Betrug bin, aber eine gewisse Skepsis und Wachsamkeit waren mir schon hilfreich.

Und durch meine patentierten Entwicklungen der Stimmenanalyse, der phonetischen Forensik, wurde mein Jagdinstinkt geweckt. Es sollte sich herausstellen, dass diese Neugier bestraft werden sollte.

„Leonie, wir brauchen heute mal deine Hilfe. Hast du Zeit?" Mario und ich saßen wieder zusammen vor dem Bildschirm, um die Software *AGENT24* zu verbessern. Nicht nur das Management des Kunden, sondern auch Chrissy wurden langsam nervös. Unsere KI musste einfach besser und zuverlässig arbeiten. Von meiner letzten Entdeckung, dass mindestens eine Stimme in dem BKA System *TRUTH* und in der Software *AGENT24* vorhanden war, hatte ich niemanden etwas gesagt. Nur Mario war eingeweiht. Der hatte aber dichtgehalten. *TRUTH* sollte für uns auch nur als Stimmen-Lager für die erweiterte Lernphase von *AGENT24* genutzt werden. In *TRUTH* gab es lange Sequenzen, andere Betonungen, schnelle und langsame Passagen und ängstliche Stimmen, die immer höher ansetzten.

„Klar. Ich habe Zeit für euch", sagte Leonie. „Ich komme hoch." Sie saß ein Stockwerk unter uns und sprintete unverzüglich die Treppen hoch.

„Wir brauchen dich nur für eine einfache Aufgabe. Diese Daten werden eingelesen und von *AGENT24* verarbeitet. Aber wenn es eine Fehlermeldung gibt, dann stoppt leider das System. Du benachrichtigst uns und drückst dann auf diese Taste. Die Meldung zum Datensatz wird abgespeichert, wenn es reine Information zur Verarbeitung ist. Sonst bleibt eine Fehlermeldung bestehen, die wir genauer analysieren müssen. Wir kommen dann wieder zu dir."

„Okay. Ich glaube, dass schaffe ich. Darf ich nebenher auch etwas anderes machen oder muss ich permanent auf den Monitor glotzen?"

„Klar kannst du was lesen, kein Problem."

Ich ging mit Mario in das kleine Besprechungszimmer nebenan und wir diskutierten über die nächsten Releasenotes, die der Auslieferung beigelegt werden sollte. Wenn *ImmoServ* auf den Kundenserver hochgeladen würde, dann wollte der Kunde einen genauen Lieferschein haben, welche Veränderungen in der Software vorgenommen worden waren. Von *TRUTH* wollten wir nichts reinschreiben. Ja keine schlafenden Hunde wecken. Während ich zwei Äpfel aß, entstand, am Whiteboard eine lange Liste von Bug-Fixes und Verbesserungen an der *AGENT24* Software.

Leonie schaute zunächst auf den Bildschirm, der schnelle Abfolgen von Zahlen und Befehlen flimmernd anzeigte. Das Zuschauen war erst ermüdend und dann langweilig, sodass sie den Browser startete und begann, eine Zeitung im e-paper Format im Internet zu lesen. Sie überflog die Überschriften aus den Ressorts Politik und Wirtschaft, was sie weniger interessierte. Im Kulturteil gab es Reisetipps zur Modenschau nach Venedig und ein Bericht über den Kilimandscharo in Tansania. Der Frankfurter Regionalteil berichtete über einige neue Baustellen der S-Bahn S1 und der neuen Rembrandt-Ausstellung im Städel, die besonders empfohlen wurde. Sie klickte weiter. Unter der Überschrift *Ihre Unterstützung ist hilfreich* war ein Foto abgebildet.

Sie klickte erneut. Stutzte. Sah genauer hin.

Dann stockte ihr der Atem.

Sie klickte auf zurück.

Ihre Augen waren vor Schreck aufgerissen.

Über einem großen Foto mit einem weißen eingefallenen schmalen Gesicht stand: „Wer kennt diesen Mann?“ Das Foto zeigte eine Leiche. Der weiße schmale Kopf war einmal mit einer dunklen langhaarigen Perücke versehen und daneben der kahle Kopf. Die Augen des Mannes waren geschlossen. Ihr Herzschlag begann zu rasen. Hastig überflog sie den Text.

Wer kennt diesen Mann?

Die Polizei in Frankfurt bittet um ihre Mithilfe. Eine männliche Leiche wurde in einer Wohnung in Hanau gefunden. Der Verwesungsprozess hatte schon begonnen. Der Mann ist 1,79cm groß und ist circa 85kg schwer. Seine Herkunft ist ungewiss. Er könnte aus dem Süden oder Osten Europas stammen. Er war bekleidet. Es befanden sich keine weiteren Papiere oder andere Hinweise bei der Person. Ein Mobiltelefon wurde nicht gefunden. Das genaue Sterbedatum sowie die Uhrzeit sind nicht bekannt. Vermutlich hat er über eine Woche in der Wohnung gelegen. Der Körper zeigt Verletzungen, die zum Tod geführt haben können. Die Polizei geht von einem Verbrechen aus und benötigt Ihre Mithilfe. Sachdienliche Hinweise nehmen alle Polizeidienststellen in Hessen entgegen.

Von dem Leichenfoto angewidert rutschte sie etwas nach hinten, um Abstand vom Monitor zu bekommen. Die rechte Hand hielt sie vor den aufgerissenen Mund. Ihr Gehirn arbeitete. Keine Frage: sie kannte diesen Mann.

Plötzlich begann die Software, laut zu piepen. Eine blinkende rote Nachricht machte darauf aufmerksam, dass *AGENT24* auf ein Problem gestoßen war. Beim fünften Piepton waren Mario und ich zur Stelle.

„Wir können wieder übernehmen, Leonie. Vielen Dank. Oh, was ist los. Du bist ja käseweiß. Ist dir nicht gut?"

Sie zeigte zitternd auf den Artikel und das Foto auf dem Bildschirm.

„Ich, ich kenne den", stotterte sie.

„Woher denn das?" Wir steckten die Köpfe zusammen und überflogen den Zeitungsabschnitt.

„Er ist Makler und hatte mir eine Wohnung vermittelt. Ich habe die Kaution überwiesen und auch den Vertrag unterschrieben zurückgeschickt. Aber er kam nicht zur Schlüsselübergabe. Ich habe dann versucht, ihn anzurufen, ohne Erfolg. Ich hatte mich so auf die Wohnung gefreut."

„Und das Geld?"

„Habe ich nicht zurückbekommen. Ich schäme mich so, dass ich dem auf den Leim gegangen bin. Ein Betrüger."

„Wieviel Geld war das denn?"

„3000 Euro." Sie senkte betroffen den Blick.

„Das ist ganz schön viel. So ein Schwein. Du musst die Polizei informieren."

Leonie nickte betreten. „Mache ich morgen."

„Wo war denn die Wohnung?"

„In Langen, nicht weit von hier. Sie war günstig und es gab viele Interessierte. Ich dachte, ich hätte Glück gehabt." Sie wusste nicht, wie ihre Stimme auf die anderen wirkte, aber für sie hörte sie sich dünn an.

„Und wie bist du auf die Wohnung gekommen? Gab es irgendwo einen Aushang oder hast du einen Tipp bekommen?" Ich nahm Leonie nun etwas in die Zange, um an Informationen von Bedeutung zu kommen.

„Im Internet gibt es eine Plattform, die heißt *#nextParadise*, da wurde sie angeboten."

Ich gab sofort den Begriff in die Suchmaschine ein. Es gab keinen Treffer. „*#nextParadise* gibt es nicht."

„Doch, es gibt Werbung auf diversen Immobilienportalen und auch bei Booking.com."

„Du musst bestimmt die Adresse ausschreiben", warf Mario ein, was ich auch umgehend tat.

161

„Aha, aber das ist doch schon eigenartig. Wollen die nicht über eine Suchmaschine gefunden werden?" Ich tippte weiter. „So, jetzt hier", sagte ich, als die Begrüßungsseite von *#nextParadise* geladen war und sich hell auf unserem Bildschirm darstellte. „Diese Seite hat anscheinend keine Metaeinträge für die Webcrawler. Sie ist auf keinem öffentlichen Host, der von den Suchmaschinen regelmäßig durchsucht werden kann. Der Server ist privat."

„Wenn sich da mal nicht einer an diesem Makler gerächt hat", meinte Mario und strich sich mit der Hand in einer fließenden Bewegung über den Mund und Kinn.

Leonie kamen die Tränen, als wir uns die Einträge auf dem Portal zusammen anschauten.

Auch Mario und ich waren entrüstet, wie man eine so nette junge Frau über den Tisch ziehen konnte. Sie war gutgläubig in eine Falle getappt, als sie ihre erste Wohnung beziehen wollte. Wir diskutierten noch lange weiter, als Leonie schon gegangen war und machten uns Gedanken, wie man solche Betrüger ausschalten könnte, obwohl dieser ja wohl schon seine Strafe bekommen hatte. Unweigerlich kamen wir wieder auf das System *TRUTH* zu sprechen.

„Wenn wir Stimmen von Vernehmungen haben, die nach Lüge klingen, dann müsste die Polizei sofort eingreifen können", meinte Mario. „Wir haben *TRUTH* doch als Teil eines Lügendetektors konzipiert."

„Es braucht halt Beweise. Aber die Stimme ist wirklich ein treffsicheres Indiz und die Polizei muss dann weiter ermitteln", war meine Meinung. „Zusammen mit dem Herzschlag, der Schweißabsonderung, dem Blutdruck und den Gehirnströmungen könnten alle Verbrecher schnell überführt werden."

„Die müssen aber der Teilnahme an einem Lügendetektor zustimmen. Das steht so im Gesetz."

„Daher ist *TRUTH* so wichtig. Eine formale Zustimmung ist nicht notwendig. Es wird ja nur aufgezeichnet. Die Stimme ist wirklich ein sehr sensibles Organ und überträgt auch unbewusst Stimmungen. Da muss man schon viel üben, um das zu verheimlichen."

„Schauspieler können das?"

„Kann sein. Die schlüpfen ja mit Haut und Haar in eine andere Rolle. Zumindest, wenn sie gut sind."

„Schon krass, dass wir hier jemanden haben, der auch in einem ganz anderen System herumspukt."

„Wir leben ja alle in diversen Systemen als digitale Abbildung. Aber meine Stimme ist schon etwas sehr Persönliches. Wenn es nicht gerade das BKA-System wäre, dann wäre es weniger spektakulär. Aber so."

„Frage: Was hat ein Call Center mit einem BKA-Verhör zu tun? Na?", fragte Mario mit einem wissenden Grinsen.

„Eine Stimme."

„Richtig."

Wir hörten uns beide Einträge verbotenerweise an. Auch für unsere Ohren war es dieselbe Person, ein etwas heiserer Mann, der einen einfachen Satzbau nutzte. Im System *TRUTH* ging es um einen Banküberfall, der dem Mann zur Last gelegt wurde und der dies abstritt, da er zu dem Zeitpunkt bei einer Gaby im Puff gewesen sei. Dieselbe Stimme steckte zwei Jahre später in einem Aufzug fest und reagierte gegenüber der Mitarbeiterin äußerst ungehalten.

„Spiel es bitte noch einmal ab."

Wir hörten den Auszug sogar noch ein drittes Mal, um weitere Informationen von Bedeutung herauszufinden.

„Kommen wir eigentlich auch an die Metadaten heran", fragte Mario. Unsere detektivische Neugier verselbständigte sich.

„Ja, wenn wir beim BKA nachfragen, oder - dieses Script entschlüsseln. Was kein Problem sein sollte."

Keine fünf Minuten später sahen wir auf dem Bildschirm alle Daten zum Eigentümer der Stimme. Ein gewisser Rudolf Meine, genannt Shanty, geboren am 14.6.1985 in Elmshorn. Größe, Gewicht und andere Merkmale standen dort. Nur ein Bild fehlte. Die restlichen Daten waren aus unserem System, was sich auf die Attribute seiner Stimme und Sprache bezog. Und es stand dort ein hervorstechendes Merkmal: meist heiser, Knoten auf den Stimmbändern.

Es wurde in *TRUTH* nicht die ganze Vernehmung abgespeichert, sondern nur wichtige Sequenzen, die zur Analyse der Stimme und des Ergebnisses notwendig war. Und das Ergebnis war auf der Wahrheitsskala eine 8,5, was also mit 85% Wahrscheinlichkeit einer Lüge entsprach.

„Ist ja nicht ganz legal, was wir hier machen."

„Stimmt, aber wir spielen ja nur. Wir kitzeln mal heraus, was unsere Firma FIVE-Star so alles kann. Ich wollte immer schon mal Sherlock Holmes spielen."

„Und in welcher Gegend hat sich unser Shanty nun zuletzt aufgehalten?"

„Laut *AGENT24* und den Aufzeichnungen war es im Frankfurter Ostend." Ich holte eine Karte auf den Bildschirm und suchte die Adresse. „Genau hier, in diesem Haus."

Wir blickten beide auf die Karte. Das Wohnhaus war in einer belebten Gegend im Frankfurter Ostend.

„Wohnt der dort? Noble Gegend und bestimmt nicht billig. Oder was hat der dort gemacht? Schau mal, ob wir hier auch an den Datensatz kommen", fragte ich mit mittlerweile rotem Kopf. Schnüffelei war anstrengend.

„Ja, hier. Das ist alles unverschlüsselt im System. Wohnungsgröße, Mieter, Vermieter und alle gemeldeten Probleme. Sieh dir mal die ganze Liste an. Wow."

„Wo hat der da gewohnt? Er saß im Aufzug vor der dritten Etage fest. Vermutlich wollte er nach oben. Also kommen nur die Wohnungen in der dritten, vierten und fünften Etage in Frage." Ich suchte aus dem System alle Bewohner heraus. Mario und ich waren von unserer Detektivarbeit gefangen.

„Also, ein Rudolf Meine wohnt überhaupt nicht in dem Haus."

„Vielleicht war er nur zu Besuch."

„Schade. Das kann sein."

„Wie viele Wohnungen gibt es denn in den oberen Etagen?"

„Jeweils sechs, also insgesamt 18. Aber einige werden von Eigentümern bewohnt."

„Hey, wir sind richtig gute Spürnasen. Schau mal nach, ob Wohnungen in letzter Zeit neu vermietet wurden."

Mario prüfte eine weitere längere Liste mit Einträgen.

„Ja, hier. Vierte Etage Wohnung 54. Die war ab Oktober an ein junges Pärchen neu vermietet worden."

„Ich hätte fast Lust, morgen mal einige Vermieter anzurufen. Nur, um zu hören, ob sie wissen, wer da in ihrem Haus aus- und eingeht. Die werden staunen und haben sicherlich keine Ahnung."

Hätten wir an dieser Stelle gewusst, was wir durch unseren spielerischen Wissensdurst auslösten, hätten wir anders gehandelt. Aber der Konjunktiv ist bekanntermaßen der Fall des Verlierers.

Das Spiel ging nun erst richtig los.

*****

„Zven, am Wochenende ist Ludwigs Geburtstag. Meine Eltern kommen zu Besuch. Vermutlich willst du sie nicht treffen. Daher schlage ich vor, dass du Ludwig in zwei Wochen übernimmst." Meine Ex-Frau Sylvia war wieder am Organisieren. Sie erwischte mich im Auto. Ludwig, unser Sohn, wurde nun 16 Jahre. Es stimmte, dass ich meinen Schwiegereltern mit ihren vorwurfsvollen Blicken gerne aus dem Weg ging. Ich fühlte mich bei deren Anwesenheit immer überflüssig.

„Also gut. Aber ich melde mich vorher noch, wann ich ihn abhole. Hat er irgendwelche besonderen Wünsche?"

„Es ist doch auch dein Sohn. Frage ihn doch einfach. Von meinen Eltern bekommt er Geld", nahm ich undeutlich wahr, weil ich den Wagen beschleunigen musste.

„Mit einem Kinobesuch und einem Essen bei Mc Donalds wird es wohl vorbei sein."

„Richtig. Er ist kein Kind mehr." Sylvia hörte sich genervt an. Ja, sie war alleinerziehend, fast. Ich lebte auch in Rödermark, nur in einem anderen Stadtteil und unsere Doppelhaushälfte hatte ich ihr, und unseren beiden Kindern überlassen. Zudem zahlte ich Unterhalt, wie es sich gehörte.

„Ich überlege mir was. Vielleicht wäre das Fußballspiel Eintracht gegen Bayern was."

„Organisiere irgendetwas und zeige ihm, dass du Interesse an ihm hast, sonst kippt er noch weiter in der Schule ab. Ach ja, noch etwas. Der Schornsteinfeger will unseren Kachelofen stilllegen. Der CO_2 Ausstoß sei zu hoch und die Betriebserlaubnis sei abgelaufen. Was machen wir?"

„Keine Ahnung. Warum kommt das so plötzlich?"

„Plötzlich? Du hast doch alle Unterlagen bei dir", sagte sie vorwurfsvoll.

„Ich kümmere mich. Nutzt du den Ofen überhaupt?"

„Na klar, und Holz kannst du auch besorgen."

„Das ist nicht meine Baustelle." Langsam spürte ich, wie sich mein aufgestauter Ärger entlud. Meist ging es nur um Lapalien.

„Ist mir egal. Mach halt was für deine Familie."

Sylvia legte auf. Die Gespräche mit ihr standen immer hart vor einer weiteren Eskalation. Mein Leben interessierte sie jedenfalls überhaupt nicht.

*****

Kevin und Shanty waren gutgelaunt. Ihre Stimmung konnte aber ebenso schnell abflachen oder gar in das Gegenteil verfallen. Diese Unbeherrschtheit ängstigte ihre Umwelt, dass sie zu ihrem Vorteil ausnutzen konnten. Sie hatten sich einen Döner mitgebracht und aus einem Briefkasten eine Zeitung mitgehen lassen. Das Lesen war anstrengend, aber es gab ja auch einige Bilder zu bestaunen.

Kevin stopfte sich den Mund voll und begann zu kauen. Ein großer Saucentropfen fiel auf die Zeitung, was Kevin ignorierte. Mit fettigen Fingern blätterte er um und besah sich das kleine Bild eines abgebildeten Mannes.

„Shanty, ich glaube es nicht. Das ist doch unser Macker. Oder?"

Shanty beugte sich herüber und schluckte laut. „Ja stimmt, wie kommt der in die Zeitung?" Mühselig entschlüsselte Kevin den Text und las langsam ohne Betonung den kurzen Artikel vor.

„Der ist tot, schreiben die." Es brauchte eine kleine Bedenkzeit, dann fauchte er: „Was hast du mit dem gemacht?"

„Nichts. Alter, ich schwöre. Als er unten am Haus ankam, bin ich ihm nach oben gefolgt. Dann erschienen sehr viele Wohnungssuchende. Das habe ich dir doch schon erzählt. Ich bin eine Etage höher und habe gewartet, bis alle weg sind. Dann habe ich geklingelt und als er aufgemacht hat, habe ich ihn etwas nach hinten gedrängt."

„Du hast zugeschlagen", bellte Kevin ihn an.

„Er hat mich angepisst, was ich wollte. Ich habe höflich gefragt, dass ich das Geld zurückhaben möchte. Und dann wurde der Kotzbrocken auch noch ausfällig. Da habe ihm eine verpasst, aber hör mal. Er konnte mir dann noch mein Geld zurückgeben. Der hat gelebt. Ich schwöre, der hat ja noch mit mir gesprochen."

„Und dann hast du dich verabschiedet?"

„Der wollte eine Waffe ziehen. Da habe ich nochmal zugetreten. Hast du ein Problem? – Du hast ein Problem!"

„Und die Knarre?"

„Ja, die habe ich ihm abgenommen. Welcher Makler hat denn eine Knarre dabei? Das war nur eine Vorsichtsmaßnahme." Shanty griff in seinen Rücken und legte eine Pistole auf den Tisch. „Hier."

„Jetzt ist er tot und die werden uns bald suchen. Verdammt." Ein sträflicher Blick traf Shanty. „Hat dich jemand gesehen?" Er zog seine Augen zu engen Schlitzen zusammen.

„Ich bin mit dem Geld raus, die Treppe runter und aus dem Haus. Da war niemand mehr."

„Steck das Ding weg." Er überschlug verärgert das Risiko, mit seinem Partner weiterzumachen. Erst die Schlägerei im Ostend und nun hier. Shanty war entweder zu blöd oder zu impulsiv und der Knast hatte ihn auch nicht gescheiter gemacht.

„Hey Kevin Alter, du musst mir glauben. Es war doch unser Geld." Hätte Shanty genau hingesehen, dann hätte er an Kevins Lippenbewegungen das Wort IDIOT lesen können.

Kevin putzte sich mit den mitgebrachten weißen Servietten den Mund ab. „Das stimmt. Aber wir müssen noch besser aufpassen."

11. Zweite Spur

Ich bin eigentlich ein eher ängstlicher Typ, dass muss ich gestehen. Aber als ich mit Mario unsere Erkenntnisse aus dem System *TRUTH* und *AGENT24* genauer betrachtete, verspürte ich eine unstillbare Neugier. Eine Wissbegier, was man noch aus der Sache herauskitzeln könnte. Verbrechen empörten mich nur, solange ich nicht selber davon betroffen bin. Der nächste Schritt wäre blanke Wut.

Ich bin auch kein Detektiv oder eine andere Art einer neugierigen Spürnase. Nein, ich hatte einfach nur Spaß daran, dass unsere Technik so ein unvorhergesehenes Resultat hervorbringen konnte, während wir spielerisch, und passiv am Schreibtisch sitzend, logische Schlüsse zogen. Natürlich könnte das BKA oder der Staat auch viel mehr über jeden von uns herausbekommen, aber da standen immer Gesetze im Wege. Ich war völlig frei und ich bemerkte, wie sich aus diesem innerlichen Triumph neue Idee für eine andere Welt in meinem Kopf breitmachten.

Kurz hatten wir auch überlegt, ob wir unsere Erkenntnisse der Polizei mitteilen sollten, verwarfen aber den Gedanken, da das Herstellen einer Verbindung aus zwei völlig unterschiedlichen Datensystemen nicht mit dem Datenschutz konform ging. Eine Erklärung wäre nicht nur kompliziert, sondern würde auch für uns unangenehme Fragen aufwerfen.

Mario hatte eine Liste von Telefonnummern der Wohnungseigentümer aus *AGENT24* herausgefiltert. Ein

Klacks. Alle Daten lagen direkt vor uns. Wir strichen alle, die als Eigentümer selber im Haus wohnten, alle die in den unteren Etagen wohnten und alle, deren Wohnungen schon mehr als sechs Monate vermietet waren. Wir beide waren mit unserer Arbeit sehr zufrieden, denn das Ergebnis ergaben gerade zwei Resultate. Das sollte zu schaffen sein. Mario übernahm einen Kontakt und ich den anderen. Das Spiel ging weiter.

„Guten Tag, mein Name ist Zven Bergmann von der Firma *ImmoServ*. Wir sind für ihre Liegenschaften im Ostend verantwortlich und wir haben mitbekommen, dass der Aufzug defekt war. Ich möchte sie nur über das weitere Vorgehen informieren, da eine schnelle sehr teure Reparatur ansteht", meldete ich mich bei der HNO-Praxis eines Dr. Kemmer in Bad Homburg. Die Arzthelferin sagte, dass der Doktor in drei Minuten frei sei und ich doch in der Leitung eins bleiben könne. Er meldete sich sogar schneller.

„Kemmer hier."

Ich sagte meinen Satz erneut auf.

„Danke, dass sie sich melden. Ich wollte sie auch noch anrufen. Um welche Summe geht es?"

„Insgesamt werden 15000 Euro auf alle Eigentümer umgelegt."

„Ganz schön teuer."

„Macht für ihren Anteil aber nur circa 500 Euro aus", konterte ich.

„Ach so. Das ist dann in Ordnung. Aber hören sie, auch wenn es den Verwalter nichts angeht. Das Schloss der Wohnung ist ausgetauscht worden und das junge Pärchen, an die ich vor kurzem vermietet hatte, wohnt dort nicht. Ich bin in meiner eigenen Wohnung zusammengeschlagen worden. Unerhört. Diese brutale Welt."

Ohne, dass ich es wollte, errötete mein Gesicht.

„Was ist denn passiert?"

„Ich habe an der Tür geklingelt, um eine Mietmahnung persönlich abzugeben. Ich wollte dem Pärchen auch nochmal ins Gewissen reden. Ein Mann öffnete, zog mich in die Wohnung rein und schlug mich zu Boden. Dabei hatte ich ihn nur gefragt, was er dort mache. Die Wohnung war leer. Oder warten sie, am Fenster stand ein Stativ mit einem Fernrohr glaube ich. Als ich wieder zu mir kam, war der Mann mit allen Sachen weg. Ich habe mich nur gewundert, dass er von dort in den Sternenhimmel sehen will."

„Das tut mir leid. Waren sie bei der Polizei?" Die Nachricht schlug bei mir ein. Ungeduldig rutschte ich auf dem Bürostuhl umher.

„Nein. Die machen ja nichts. Anzeige gegen unbekannt. Was soll das? Aber sie haben recht. Ich sollte es noch melden."

„Herr Dr. Kemmer, auch wenn ich nicht direkt helfen kann. Ich werde den Vorfall im System vermerken. Das Schloss sollten sie wieder austauschen."

„Ja, Danke. Und mit dem Betrag zum Fahrstuhl bin ich einverstanden. Aber wenn es mehr als 500 Euro werden, dann ziehe ich meine Zusage zurück. Bekomme ich das noch schriftlich?"

„Ja, dies war nur eine Vorabinformation. Wir melden uns noch mit dem genauen Kostenvoranschlag."

Ich legte auf, schlug mit der Hand auf den Tisch und rief laut „Bingo", sodass Mario erschrocken herübersah.

„Mario, jetzt wird es spannend." Ich berichtete kurz über das Telefonat. „Jetzt müssen wir mal eins und eins zusammenzählen." Ich mochte konkrete Analyseergebnisse und liebte es, Details genau festzuhalten und logisch zu verknüpfen.

„A) Eine Wohnung wird, ich sage mal, fremdbesetzt.

B) Ein Fernglas steht am Fenster.

C) Ein fremder Mann mit brutalen Eigenschaften öffnet die Tür. Und

D) es gibt eine, bei der Polizei bekannte Stimme, die

E) auch aus dem Fahrstuhl stammt, und

F) dessen Eigentümer wegen eines Banküberfalls im Knast saß."

„Wow, was wird das denn?" Marios Mund stand offen. „Und jetzt kommt die Krönung: gegenüber der Wohnung sind eine Bank, ein Juwelier und ein Supermarkt", vervollständigte er meinen Gedankengang. Wir sahen uns an. Keiner von uns beiden wusste direkt, was das alles hieß. Wie ließen die Neuigkeiten sacken und starrten auf die vorbeifahrenden Autos.

„Glaubst du was ich glaube?", unterbrach ich die Stille. „Mein Autopilot sagt mir, dass der bei der Planung eines neuen Überfalls von diesem Arzt gestört worden ist."

„Ja, und ich sage dir, der ist nicht alleine und die werden weitermachen", flüsterte ich verschwörerisch.

„Aber wann und wo? Vermutlich bleiben die im Frankfurter Raum."

Ich hatte den Gedanken noch nicht zu Ende gedacht, da klingelte mein Handy.

„Zven, wir brauchen dich im Vertriebsteam. Jetzt." Meine Chefin Chrissie hatte eine nervöse Stimme. „Es gibt eine neue große Ausschreibung. Das Team rund um Pascal hat die rote Flagge gehisst. Pascal ist der Angebotsmanager. Die haben jede Menge Dokumente zu erstellen und Fragen zu beantworten. Kannst du den fachlichen Teil übernehmen?"

Ich traute mich nicht, diese Suggestivfrage wahrheitsgemäß zu beantworten.

„Ja klar. Ich rufe Pascal gleich an."

„Danke. Ach ja, kommt ihr mit *ImmoServ* weiter?"

„Ja, wir haben unser System *AGENT24* nochmal komplett neu angelernt und das deep learning gestartet. Dürfte jetzt bald an den Kunden gehen."

„Good news. Keep me aligned. Tschau."

*****

Ein kalter Novemberwind pfiff um die Ecken und trieb einige Blätter vor sich her. Es nieselte. Erste nasse Schneeflocken fielen zu Boden. Franziska Giesecke hatte die Heizung im Haus wieder auf 20 Grad gestellt und gerade Wasser für einen heißen Tee aufgesetzt, als es an der Tür klingelte. Sie öffnete die Haustür und erschrak. Nur kurz, dann hatte sie sich wieder im Griff. Die Polizei in Form von Kommissarin Ahlem Bakri stand vor der Tür.

„Darf ich reinkommen?", fragte diese und trat unbeantwortet einen Schritt nach vorne.

„Ja, kommen sie," sagte Franziska immer noch leicht irritiert und schob eine Haarlocke hinter das rechte Ohr. „Ich bin noch immer mit Aufräumen und Aussortieren beschäftigt. Am Dienstag kommt der Sperrmüll. Sorry, es sieht hier wirklich nicht einladend aus."

„Kein Problem. Ich wollte ihnen die Nachricht persönlich überbringen." Ahlem wartete vergeblich auf eine klitzekleine Reaktion. „Wir gehen davon aus, dass wir den Täter, der den Tod ihres Onkels auf dem Gewissen hat, haben."

Franziska schaute erstaunt und drehte sich weg.

„Wir kennen noch nicht seine Identität, aber sein Auto ist mit dem Auto ihres Onkels auf dem Parkplatz kollidiert. Daran gibt es keinen Zweifel. Wir warten noch auf Ergebnisse aus dem Presseaufruf. Vielleicht haben sie das Foto dort gesehen."

„Nein", log Franziska. „Zeigen sie mal."

Die Kommissarin holte ein Foto aus dem Mantel. „Kennen sie den Mann?"

Franziska musterte das Foto und verzog verächtlich das Gesicht. „Nein, den kenne ich nicht. Nie gesehen."

„Könnte ihr Onkel den Mann gekannt haben?"

„Das weiß ich wirklich nicht. Wer soll das sein?"

„Er gibt sich als Makler eines Immobilienportals aus, dass haben uns einige Anrufer mitgeteilt. Er soll Marvin heißen."

Die Kommissarin blickte Franziska eindringlich an, ob sie bei der Information eine Regung in deren Gesicht verzeichnen könnte. „Es könnte M.v.P. sein. Marvin von Paradise?"

„Interessanter Aspekt. Wie ist er gestorben?"

„Die letzten Informationen der Obduktion habe ich noch nicht. Wir gehen bisher von einem kräftigen Schlag gegen den Kopf und den Brustkorb aus. Allerdings gibt es keinen Schädelbruch. Und er muss sich von der Tür noch in die leere Wohnung geschleppt haben. Dass zeigen Spuren der Schuhe auf dem Parkett. Wir haben sonst keine persönlichen Dinge gefunden. Kein Geld, kein Handy, keinen Ausweis, keine Schlüssel und keine Waffe. Nur sein, oder besser gesagt, ein Auto in der Tiefgarage."

„Aber dann kommen sie doch an den Namen heran."

„Das Kennzeichen ist vor kurzem in Frankfurt gestohlen worden und gehört zu einem baugleichen Audi aus Wiesbaden mit derselben Farbe."

Die Kommissarin schaute sich um und nahm eine kleine Tonfigur von einer Ablage prüfend in die Hand. „Der Täter muss das Opfer gekannt haben. Die Wohnungstür war unversehrt und geschlossen." Sie stellte die Figur an den Platz zurück und zog den Reißverschluss ihrer Jacke nach oben. Ihr schweifender Blick prüfte das Chaos in dem Haus. „Es gibt ganz schön viel zu tun. Haben sie denn eine Hilfe?"

„Ja, später. Kollegen von mir fassen mit an. Aber zuerst muss ich alles sichten. In einem fremden Haushalt ist das nicht so einfach. Ich muss alles prüfen und in jede Ecke schauen. Aber ich habe keine Eile."

„Wollen sie hier später einziehen? So ein Haus ist doch schön geräumig."

„Vielleicht. Für so eine Entscheidung ist es noch zu früh."

„Viel Erfolg beim Sichten der Unterlagen. Auf Wiedersehen."

Franziska begleitete die Kommissarin zur Haustür und schaute ihr kritisch hinterher. Als das Auto wegfuhr, ging sie in die Küche und betrachtete den Monatskalender. Die Einträge M.v.P. könnten wirklich die Treffen ihres Onkels mit *Marvin von Paradise* markieren. Sie öffnete den Küchenschrank und kramte aus der hinteren Ecke hinter den großen Tassen ein Handy hervor. Den PIN hatte sie noch rechtzeitig geändert.

Und dies, mit der Hilfe von Gabors sterbender Hand.

12. Treffen an der EZB

Am Morgen, nach unseren detektivischen Analyseergebnissen, ging ich zu Leonie, um einige Informationen zu erfragen. Ich hatte die Nacht schlecht geschlafen, was auch meine neue Fitnessuhr bestätigte. Die Entdeckungen waren aufwühlend und hatten meine Phantasie geweckt. An Schlaf war dann nicht mehr zu denken, als sich das Karussell erstmal drehte.

Mit einem verhaltenen Klopfen schaute ich vorsichtig in ihr kleines Büro, das sie sich mit vier Kollegen teilte. Sie winkte mir einladend zu. Noch waren wir alleine.

„Guten Morgen Leonie. Mir ist dein Fall einfach nicht aus dem Kopf gegangen. Ich habe noch ein paar Fragen zu der gefakten Wohnung." Ich roch wieder dieses herbe Parfum. „Können wir die Seite des Maklers nochmal aufrufen?"

Leone tippte schnell und sicher und die Seite erschien.

„Dann gehe bitte mal in das Impressum, ganz unten. Aha, dort ist eine Adresse in Koblenz, Daimlerstraße inklusive Handelsregisternummer angegeben. Mal sehen, wen wir da erreichen."

Ich nahm das Telefon und wählte die abgebildete Nummer. Recht schnell meldete sich eine tiefe Frauenstimme, wahrscheinlich Raucherin. „Guten Tag, Schreinerei Moser. Wie kann ich helfen?"

„Moser? Ist dort nicht das Immobilienbüro NextParadise?"

177

„Ach nein. Dieser Sexshop existiert hier nicht, guter Mann. Es rufen auch immer wieder Leute an. Haben sie schon Geld gezahlt? Das sind alles Betrüger." Den kurzen Redeschwall konnte ich nicht unterbrechen.

„Vielen Dank für die Auskunft." Verdutzt legte ich auf, obwohl ich kein anderes Ergebnis erwartet hatte. Leonie hatte mitgehört.

„Und du hast die Kaution auf ein Schweizer Konto gezahlt?"

„Ja, er sagte, der Euro würde immer schwächer und in der Schweiz wäre mein Geld sicher. Es würde dort auch gut verzinst."

„Es gibt eine kleine Chance. Du solltest bei deiner Bank einen Antrag auf Rücküberweisung stellen und eine Anzeige machen. Aber die Schweiz ist für unsere deutschen Behörden selten zu knacken. Mit etwas Glück, bekommst du das Geld zurück."

„Alles Scheiße. Ich bin auch zu doof."

„Lass uns mal sehen, was die noch im Angebot haben."

Leonie loggte sich mit ihren Anmeldedaten auf www.#nextparadise.com ein. Zunächst wollten wir schauen, ob die Wohnung in Langen immer noch angeboten wurde. Es gab keinen Treffer. Ich übernahm die Tastatur und tippte Frankfurt mit fünf Kilometer Radius ein. Kein Treffer. Ich erhöhte auf 20 Kilometer. Wieder kein Treffer.

„Die haben alles rausgenommen. Es ist keine Anzeige mehr da", sagte Leonie fassungslos. „Nur weil der Makler tot ist?"

„Ich versuche es mal mit Berlin", und gab es ein. „Voila, hier sind schon elf Wohnungen. Vermutlich Tendenz steigend. Sogar Prenzlauer Berg und Friedrichshain sind dabei. Da bekommt man normalerweise nie eine günstige Wohnung."

„Diese Schweine, die zocken einfach weiter die Menschen ab. Überall da, wo die Wohnungsnot am größten ist." Leonie reagierte resigniert.

„Ja, und was können wir nun machen?", fragte ich und war trotz meiner neuen Erkenntnisse am Ende meines Lateins.

Leonie starrte aus dem Fenster und überlegte. Ich sah, wie ihr netter kleiner Kopf arbeitete. Schließlich drehte sie sich um und öffnete ihre Hände.

„Es hat sich bei mir eine Journalistin gemeldet. Sie ist auch Mitglied bei einer Facebook Gruppe und will einen Artikel über die Geschädigten und diese Betrüger schreiben. Es gibt wohl einige Leute hier in Frankfurt, die auf diese Betrügereien reingefallen sind." Leonie musste heftig schlucken und wischte sich eine Träne von der Wange, bevor diese weiter herunterlief.

„Leonie, ich helfe dir. Vermutlich hast nicht nur du die Wohnung in Langen bekommen, sondern noch einige andere von denen, die sich auch vorgestellt haben. Hast du den Namen und die Adresse der Journalistin?"

Leonie kramte in ihrer Handtasche.

„Ja Moment. Hier ist ein Zettel. Eine Franziska Giesecke von der Frankfurter Rundschau. Ich hatte mir alles notiert."

„Wir holen das Geld zurück. Versprochen."

*****

Jetzt hatte ich zwei Baustellen. Ich konnte nicht sagen, ob dieser Möchtegern-Bankräuber und dieses ganze System NextParadise unter einer Decke steckten. Jedenfalls waren es beides kriminelle Handlungen. Und klar war auch, dass die deutsche Polizei in der Schweiz nicht ermitteln konnte. Vielleicht ging es über die vierte Gewalt in diesem Staat einfacher und ich kontaktierte diese Franziska von der Zeitung, was kein Problem war. Natürlich wollte ich nur Leonie helfen, was sonst?

Die Journalistin und ich verabredeten uns am Eisernen Steg in Frankfurt, eine bekannte Fußgängerbrücke über den Main. Die Sitzbank rechts des Treppenaufganges sollte der Treffpunkt sein. Mein Erkennungszeichen war eine zusammengerollte Zeitung. Nicht sehr originell, aber egal. Auf dem Weg zur Verabredung sah ich viele Plakate zur anstehenden Bundestagswahl. Einige Politiker sahen auf den Bildern viel jünger aus, als man sie aus dem Fernsehen her kannte. Andere versuchten angestrengt zu lachen, was unehrlich erschien. Die Tierschutzpartei forderte mehr Bildung und ich dachte bei mir, ob es wohl um Hundeschulen ging.

Es war zwar kühl, aber die lange vermisste Abendsonne lugte ab und zu mit ein paar letzten Strahlen durch die herbstlichen Wolken. Ich war früh da und schaute auf die imposante Skyline von Frankfurt, die man von hier besonders gut auf sich wirken lassen konnte. Geschäftig liefen Anzug-Banker und Jeans-Touristen über die Brücke, die schwer an den Lasten der vielen Vorhängeschlösser am Geländer zu tragen hatte. Eine Gruppe Koreaner machte lachend viele Selfies von sich und vor den erhellenden Fassaden der Hochhausbüros. Für die Fotos zogen die Mädels ihre dicken Jacken aus.

Wie albern, dachte ich. Diese Posing-Figuren mussten ihren Insta-Content aufpolieren.

Ich wartete in der Nähe des Treppenaufgangs, bis endlich die Bank von einem älteren Herrn freigemacht wurde. Nervös las ich nur kurz die Überschriften meiner mitgebrachten Zeitung und lugte immer wieder darüber.

Dann entdeckte ich das verabredete Erkennungszeichen. Eine Enddreißigerin in einer langen dunklen gesteppten Jacke und schwarzen klobigen Stiefeletten mit dicker Sohle lief an mir vorbei. Ein rötlich brauner Schal um den Hals fing ihre braunen Haare ein. Ich erhob die zusammengerollte Zeitung und stand höflich auf, aber sie telefonierte mit einem weißen Headset und signalisierte mir mit einer hektischen Handbewegung eine Geste des „ja nicht stören". Ungeduldig lief sie vor mir auf und ab, bis ich nur noch den letzten Gesprächsfetzen zu hören bekam: „.... Nein, bitte nicht. Morgen machen wir dann weiter. Ich muss jetzt. – Ja. - Ciao."

Sie setzte sich neben mich und hielt ihre Hand zur Begrüßung hin: „Ich bin Franziska Giesecke. Wir hatten telefoniert?" Die weißen Ohrstöpsel baumelten an ihrer Hand herunter.

„Ja. Zven. Zven Bergmann. Schön, dass es so schnell klappt."

Sie war in meinem Alter, schlank und auf eine burschenhafte Art attraktiv. Die dunkle runde Brille verlieh ihr einen gebildeten Charakter mit Durchsetzungsvermögen. Ich mochte ihre sympathische Ausstrahlung auf Anhieb. Wahrscheinlich lag es an ihren glänzenden Augen mit den langen Wimpern und den vollen Lippen, die einen ausdrucksstarken Mund formten.

Und sie kam sofort zur Sache.

„Können wir uns duzen?"

Ich nickte. „Selbstverständlich. Zven."

„Wie du weißt, bin ich Journalistin. Wir haben gerade mal wieder viel Stress und wegen der Bundestagswahlen gibt es viele Termine." Sie atmete einmal tief aus. „Okay. Reden wir über NextParadise. Mein Onkel hatte eine Wohnung gemietet und die Kaution überwiesen. Als er merkte, dass er Betrügern aufgesessen ist, haben sie ihn angeschossen. An den Folgen ist er gestorben."

Sie erzählte mir noch einige Details über ihren Onkel, dem nächtlichen Überfall und seine schriftlichen Drohungen gegen NextParadise. Ich hörte zunächst nur zu und vervollständigte den Vorfall mit dem Wohnungsbetrug an Leonie. Schnell waren wir uns sicher, wie das kriminelle System funktionierte.

Die Ergebnisse meiner Recherche mit den beiden KI-Stimmen-Systemen erwähnte ich noch nicht. Die einzige Verbindung zwischen beiden Handlungen, die ich sah, waren die leeren Wohnungen, mit den neuen Mietern und den ausgewechselten Türschlössern. Konnte ich dieser intellektuellen Journalistin, die Beharrlichkeit und Durchsetzungsfähigkeit ausstrahlte, trauen? Ich brauchte Zeit zum Überlegen.

Franziska stand auf, stampfte abwechselnd mit den Füßen auf und blies warmen Atem in ihre reibenden Hände.

„Zven, mir ist kalt. Der Weihnachtsmarkt hat schon geöffnet. Lass uns drüben in der neuen Altstadt einen Glühwein trinken gehen."

Der Vorschlag war gut.

Wir nahmen die Fußgängerbrücke über den Main und schon bald standen wir an einem kleinen Glühweinstand und nippten das Heißgetränk. Ich ertappte mich dabei ihre Hände auf etwaige Ringe zu überprüfen und entdeckte nur Modeschmuck. Sie wärmte ihre Hände an dem heißen Becher.

Die Luft roch nach erstem Schnee.

„Zven, als Journalistin bin ich der Wahrheit verpflichtet. Ich will dieser ganzen Betrugsmafia das Handwerk legen. Die Polizei ist viel zu schwach und desinteressiert. Es geht mir nicht um das Geld meines Onkels. Ich will die ganze Story hochgehen lassen. Die grasen mit ihren miesen Tricks eine Stadt nach der anderen ab."

Ich nickte zustimmend. „Frankfurt ist raus, möglicherweise ist nun Berlin oder München dran. Trinkst du noch was?"

„Ja gerne."

Ich ließ unsere Pfandbecher erneut mit dampfenden Winzerglühwein auffüllen.

Verstohlen betrachtete ich ihr Gesicht von Nahem. Mir gefielen ihre kleinen Fältchen an den Augen und die Grübchen an den Wangen, wenn sie lachte. Dann kräuselten sich gleichzeitig winzige Falten an der Nase.

„Es wird jemand vorgeschickt, der eine Wohnung mietet. Das funktioniert auch über AirBnB. Der Vermieter muss nur weit genug wegwohnen, dass er nicht regelmäßig an seiner Wohnung vorbeikommt. Je anonymer die Wohnatmosphäre ist, desto besser ist es für die Betrüger. Die erste Miete wird bezahlt, dass Schloss sofort ausgetauscht und dann zigmal weitervermietet - proforma."

Ihre Stimme hörte sich sarkastisch, aber auch energiegeladen an. Es entstand eine kurze Trinkpause.

„Diese Mietpreisbremsen sind ja gut gedacht, wenn du eine Wohnung hast. Aber wenn du eine suchst, dann wird keiner ausziehen, weil jede andere Wohnung teurer wird. Sozialwohnungen gibt es zu wenig und eine Fehlbelegungsabgabe muss keiner mehr bezahlen. Das ganze System ist krank."

„Kommt raus auf's Land. Gut und günstig", warf ich genüsslich ein.

„Ne danke. Stundenlanges pendeln und jeder kennt jeden auf dem Dorf. Ich bin Städterin und brauche Kultur." Ihre Stimme klang herablassend, was Franziska sofort durch eine Nachfrage neutralisieren wollte. „Und? Was machst DU denn, wenn du keinen Glühwein trinkst?", fragte sie mit einem aufmunternden Augenaufschlag, während sie weiter an dem dampfenden Becher nippte.

„Ich arbeite als Software Architekt in einem Softwarehaus. Wir beschäftigen uns mit künstlicher Intelligenz in diversen Anwendungsgebieten", erklärte ich nicht ohne Stolz.

„Das ist ja interessant. So richtig mit neuronalen Netzen und Gehirn uploaden? Das wäre mal ein Artikel im Wissen-Bereich unserer Zeitung."

Ich war über die Fachfrage erstaunt. „Nein, soweit geht es nicht. Dazu reichen die Computer nicht aus. Immerhin hat unser Gehirn einen 2,5 Millionen Gigabyte Speicher."

„Aber einzelne Zellen oder Gehirnbereiche könnte man doch auf den Computer kopieren, oder? Machen wir uns bald unsterblich?"

Ich musste mir eingestehen, dass mich die philosophischen Fragen überforderten. „Es gibt in den USA eine Gruppe, die daran arbeitet. Die Transhumanisten glauben an die Möglichkeiten des Mind Uploading, also, dass einzelne Neuronen und Synapsen auf den Computer übertragen werden. Aber, wenn überhaupt, dann dauert das noch fünfzig bis hundert Jahre."

„Aber trotzdem spannend. Man trennt den Geist vom sterblichen Körper, macht ein Upload und der Geist lebt in einer Maschine endlos weiter. Ich stelle mir gerade vor, wie ich - also mein Geist - da in so einem Computer rumhänge. Alles so schön warm und kuschelig hier. Und dann sehe ich, dass neben mir auch einer liegt. Oh weh, unsere Gehirne sind sogar im Hauptspeicher vermischt. Igitt." Sie zog eine Grimasse. „Und ich kann mir den Nachbarn im Computerrack nicht einmal aussuchen. Und da kommt auch schon, ohne Ankündigung, so ein rechtsradikaler Gedanke von dem vorbei und setzt sich neben mich. Uuah."

Franziskas Komik konnte sehr kreativ sein. Ich nickte verständnisvoll und übernahm. „Oder du hast so einen kleinen Computer in der Tasche, der dein Gedächtnis erweitert. Nie wieder etwas Gelerntes vergessen. Super. Die Lösung von Alsheimer. Es gibt kein Vergessen mehr."

„Und dann gibt es einen Stromausfall." Franziska warf sich vor Schreck beide Hände vor das Gesicht.

„Da gibt es eine einfache Lösung. Harry, stell das Notstromaggregat an!" Ich drehte einen imaginären Schalter in der Luft.

„Sehr gut. Also mit Harry´s Notstrom geht es weiter. Das ist ja nochmal gutgegangen. Kann ich eigentlich auch sagen, dass ich nicht in Amerika gespeichert sein will? Dort kann mir bestimmt jemand in meine Gedanken schauen."

„Bestimmt. Der Datenschutz in Europa regelt, dass der Transfer deiner personenbezogenen Daten verboten ist."

„Gut. Aber was mache ich den ganzen Tag im Computer. Immer nur Denken. Das kann schnell langweilig werden. Ich sehe ja vermutlich auch nichts. Nur das, was mir in die Sinne geschoben wird."

„Möglich. Kein Jogging, kein Stau, kein festliches Abendessen."

„Und kein Sex. Alles nur virtuell, nichts ist real. Ein Orgasmus nur im Kopf. Und dann gibt es einen Elon Musk II, der entscheidet, wer weiterexistiert und wer nicht." Sie imitierte eine dunkle Stimme. „Hee, Du da, du blockierst hier den Speicher. Ich brauche den für Mr. Trump. Mach mal Platz. Und zack, bist du gelöscht oder wirst auf einen der hinteren Datenträger ausgelagert, die langsamer arbeiten. Und was soll ich dir sagen? Diese Musks, Bezos und Zuckerbergs haben ihre Gehirne schon im Trockenen auf ihren eigenen Serverfarmen."

„Herr Doktor, Herr Doktor. Mein Gehirn ist in der Cloud auf Wolke Sieben und ich bin nicht schwindelfrei."

Wir bekamen beide einen Lachanfall, bei dem Glühwein aus den Bechern schwappte. Franziska hatte sich als erste wieder unter Kontrolle und hakte sich bei mir ein.

„Schöne neue Welt. Eine bizarre Vorstellungen, was?"

„KI kann aber auch heute schon im Alltag helfen. Bei FIVE-Star arbeiten wir an Projekten zur Röntgenbildanalyse, dem autonomen Fahren oder auch zur Stimmenerkennung. Das ist keine Science-Fiction. KI ist in unserem Leben angekommen. Nimmst du noch was?"

„Aber nichts mit Alkohol. Danke. Ich glaube, ich bin schon beschwipst."

Wir redeten anschließend noch über das Wohnen in Frankfurt, der Kulturszene und über Musik. Sogar Sport, Literatur und die Verheißungen unserer Sternenbilder Widder und Krebs ließen wir in unserer Plauderei nicht aus.

„Oh, ich muss jetzt", sagte sie, nachdem sie erschrocken auf ihre Uhr geschaut hatte.

„Soll ich dich nach Hause bringen?", wollte ich wissen, was mir umgehend als zu anzüglich vorkam, obwohl ich keinen Hintergedanken hegte.

„Danke, das brauchst du nicht. Ich muss sowieso noch in die Redaktion." Sie überlegte kurz. „Hast du übermorgen Abend schon etwas vor?"

Ich errötete leicht und machte eine Kunstpause. „Nein."

„Pass auf. Ich habe Übermorgen am frühen Abend einen Termin in der Festhalle. Dort ist *Night of the Proms*, diese große Musikveranstaltung mit über 10.000 Besuchern. *Rock meets Classic*, du weißt schon. "

„Kenne ich. Ja und?"

„Mit dem Presseausweis komme ich dort umsonst rein. Ich mache nur ein paar Interviews mit dem Veranstalter und einigen Künstlern. Mit Max Giesinger und Anastacia habe ich vorab einen Termin vereinbart. Mein Fotograf ist nun krank geworden und kann nicht. Hast du eine Kamera?"

„Ja klar", antwortete ich kurz mit fragendem Blick.

„Wenn du Fotos machen kannst, dann komm doch einfach mit. Nach den Interviews gehen wir dort noch etwas trinken. Dann können wir auch planen, was wir mit NextParadise anstellen."

„Okay, wo treffen wir uns?"

„Um 18 Uhr vor dem Haupteingang der Festhalle am Messeturm. Bis dann. Ach so, meine Nummer hast du ja, falls etwas dazwischenkommt, ruf bitte kurz an oder schicke eine WhatsApp."

„Ich werde da sein. Mit meiner Kamera. Ganz bestimmt."

Das leichte Glitzern in ihren Augen ließ vermuten, dass sie sich ihrer Wirkung auf mich absolut bewusst war. Franziska nahm ihre kleine Umhängetasche, drückte mich aufmunternd mit beiden Armen und verschwand in einer Menschentraube.

Ich war geflasht, fasziniert und begeistert. Sofort fieberte ich enthusiastisch dem Abend entgegen. Auf der Heimfahrt ging ich das Gespräch im Detail noch einmal durch. Ich meinte kleinste Unstimmigkeiten zwischen Information und Körpersprache analysiert zu haben, schob es aber auf den Beruf eines Journalisten. Trotzdem machte sich ein Gefühl breit, dass sie irgendein Geheimnis mit sich herumtrug. Forsch, professionell und verletzlich? Oder fühlte ich mich einfach nur intellektuell unterlegen?

Zwei Tage später schnappte ich mir meine Spiegelreflexkamera, deren Nutzung ich zuhause nochmals ausgiebig geübt hatte und fuhr in das Parkhaus unter der Festhalle. Ich war wieder pünktlich. Franziska erschien zu Fuß und begrüßte mich mit drei angedeuteten Wangenküssen. Wahrscheinlich hatte sie die U-Bahn genommen. Das Wetter war grottenschlecht: düster, windig und eine gefühlte kalte Temperatur von sechs Grad.

„Dann mal los", spornte sie mich an und blies warme Luft in ihre Hände. „Hier ist ein Presseausweis für dich."

„Aber das ist …"

„Keep cool. Die schauen nicht auf das Foto."

Ich hieß nun Michael und mein neuer Job hatte Besitz von mir ergriffen.

Wir gingen durch die Sperre, an der wir die Presseausweise zeigten. Nach einem kurzen überprüfenden Telefonat des Sicherheitspersonals, wurden wir in einen Raum hinter der Bühne geführt. Franziska interviewte professionell in Deutsch und Englisch und ich knipste amateurhaft - den Organisator, die bezaubernde spanische Dirigentin, Max Giesinger, Anastacia und Shaggy. Glitzernde Schuhe, glitzernde Anzüge und glitzernde Sonnenbrillen. Es war eine andere Welt. Und ich fühlte mich als graue Maus.

Mein Kopf flirrte, während die Kamera bei Bild 505 klickte und der Blitz keinen Saft mehr hatte.

Franziska schrieb, fragte, nickte und lächelte immer wieder zustimmend, was ich aus dem Augenwinkel diskret wahrnahm. Die Stars reagierten sehr unterschiedlich. Von kumpelhaft normal bis eingebildet divenhaft. Franziska wusste jeden auf seine Art zu nehmen. Sie nahm nach jedem Interview ihr Handy aus der Tasche und machte ein Selfie mit sich, dem Künstler und mir.

„So, fertig. Meine Bilder schicke ich dir gleich zu. Jetzt gehen wir etwas trinken und wenn du Lust hasst, dann hören wir uns das Konzert noch an", sagte sie bestimmend. Ich erhob müde meine Hand zum Dank.

Der Getränkestand im ersten Rang wurde gerade für die Veranstaltung eingeräumt. Wir bekamen zwei Drinks spendiert und stellten uns im hinteren Bereich an einen Tisch.

Nachdem wir kurz über die Künstler und die Veranstaltung geschwärmt hatten, kam unser Gespräch schnell wieder auf die Geschäftspraktiken von NextParadise.

„Ja, genau so funktioniert es", fasste ich unsere letzte Diskussion zusammen. Mein Resümee klang etwas schwach. Ich druckste herum und überwand mich dann, mit offenen Karten zu spielen.

Franzi hatte mich nun doch überzeugt.

„Ich hatte dir ja von unseren Projekten erzählt. Lass mich kurz ausholen, dann verstehst du besser, was ich dir sagen will. Wir haben zwei KI-Projekte, die sich mit der Stimmenanalyse beschäftigen. Unsere Stimme ist ein ganz intimes Organ. Es sind vor allem Freude, Angst, Wut und Trauer, die sich auf die Sprechweise auswirken. Wer Freude verspürt, spricht lauter, präziser und schneller, auf andere Menschen wirkt das mitreißend und leidenschaftlich. Hat man Angst, spricht man leiser, undeutlicher und schneller, gleichzeitig macht man Pausen, stockt und ringt nach Worten. Bei Zuhörern entsteht so der Eindruck von Unsicherheit, die Angst wird förmlich spürbar." Franziska hörte mir gespannt zu und saugte alle Informationen auf, während sie mich direkt ansah.

„Redewendungen wie "Ich habe so einen Hals" gibt es nicht zufällig." Dabei machte ich eine entsprechende Handbewegung. „Die Emotion Wut hat tatsächlich eine große Auswirkung auf den Kehlkopf und die Art zu sprechen. Wut befähigt Menschen, besonders laut, scharf und schnell zu artikulieren. Die Tonlage wird in der Regel höher, die Sätze kürzer. Auf andere Menschen kann das bedrohlich, aber je nach Situation auch dominant und durchsetzungsstark wirken. Trauer lässt die Stimme tiefer klingen, traurige Menschen sprechen monoton, leise und langsam. Bei Zuhörern entsteht dadurch häufig der Wunsch, die sprechende Person zu trösten oder in den Arm nehmen zu wollen. Auch Emotionen wie Ekel oder Überraschung lassen sich an der Stimme erkennen. Ein überraschter Mensch spricht ebenfalls höher und schneller, egal ob die Überraschung negativ oder positiv ist. Wer sich ekelt, spricht mit tieferer Stimme, presst die Worte hervor und artikuliert sich in kurzen Sätzen. Wenn eine Opernsängerin einen besonders hohen Ton singt, schwingen ihre Stimmlippen bis zu 1.000-mal in der Sekunde. Bei einem tiefsprechenden Mann sind es 120 Schwingungen, bei einer Frau mit einer höheren Stimme rund 240 Schwingungen pro Sekunden." Ich war begeistert über meine eigenen Informationen und musste mich bremsen, dass Franziska nicht unaufmerksam wurde.

„So weit so gut. Dies war der Hintergrund und jetzt kommt die Quintessenz. Es gibt noch eine zweite Geschichte, die mit *nextParadise* irgendwie zusammenhängt."

„Leg los." Sie blickte mich immer noch konzentriert und herausfordernd an, was vermutlich an ihrem Job lag.

„Du darfst darüber aber nicht schreiben. Jedenfalls jetzt nicht und mit keinen Details", forderte ich.

„Mach ich nicht", winkte sie ab. „Und dein Name wird nirgendwo erwähnt, versprochen. Das ist Quellenschutz." Erwartungsvoll schaute mich die Journalistin an und zückte ihren Notizblock. Meine Informationen sollten direkt unter dem Interview mit Anastacia stehen.

Ich erzählte Franziska von unseren Ergebnissen der Stimmenanalyse, den beiden KI-Systemen *TRUTH* und *AGENT24*, der Verbindung über eine erkannte Stimme, meinem Telefonat mit dem HNO-Arzt, dem Fernglas am Fenster und meinen weiteren Vermutungen.

„Wahnsinn, Zven. Ich bin ganz geplättet. Das wird später eine wahnsinnige Aufdeckungsstory. KI VERHINDERT BANKÜBERFALL. Oder KI BRINGT GÄNGSTER HINTER GITTER. Können wir die noch weitertreiben?"

Franziska ereiferte sich nun, sie fuchtelte wild mit den Händen um sich, stand unvermittelt direkt vor mir und sah mich erwartungsvoll an. Sie hatte Blut geleckt.

„Was heißt das?", wollte ich naiv wissen. Ich ließ sie das Blickduell gewinnen und dachte daran, dass sie jünger aussah als ich zuerst vermutet hatte.

„Na, wir wollen die beiden Panzerknacker auf frischer Tat ertappen. Wir wissen doch nun, wie die ticken." Wir lachten wie Leute, die sich einig sind.

Und dann sponnen wir gemeinsam einen Plan aus, der es in sich hatte.

*****

„Haben wir noch leere Kisten? - Nein?", rief ich Franziska zu. „Dann besorge ich noch welche."

„Okay, dann bringe doch bitte auch noch ein paar belegte Brötchen mit. Und ein Stück Kuchen."

Ich fuhr in den nächsten Baumarkt und holte weitere zehn sperrige Umzugskartons, die ich in Franziskas Wohnung brachte und zusammenfaltete. Sie wohnte in einer kleinen Wohnung, die nett eingerichtet war und in einer Nebenstraße, nicht weit vom Schweizer Platz in Sachsenhausen, lag. Rundherum gab es viele nette Restaurants, edle Geschäfte und Einkaufsmöglichkeiten. Vom Schlafzimmerfenster schaute man direkt auf die Rückseite einer gegenüberliegenden Filiale der Frankfurter Volksbank.

Wir hatten einen kleinen Umzugs-LKW gemietet und fuhren alle persönlichen Sachen von ihr in das Haus ihres Onkels. Auf der Rückseite des großen Kastenwagens stand:

Wir suchen Dich und auch einen neuen Vorstand.
Wie wär´s? Bewerbe Dich.
Der Lastenträger

Franziska hatte spontan beschlossen, das Haus zu beziehen oder jedenfalls ihr Hab und Gut in Kisten verpackt dort unterzustellen. Das Schlafzimmer im Haus ihres Onkels hatten wir ausgeräumt und gegen ihr Bett mit Schrank ausgetauscht. Das Bett ihres Onkels kam in die Wohnung in Sachsenhausen.

„Eins, Zwei, Drei, Bude frei", flachste ich, auch um Franziska zu gefallen. Sie umarmte und küsste mich auf den Mund, dass mir heiß wurde. Ich roch ihren Schweiß.

Wir brauchten drei Tage und zum Schluss putzten wir noch alles, bis es peinlich sauber war. Küche, Bad, Böden. Bis auf den Kellerraum, den schafften wir nicht mehr.

„Das sieht ja besser aus, als bei meinem Einzug vor vier Jahren. Tip top", war ihre Meinung.

„Hier ist noch eine Orange. Was machen wir damit?", fragte ich.

„Hast du ein Taschenmesser? Die Küchenutensilien sind alle schon verstaut."

„Klar." Ich schälte die Orange und teilte sie in Stücke. Ich nahm ein Stück und hielt es Franziska hin. Sie nahm es langsam und sanft zwischen ihre Lippen, schaute mich an und kam mit ihrem Kopf immer näher. Ich biss in die hingehaltene Hälfte. Unsere Lippen suchten und berührten sich. Erst lose, dann immer intensiver. Unsere Zungenspitzen spielten miteinander, lockten und forschten. Erst sanft, dann fordernd, bis sich schließlich die Münder vereinigten und dem inneren Drang nachgaben. Ich schob, meinem Trieb nachgebend, langsam meine Hand unter ihr T-Shirt. Sie ließ mich gewähren. Ich knetete die weiche Brust und spielte mit der Brustwarze, die steif wurde.

„Brauchst du auch eine Dusche?", hauchte Franziska.

Ich sagte nichts, sondern folgte ihrer Hand in das Badezimmer. Sie zog Jeans und Strümpfe aus, drehte das warme Wasser auf und stellte sich in die Dusche. Das Wasser lief hinter der Glastür erst an ihren Haaren, dann den ganzen Körper entlang. Durch ihr nasses weißes T-Shirt waren ihre Brüste zu sehen. Ein irres Schattenspiel mit zarten Kontrasten. Ihr lasziver Blick signalisierte, dass sie sich der Wirkung bewusst war. Sie bewegte sich provokant mit leichten Hüftbewegungen zu einer imaginären orientalischen Musik. Ihre Hände steckten ihre Haare hoch und umschlangen ihren leicht zur Seite gekippten Kopf.

Ich genoss den Anblick.

Grandios.

Es war keine Show. Es war real.

Hier und für mich. Nur für mich.

Ein heftiges Kribbeln durchströmte meine Lenden. Ich spürte meine aufsteigende Erektion. Ohne meinen Blick abzuwenden, zog ich mich langsam aus und stellte mich zu ihr in die Dusche. Wir verschlangen uns, die Arme waren überall. Hände auf der Haut. Ein warmer Wasserfall. Wir liebkosten mit den Zungen, mit den Fingern. Sie roch gut. Sie schmeckte gut. Das heftige Pulsieren nahm zu. Die Lust aufeinander wuchs. Meine Sinne waren nicht mehr zu steuern. Franziska fing leise an zu seufzen. Ihr Mund öffnete sich leicht und sie schob ihre Zunge zwischen die weißen Zähne. Das Stöhnen wurde lauter. Ich hob sie an und drückte sie gegen die Wand, während sich ihre Beine um meinen Körper schlangen. Wir verschmolzen im abgestimmten Rhythmus zu einer Einheit. Mit einem lauten animalischen Brummen kamen wir zum Höhepunkt. Als sollte es nie enden, zuckten unsere Körper gemeinsam im Takt. Das lauwarme Wasser rann an unserer Haut entlang und brachte keine Kühlung, verstärkte noch eher unsere Hitze. Unsere genüsslichen Empfindungen gingen mit einem gemeinsamen Keuchen zu Ende. Erschöpft und überglücklich setzten wir uns hin und ließen das Wasser wie einen warmen Sommerregen über unsere Haut weiterplätschern. Es war großartig. Unsere gemeinsame Zeit stand still.

Nachdem sich unsere Sinne wieder beruhigt hatten, holte ich zwei Gläser und die letzte Flasche Rotwein und wir setzten uns in die warme Duschtasse. Stumm genossen wir eng umschlungen den Wein. Unsere gemeinsamen Gedanken verharrten bei dem grandiosen Duscherlebnis.

Nachdem wir die restlichen Umzugsarbeiten ausgeführt und die letzten Kartons in Clemens Haus getragen hatten, setzten wir uns erschöpft mit einem Bier in das Wohnzimmer. Zufrieden klappten wir nach ein paar Minuten Franziskas Laptop auf. Franzi notierte einige Stichworte auf einem Zettel, die wir sukzessive in einer Vermietungsanzeige verarbeiteten. Sie las sich nach ein paar kleineren Korrekturen gut und sehr interessant. Ein letzter Check, dann luden wir die Anzeige in drei Immobilienportalen hoch. Wo sollte man in Frankfurt-Sachsenhausen in einer so ruhigen Wohnlage eine möblierte Wohnung zu diesem Preis bekommen? Sofort bezugsfertig. Wir wiesen in der Annonce auf die gute Infrastruktur und insbesondere auf eine Bank in Fußentfernung hin.

Es war uns bewusst, dass wir von Interessenten zugebombt würden. Um der Flut Herr zu werden, hatte ich mir folgendes ausgedacht: alle Interessenten sollten zunächst eine, in der Anzeige angegebene Telefonnummer wählen und ihre Daten auf dem Anrufbeantworter hinterlassen. In diesem Fall hatten wir eine mehr oder weniger nette mündliche Bewerbung und viel wichtiger: wir hatten eine Stimme. Frei nach Goethe „Wer nicht neugierig ist, erfährt auch nichts."

Es war ein Versuch.

Es war ein Spaß.

Es war eine fixe Idee.

Wie weit konnten wir gehen?

Wie weit würden Bewerber mitspielen?

Noch an dem Erscheinungstag der Onlineanzeige verzeichneten wir die ersten 55 Anrufe. Am Tag darauf kamen nochmal 72 und dann 48 Anrufe hinzu. Franziska freute sich wie ein Kind. Dann flachten die Anrufe etwas ab, bis es zum Wochenende wieder stark anstieg. Innerhalb von sechs Tagen hatten wir 366 Anrufe erhalten. Dann wurde es spannend. Nur ein einziger aus den 366 interessierte uns. Hoffentlich war er dabei. Es war wie Fischen im trüben Wasser. Für die Analyse nutzte ich unsere KI-Software, die alle 366 Stimmen mit der von Shanty vergleichen sollte.

Franziska und ich waren nervös. Hatte sich der ganze Aufwand gelohnt. War Shanty in unsere Falle getappt? Zur Änderung der vorhandenen Software *AGENT24* saß ich noch ein paarmal mit Mario zusammen, der, wie immer, sehr hilfsbereit war und keine Fragen stellte. Dann war ich soweit und gab den Input frei. Es war Donnerstag spät abends. Franziska saß mir am Schreibtisch gegenüber. Wir waren ungestört. Die KI-Software arbeitete und gab mir jede Menge Informationen über 366 Stimmmodulationen heraus, die uns wenig interessierten. *AGENT24* zeigte die Stimmungen der Stimmen an, erkannte männliche und weibliche Stimmen, unterschied Gradierungen eines Freundlichkeitslevels und nannte Hinweise auf einen soziologischen Hintergrund. Es wäre perfekt gewesen, wenn ich es hätte herausfinden wollen. Aber unser Ziel war ein anderes.

Und dann kam die erlösende Nachricht. Shanty´s Stimme wurde auf dem Bildschirm mit 97,6 Prozent Wahrscheinlichkeit markiert.

Wahnsinn.

Franziska sprang ungläubig auf und klatschte schließlich in die Hände.

„Zven, du bist einfach genial." Sie umarmte mich und gab mir einen langen intensiven Kuss, dass ich errötete. Die Zeit stand wieder für ein paar Sekunden still. Einen besseren Lohn konnte ich mir nicht vorstellen.

„Du hältst dich nun am besten zurück. Ich rufe ihn an und vereinbare einen Besichtigungstermin. Wir gehen vor, wie die von NextParadise", sagte ich nüchtern im Beschützermodus.

„Und wir nehmen das Geld sofort, bevor wir den Schlüssel herausgeben."

Wir packten unsere Sachen zusammen, Franziska hakte sich bei mir ein und wir schlenderten zufrieden zum Italiener gegenüber, um unseren Erfolg zu feiern. Ich bestellte zwei Prosecco und stieß mit ihr an. Wir küssten uns nochmals sehr innig und warteten händchenhaltend auf das Essen. Es meldeten sich wahre Glücksgefühle bei mir, die ich lange nicht mehr empfunden hatte.

„Guten Tag, sie haben sich auf unsere Wohnungsanzeige gemeldet. Sind sie noch interessiert?", meldete ich mich am nächsten Vormittag bei der angegebenen Telefonnummer.

„Ja, wo war die nochmal?"

„Sachsenhausen."

„Ach ja. Und die ist sofort frei?" Die kratzige Stimme war mir nun sehr vertraut.

„Ja, wenn sie wollen, können sie sofort einziehen. Möbliert mit Küche, so wie es in der Anzeige stand."

„Guter Mann. Ich zahle gut und sofort bar. Wenn ich mir die Wohnung exklusiv ansehen kann, dann gibt es noch einen Bonus oben drauf. Also auf so eine Gruppenbesichtigung habe ich keinen Bock."

„Ja, okay. Kommen sie gerne vorbei. Ganz alleine, das lässt sich einrichten. Morgen Nachmittag?"

„Wenn es geht, komme ich heute noch."

Franziska saß noch neben mir und nickte heftig mit dem Kopf. „Also gut". Ich gab noch die genaue Adresse durch und legte mit einem Schmunzeln auf. Der Köder war ausgeworfen und der Fisch schwamm schon auf die Angel zu.

Franziska sprang mir in den Arm und drückte mich. Es war angenehm und ich fühlte wieder dieses Kribbeln in der Bauchgegend.

Und dann standen zwei Männer vor der Tür und klingelten. Ich lugte durch den Spion, räusperte mich und öffnete die Tür.

„Hallo. Willkommen in Sachsenhausen."

Die beiden in dunklen Lederjacken traten, ohne weitere Einladung, schnell herein, sagten wenig und schauten sich um. Einer ging zum Fenster, der andere prüfte die Möbel.

„Gibt es eine Tiefgarage?"

„Nein leider nicht."

„Aufzug?"

„Auch nicht, aber dafür gibt es beste Busanbindungen." Der eine lächelte schmierig, während der andere kurz den Daumen hob.

„Die Wohnung passt vermutlich sehr gut zu ihnen", schmeichelte ich.

„Wem gehört die Wohnung?"

„Die gehört meiner Freundin. Wir haben hier zusammengewohnt und ziehen jetzt in ein Haus nach Darmstadt." Ich war erleichtert, dass mir der Gedanke gerade noch rechtzeitig eingefallen war.

„Pass auf. Wir nehmen die Wohnung. Sogar ab sofort. Wir sind neu in der Stadt und haben unsere Arbeit ganz in der

Nähe. Wir zahlen dir eine Kaution und drei Monatsmieten im Voraus. Bist du dabei?"

Das DU störte mich zwar ein wenig, aber ich nahm das Geld. „Dann fülle ich noch einen Vertrag aus."

„Kannst du machen. Freut uns, dass wir uns so schnell einig sind. Mein Name ist Shanty Kaiser."

Ich nahm eine Kopie des unterzeichneten Mietvertrages, der vermutlich völlig wertlos war, das angebotene Geld und ließ im Gegenzug zwei Schlüssel auf dem Tisch liegen.

„Ich bin dann weg. Der Hausverwalter ist über die Telefonnummer zu erreichen, die unten am schwarzen Brett hängt. Falls irgendetwas fehlt oder kaputt ist."

Es wurde nun ernst und ich lächelte meine Angst weg.

*****

Das längere Nörgeln meines Handys riss mich aus der Konzentrationsphase. Ich hatte den Klingelton auf Buschtrommeln gestellt, was ich früher mal amüsant und als sehr individuell gefunden haben musste. Meine Chefin Chrissy meldete sich und wollte den letzten Stand der Problemlösung von *AGENT24* wissen.

„Wo steckst du eigentlich? Ich habe dich schon länger nicht gesehen?"

„Ich war die ganze Zeit im Entwicklungszentrum, wir haben die KI mit weiteren Stimmen angelernt", entschuldigte ich mich. „Es sollte nun alles besser klappen. Mit jedem Anruf wird es besser. Das neue Release ist auch schon ausgeliefert."

„Sehr gut, Zven. Gute Arbeit. Und gib meinen Dank auch an Mario weiter. Und noch was. Wir haben bald Jahresabschluss und das vierte Quartal war leider nicht ganz so stark. Wenigstens der Umsatz stimmt. Im Ergebnis liegen wir unter Plan. Was macht das Angebot?"

Ich überlegte kurz, was sie meinte. „Ach ja, die Wetterprognosen. Ich habe dem Team von Pascal meinen Beitrag zugeschickt. Es ist ja ein ganz neues Anwendungsgebiet für uns. Aber sehr spannend", sagte ich schmallippig.

„Das wäre super, wenn wir hier einen Fuß in die Tür bekämen. Beste Werbung für die KI und unser generisches Netz. Über das Wetter redet jeder. Ich stelle mir vor, dass auf jeder Wetterkarte unten rechts unser Logo mit dem Schriftzug *FIVE-Star AI-supported* erscheint."

„Das wäre ja eine super Idee. Pascal kommt mit dem Pricing auf dich zu. Wir liegen vermutlich noch viel zu hoch."

„Wo können wir abstrippen?"

„Wir sollten einige Leistungen nicht im Festpreis kalkulieren. Dann müssen wir auch kein Risiko-Uplift hinzurechnen. Du solltest dir noch überlegen, ob wir den generischen KI-Teil nur mit einem gewissen Prozentanteil in den Preis reinnehmen. Wenn wir dann noch den Anteil des Machine Learnings als Time & Material anbieten, wird das für uns kostengünstiger."

„Sehr gut. Mit den Maßnahmen sollten wir doch eigentlich den Zielpreis des Kunden erreichen können. Ich spreche das mit Pascal ab. Er muss sowieso die Freigabe im Dealboard beantragen. Und ehrlich gesagt, wir brauchen auch den Order Entry im nächsten Jahr."

13. Ein nicht perfekter Plan

Shanty und Kevin hatten ihre drei Taschen schnell im kleinen Wohnzimmer verstaut. Auch das Fernglas wurde auf dem Stativ aufgeschraubt. Es versteckte sich hinter einer Gardine.

„Wir fangen wieder bei null an. Verstanden? Und keine Extratouren. Also, du notierst alles, jede Bewegung in der Bank. Wann kommen die Angestellten, wer schließt auf, wann kommt der Geldtransporter. Und natürlich, an welchen Tagen zu welcher Uhrzeit sind nur wenige Kunden in der Bank." Kevin kommandierte, ohne dass es Shanty störte.

„Du bist echt gut drauf, Alter. Hast du die anderen Daten auf dem Fernglas alle gelöscht?"

„Ja klar, die Karte ist wieder leer." Kevin schien nervös zu sein. Er lief unruhig in der Wohnung hin und her. Shanty empfand er nun eher als Risiko, daher musste er doppelt so gut planen und aufpassen.

Sie verbrachten zwei Wochen mit der Analyse. Jeder Tag wurde von morgens acht bis abends acht notiert, analysiert und es wurden daraus Gewohnheiten abgeleitet. Wenn einer der beiden draußen war, skizzierte er auf einer ausgedruckten Google-Maps Karte genauere Informationen. Jeden Tag notierte er die Autos, die in der Straße regelmäßig parkten. Kevin fuhr jeden Mittag mit seinem Bus vor die Haustür und brachte ein Paket nach oben, was er im Bus sorgsam zusammengestellt hatte. Es durfte nicht zu groß und nicht zu schwer sein. Nur nicht auffallen.

So sammelten sie in der Wohnung ein Repertoire an Kabeln, Zündern, kleinen Patronen und Geldkassetten an. Diverse Flaschen mit Sprengstoffzutaten, Kanister mit Reinigungsmitteln und Kunstdünger, ebenso wie ausgewählte Chemikalien aus der Landwirtschaft, bestehend aus einem Gemisch aus Natriumazid und Kaliumnitrat platzierte Kevin sorgsam in den Regalen. Es wäre einfacher gewesen, in einem Baumarkt eine größere Menge einzukaufen, allerdings gebot es die Vorsicht in fast 15 Märkten nur kleine Mengen zu beschaffen. Das Internet nutzte Kevin dazu nicht.

Shanty beobachtete, während Kevin am Küchentisch bastelte. Beide arbeiteten hochkonzentriert und wortkarg.

„Ich sage dir, das Leck sind die Raucher", meinte Shanty, als er wieder durch das Teleskop schaute. „Hier spielt die Musik. Da sind zwei, die kommen immer morgens gegen zehn Uhr und nachmittags auf den kleinen Innenhof und qualmen. Die haben bestimmt was miteinander. Vielleicht sind die beiden schwul."

„Ist der Innenhof einsehbar?"

„Nur von hier oben."

„Und, kommen wir da rein?"

„Da stehen auch noch die Mülltonnen. Die Müllabfuhr kommt immer am Donnerstagmittag. Meist am frühen Nachmittag, ab ein Uhr. Dann geht das elektrische Tor auf, die Müllmänner gehen rein und rollen die großen Boxen nach draußen."

„Sehr gut Shanty. Gut beobachtet." Kevin verdrehte ein Litzenbündel zu einem festen Draht, steckte eine Flachhülse darüber und presste diese mit der Crimpzange fest.

„In dem Moment wo die Boxen in dem Auto verschwinden, sind die beiden Müllmänner abgelenkt. Alter, so geht´s. Wir huschen rein und verstecken uns, bis die Raucher kommen. Wir lassen die in Ruhe eine qualmen und wenn die zurückgehen, fragen wir mal nett nach dem Schlüssel. Das trübe Wetter gibt uns zusätzliche Deckung.“

„Guter Plan.“ Kevin dachte kurz nach. „Pass mal auf. Eine mögliche kleine Änderung; nur einer geht hinten rein. Der andere geht vorne in die Bank, genau dann, wenn der andere hinten die beiden Raucher packt. Wir kommen von zwei Seiten, verstehst du?“

„Perfekt. So machen wir das. Die Überraschung wird gelingen. Ich freue mich schon jetzt auf die dämlichen Fressen. Vorne wird abgelenkt und hinten ausgeräumt.“

An den drei folgenden Tagen besuchte Kevin die Bank. Er legte großen Wert darauf, dass er immer ein etwas anderes Aussehen hatte. Er stand vor dem Geldautomaten und prüfte die Filiale. Auf einem kleinen Notizblock skizzierte er den Zuschnitt der Räume. Tresen, Kameras und Türen zeichnete er nach und nach ein. Unauffällig schritt er einmal den Raum ab und schrieb die Schrittzahl auf. Mit der Stoppuhr hielt er fest, ab wann die Glasschiebetür auffuhr und wie lange sie aufblieb. Die Zeiten für den Ein- und Ausgang waren unterschiedlich. Er musterte die Bankmitarbeiter, die meist jung und unerfahren aussahen. Alles nur Azubis? Wo waren die Manager? Er wartete. Es dauerte zu lange. Daher verschob er das Auskundschaften dieses Details auf den nächsten Tag. Er musste die Gesichter kennen.

Wieder in der Wohnung, übertrug Kevin alle Informationen auf ein großes weißes Plakat, was an der Wand hing. Die gewonnenen Details über die Bank nahmen zu. Über Google Maps besorgten sie sich die äußeren Gebäudemasse. Der

Grundriss war noch nicht ganz vervollständigt, aber Kevin war stolz auf sich.

„Gibt es eigentlich die Peggy noch?", fragte Shanty, dem es etwas zu langweilig wurde und stopfte sich ein Kaugummi in den Mund.

„Schon lange nicht mehr." Kevin war das Thema unangenehm."

„Was war denn los? Ihr wart doch früher unzertrennlich. Und die hatte so geile Titten. Keine große Liebe?"

„Pass mal auf Shanty, ich habe meine eigene Philosophie. In der Zeit zwischen *Fick mich* und *Fick dich*, könnte man von Liebe sprechen. Davor ist Anmache und danach ist Stress angesagt. Peggy wollte ein Haus, Kinder und so ein Zeug. Nicht mit mir. Dafür bin ich nicht gemacht."

„Kevin, Alter, das kann ich gut verstehen. Frauen können einfach anstrengend sein und Unruhe kann ich auch nicht leiden", zog Shanty sein privates Fazit.

„Gehen wir es nochmal alles durch", forderte Kevin seinen Partner auf, dem er vermutlich doch nicht so richtig traute.

„Nicht nötig. Ich habe alles gecheckt. Echt Mann."

„Schon gut. Wir nennen die Operation *Orchidee*."

*****

Franziska und ich trafen uns nun jeden Tag und diskutierten, wie wir erfahren konnten, was in ihrer Wohnung ablief. Ein direkter Besuch war zu riskant. Ich hatte zwar realisiert, dass Kevin öfters mit dem Bus vorfuhr und einige kleine Kisten schleppte, aber mehr auch nicht.

„Wir müssen die Polizei benachrichtigen", meinte ich.

„Nein, auf keinen Fall. Dann geht mir die Top-Story verloren. Wir wollen doch gerade zeigen, dass unsere Polizei nicht auf dem letzten Stand ist."

„Sollen wir warten, bis die die Bank überfallen und gar noch Geiseln genommen werden? Franziska, bitte. Die Männer sind gefährlich und skrupellos."

Franziska wehrte meinen Einwand mit einer energischen Handbewegung ab. „Wir müssten irgendwie Einfluss auf deren Vorhaben haben. Von außen, meine ich. Mal gehörig auf den Busch klopfen und sehen, was passiert. Und wenn es dann losgeht, dann vereiteln wir den Überfall." Diese Vorgehensweise kannte sie als Journalistin zur Genüge, nämlich immer dann, wenn Politiker Informationen zurückhalten wollten, wurden Unterstellungen in offener Frageform abgedruckt und auf deren Reaktion gewartet.

„Und wir sind dann die Helden? Glückwunsch", konterte ich.

„Das muss natürlich alles kontrolliert ablaufen. Sensibel, bedacht und mit einem Plan."

„Und wenn nicht?", bemerkte ich ängstlich.

„Zven, keine Angst, die Polizei wird rechtzeitig informiert. Ich will nur die Story. - Meine eigene Recherche. Das wird ein Aufmacher. So nah dran war ich noch nie."

Ich blieb zunächst skeptisch. Wir diskutierten heiß weiter, sponnen irre Ideen, verwarfen diese als zu gefährlich oder nicht umsetzbar, bis wir uns auf eine erste Aktion einigten. Ich wollte auch zeigen, was in mir steckt.

Die Tickets für das Geburtstagsgeschenk meines Sohnes hatte ich bei Kleinanzeigen besorgt. Das Fußballspiel Eintracht gegen Bayern war zwar ein Mittwochabendspiel und damit für Schüler nicht gerade die beste Zeit, aber ich freute mich trotzdem darauf, mit meinem Sohn Ludwig das Spiel zu sehen. Zwei Sitzplätze nebeneinander in der Heimkurve für 217 Euro; pro Stück. Der Preis war für ein Geburtstagsgeschenk zwar viel zu hoch gewesen, aber billiger waren keine zu haben und andere Ideen hatte ich nicht.

Am Dienstag fuhr ich nach Sachsenhausen, stellte das Auto etwas entfernt ab und ging zum Haus, in dem unser Mieter Shanty nun hauste. Ein grauer Kittel sollte mich als Hausmeister tarnen. Eine braune Kappe hatte ich tief ins Gesicht gezogen und eine John-Lennon-Brille aufgesetzt. Es half mir zudem, dass ich mich seit zwei Wochen nicht mehr rasiert hatte. In der linken Hand hielt ich einen kleinen Laptop. Ich sah kurz am Haus hoch und öffnete leise die Haustür mit Franziskas Schlüssel. Hinter der Haustür befand sich auf der rechten Seite ein schwarzes Brett mit dem detaillierten Putzplan, den ich schon beim Umzug interessiert studiert hatte. Jetzt war dieser mit einem auffälligen gelben DIN-A4 Zettel überklebt. Ich begann den Inhalt zu überfliegen. Der Eigentümer wandte sich an alle Mieter und bedankte sich für das Verständnis, dass ab Mittwoch außen ein Gerüst aufgestellt würde, damit endlich die lange geplante Solaranlage installiert werden könne.

.... Die Installation der Solar-Paneele wird nur zwei Tage dauern. Gleichzeitig bitte ich Sie, den Elektriker in ihre Wohnung zu lassen, damit neue smarte Stromzähler eingebaut werden können. Er wird sich mit einem Ausweis der Firma Elektro-Fischer ausweisen. .... .

Im Treppenhaus schaute ich mich um.
Ich war alleine.
Alles ruhig.
Ich schlich vorsichtig die Treppe nach oben und stand nun mit einem mulmigen Gefühl neben der Wohnungstür.

Franziskas Namen stand nach wie vor über dem Klingeltaster. Auch hier war alles still. Gottseidank. Ich öffnete meinen Laptop und startete ein Programm zur Kommunikationsprotokollanalyse. Diverse Techniken standen zur Auswahl. Ich klickte durch die Auswahl und wartete jeweils zehn Sekunden. Endlich meldete sich ein Protokoll mit einem grünen Punkt. Die Verbindung zu einem Rauchmelder, die hier per Funk im ganzen Haus miteinander verbunden waren, stand. Ich bekam drei weitere aktive Geräte in Reichweite angezeigt. Das funktionierte also. Innerlich jubilierte ich. Wir hätten die Möglichkeit, von außen den Rauchmelder in der Wohnung auszulösen und damit vielleicht Bewegung in die Sache zu bekommen. Was sich dann allerdings tun würde, war nicht abzusehen. Von Panik bis keine Reaktion konnte alles passieren. Ich teilte Franziska diesen positiven Status per WhatsApp mit und machte sogar ein Bildschirmfoto von der Rauchmelderliste und der angezeigten CO_2 Konzentration in den Räumen. Von diesem ersten Erfolg benebelt und vom Tippen abgelenkt, bemerkte ich nicht, wie eine Person die Treppe hochkam und plötzlich neben mir stand. Ich erkannte sofort Kevin, den Kollegen meines Mieters Shanty.

„Was machen sie da?" raunzte er mich unmittelbar an, stellte ein kleines Paket ab und holte einen Schlüssel heraus, während er mich aus dem Augenwinkel weiter beobachtete.

„Äh, ich, ich bin vom Solarunternehmen und prüfe hier nur die Verbindungen", stammelte ich nervös.

„Solar, was soll der Scheiß? Brauchen wir nicht. Verpiss dich."

„Ab morgen beginnen die Installationsarbeiten. Wir hatten ja unten im Hausflur einen Aushang mit Informationen vorbereitet. Haben sie den nicht gesehen?" Ich vermied es, ihn anzusehen. Vertieft in meinen Laptop, erklärte ich: „Morgen kommt das Gerüst. Also dann." Ich klappte geschäftig meinen Computer zu und wollte mich zum Gehen wegdrehen, da hielt mich Kevin fest.

„Ich kenne dich doch. Warte. - Ja klar, du bist der Vermieter." Plötzlich zog er eine Pistole. „Was schnüffelst du hier herum? Du miese Ratte." Er musterte mich von oben bis unten. „Und dann dieser lächerliche Kittel. Komm mal mit, mein Freundchen. Wir müssen was klären." Damit schubste er mich unsanft in die Wohnung und verschloss die Tür.

„Shanty, sieh mal, wen ich hier habe. Was machen wir jetzt mit dem?"

Shanty schaute grimmig hoch. Meine Situation verschlechterte sich. Warum hatte ich mich auf dieses gefährliche Spiel eingelassen?

„Die bauen hier ab morgen ein Gerüst auf, sagt dieser Pisser. Den hier kennst du auch." Ich bekam einen weiteren harten Stoß gegen die Schulter. „Wegen so einer Solar-Scheiße. Dann gucken die uns von außen in die Wohnung."

„Warum bringst du den hier rein?" Ich sah direkt in den Revolver von Shanty, der sich vom Fenster langsam auf mich zu bewegte. „Mein Freundchen, du störst hier gewaltig. Ich reiß dir die Eier ab." Dabei kratzte er sich im Schritt und setzte ein höhnisches Grinsen auf.

Ich hob beide Hände hoch und stammelte: „Macht, was ihr wollt. Ich sage nichts. Ehrlich. Von mir hört keiner etwas." Ich spürte, wie meine Knie weich wurden. Die Situation erschien mir chaotisch, zumindest hochgradig angespannt. Kalter Schweiß trat auf meiner Stirn hervor.

„Das machen wir auch. Darauf kannst du einen lassen."

Shanty fuchtelte mit dem Revolver vor meiner Nase. Vermutlich konnte er meine Angst wie ein Rottweiler riechen. Die beiden verzogen sich kurz in eine Ecke und tuschelten. Ich verstand mit Mühe *Shanty, kein Abbruch. Jetzt Freitag ist es soweit. Klar?*

Und zu mir: „Du bleibst hier. Wir lassen uns von solchen Schnüfflern nicht nochmal den Plan zerstören." Damit zerrte mich Kevin unsanft in den kleinen dunklen Vorratsraum. Wie eine Flipperkugel taumelte ich gegen die Wand. „Leg dich hin," befahl er mir. Ehe ich mich versah, waren meine Hände und Füße mit Kabelbindern gefesselt.

Mein letztes bisschen Mut war aufgebraucht. Noch nie in meinem Leben hatte ich mich in einer so ausweglosen Lage befunden. Mein Körper begann zu zittern.

Todesangst.

Trotzdem hatte ich nicht vor, heute zu sterben.

Die Tür wurde verschlossen und ich hörte die quietschenden Stiefel auf dem Holzparkett.

Der Raum war dunkel aber warm. Langsam gewöhnten sich meine Augen an die Dunkelheit. Durch den Türspalt am Boden kam etwas Licht herein. Auf der rechten Seite waren zwei große Sicherungsschränke. Gegenüber befand sich der Waschmaschinenanschluss: Strom, Wasser und ein Siphon. Der Raum war maximal zwei mal drei Meter. Ich konnte mich noch an ihn erinnern. Ich kroch zu einer Wand und setzte mich aufrecht hin. So war es besser. Ich horchte nach draußen und hörte die beiden Stimmen, konnte aber den Inhalt nicht verstehen. In meinem Gedächtnis entstanden langsam Erinnerungsbilder des großen Raumes, die ich im Unterbewusstsein aufgenommen hatte. Waren da nicht viele Kabel, Patronen, große Kanister und kleine Gasflaschen gewesen? Schnell war ich mir sicher, dass die beiden wirklich einen Überfall planten. Und ich konnte niemanden warnen. Aber warum erstaunte mich diese Erkenntnis?

Bittere Realität.

Konnte ich mich befreien?

Und was dann?

Bald hatte ich jedes Zeitgefühl verloren. Irgendwann kam Shanty herein, stellte zwei Flaschen Wasser und einen Teller mit trockenen Gnocchi hin. Er zeigte auf einen Eimer. „Wenn du pissen musst."

Gierig schluckte ich das Wasser. Die darin aufgelösten Tabletten machten mein Martyrium angenehmer und ich träumte von der gemeinsamen Dusche mit Franziska.

*****

Franziska hörte eine einkommende Meldung auf ihrem iPhone und sendete einen hochgereckten Daumen zurück. „Perfekt, die Idee mit dem Feuermelder war gut", dachte sie. „Zven ist technisch wirklich hochbegabt. Was ein Glück."

Im Haus von Clemens Giesecke gab es immer noch sehr viel zu tun. Sie versuchte ihre eigenen Sachen irgendwie zu verstauen. Zumindest für die nächste Zeit. Später wollte sie das Haus von Grund auf sanieren, falls sie beschloss, hier wohnen zu bleiben. Sie war sich noch nicht sicher. Draußen, vor der Garage, türmte sich ein Berg mit Sperrmüll, der stetig anwuchs. Zwei alte Fahrräder, ein Lattenrost, alte Schränke und mottenzerfressene Teppiche. Dazu kamen noch Klappstühle und eine hässliche Holztruhe. In der Garage standen blaue und graue Plastiksäcke mit aussortierter Kleidung und Schuhen ihres Onkels, die sie bald im nahegelegenen Roten Kreuz Container entsorgen wollte.

Für den Dienstag hatten wir kein weiteres gemeinsames Treffen vereinbart. Am Mittwoch, versuchte sie mich zu erreichen.

„Wo ist der denn abgeblieben?“, wunderte sie sich. „Auf dem Handy nur die Mailbox. Dann versuche es später noch einmal.“

„Hallo Zven, melde dich doch. Ist alles gut gelaufen? Ich bräuchte heute Abend hier noch einmal deine Hilfe. Der große Wohnzimmerschrank sollte doch zerlegt werden. Ich werde ihn nicht behalten. Also bis später. Hab dich lieb.“

Gedankenversunken räumte sie eine weitere Küchenkiste mit Gewürzen in den Oberschrank. Am Abend sendete sie eine WhatsApp an mich:

„Melde dich mal. Habe dir auf die Mailbox gesprochen. “

Der Donnerstag war voll mit Terminen in der Redaktion. Franziska startete schon früh und erfuhr, dass sie eine Recherche und einen Artikel über die notwendigen drastischen Einsparungen im Bistum Mainz von einem Kollegen übernehmen sollte. Der Chefredakteur meinte, es wäre eilig und die Corona Recherche liefe nicht weg. Sie hatte sich schnell in die vorliegenden Fakten eingearbeitet und kurz vor Redaktionsschluss eine erste Version des Artikels abgegeben. Kirchen sollten aufgegeben werden, Pfarrhäuser abgemietet und Gemeinden zusammengelegt werden. Das Bistum musste Millionen Euro einsparen. Franziska war zwar katholisch erzogen worden, hatte aber seit den Missbrauchsfällen keinen persönlichen Bezug mehr zur Kirche. Erst am späten Nachmittag versuchte sie mich erneut, aber vergeblich, zu erreichen. Drei Anrufe, einmal eine Sprachnachricht und noch eine WhatsApp. Sie wunderte sich, da es augenscheinlich überhaupt nicht meine Art war.

„Oder ist es Ghosting? Wo jemand von jetzt auf gleich verschwindet. Einfach so. Kein Abschied. Kein Brief. Keine Nachricht. Kein Grund. Verschwunden. Aus und vorbei. Ist das so ein Typ? Sollte ich mich so getäuscht haben?" Franziska kannte solche Fälle. Es war ihr auch schon passiert. Eine Freundin hatte sich ohne Vorwarnung und Rückmeldung in die Schweiz abgesetzt, was sie nach Monaten durch intensive Recherchearbeit herausfand.

Bei mir hatte sie noch eine Spur, der sie folgen konnte.

Neugier oder Liebe?

Egal.

Also beschloss sie am Donnerstagabend, nachdem sie von mir immer noch keine Rückantwort bekommen hatte, zu meiner Wohnung zu fahren. Aber auch dort stand mein Fahrzeug nicht und die Wohnung war dunkel.

„Wenn Zven auf Dienstreise ist, warum hat er mir nichts davon gesagt? Er könnte doch wenigstens zurückrufen. Männer haben die Kommunikation nicht erfunden", ärgerte sie sich und begann, sich Sorgen zu machen.

Am Freitagvormittag rief sie in der Firma FIVE-Star an.

„Mein Name ist Giesecke. Können sie mich bitte mit Zven Bergmann verbinden?"

„Oh, den habe ich in den letzten Tagen überhaupt noch nicht gesehen", meinte Ann-Katrin, eine Sekretärin.

„Ist er auf Dienstreise?"

„Das kann ich nicht sagen. Ich verbinde sie mit einem Kollegen, Mario Suhlmann. Der sollte das wissen."

Es knackte zunächst und piepte dann in der Leitung, bis sich Mario meldete.

„Nein, den habe ich auch nicht mehr gesehen. Er sollte doch an dem großen Angebot mit den Wetterberichten mitarbeiten. Krankgemeldet hat er sich meines Wissens nicht.

Ich frage mal drüben im anderen Gebäude nach. Kann ich mich zurückmelden?"

Franziska gab Mario ihre Mobilnummer, überlegte einen möglichen nächsten Schritt und beschloss, nach Sachsenhausen zu fahren. Die Parkplatzsuche war in diesem Wohngebiet immer schon schwierig und elendig nervig gewesen. Und heute erst recht. Sie fuhr einige Straßen nun zum dritten Mal ab. Paketwagen standen mit Warnblinklicht in der zweiten Reihe und versperrten Vorbei- und Zufahrten. Franziska tastete sich langsam an dem Auto vorbei. Hier war auch immer mit Schulkindern zu rechnen. Schritttempo war angesagt.

„Ups. Ist das nicht das Auto von Zven?", vermutete sie, als sie an der parkenden Wagenkolonne vorbeischlich und endlich eine schmale Parklücke auf der anderen Seite erspähte. „Warum steht das denn hier?"

Es machte sich ein ungutes Gefühl breit. Sie wendete, parkte ein und blickte von allen Seiten prüfend in mein Auto.

„Nichts Besonderes."

Besorgt lief sie die 200 Meter zu Fuß zu ihrer ehemaligen Wohnung zurück und blieb abrupt stehen, als zwei dunkle Gestalten gerade aus der Haustür traten und in einem VW-Bus verschwanden. Sie erkannte die beiden Gestalten. Schnell ging sie zurück zu ihrem Golf, wartete kurz die Lage ab und folgte instinktiv dem Bus, der nur zweimal links abbog und dann am Hinterausgang der Bank anhielt. Von weitem hörte man schon die Müllabfuhr heranrollen. Franziska passierte langsam den Bus. Sie schielte nach rechts in das Cockpit, was allerdings höher lag. 50 Meter dahinter fand sie eine Einfahrt, wo sie anhalten konnte. Zumindest kurz. Sie rückte den Rückspiegel zurecht, sodass sie hinter ihr alles beobachten konnte. Es war nun kurz vor ein Uhr.

Die Müllabfuhr kam näher und fuhr an dem Bus vorbei.

Hielt an.

Ein elektrisches Tor fuhr auf.

Einer der beiden Männer verließ den Bus.

Mit einer Tasche im Arm und einem kleinen Rucksack auf dem Rücken ging er auf die Mauer zu.

Die zwei Müllmänner gingen durch das offene Rolltor und zerrten einen großen Müllcontainer auf Rollen hervor.

Der Container wurde in das Müllauto eingehängt, von der Hydraulik hochgehoben und mit einem lauten Krachen zur Leerung umgedreht.

Franziska sah einen schnellen Schatten im Innenhof verschwinden. War das einer der Müllmänner? Nein, die beiden schoben den Container wieder zurück und schwatzten. Beide hatten jeweils eine Zigarette im Mundwinkel.

„Kevin? Alles klar? Ich bin jetzt drin." Shanty drückte auf den Knopf in seinem Ohr und lauschte hinter der Mülltonne.

„Alles klar. Operation *Orchidee* kann starten. Schritt eins geschafft. Melde mich."

Kevin nahm seine dunkle Skimütze und den kleinen Rucksack. Bald musste er sich von seinem geliebten Bus trennen. Die Flucht war zunächst zu Fuß geplant, da in Sachsenhausen das Verkehrsaufkommen schwer zu planen war. Für den weiteren Schritt, hatten sie in einer Nebenstraße ein Motorrad platziert. Sie hatten verabredet, dass dort keiner auf den anderen warten würde, wenn sie nicht gemeinsam dort ankamen. Um nicht sofort aufzufallen, hatte Kevin eine Coronamaske angelegt, die man immer noch in Supermärkten und öffentlichen Gebäuden sah, da auch gerade die Erkältungszeit startete.

Was sollte Franziska tun? Spielte sich vor ihren Augen der geplante Überfall ab? Oder sah sie überall nur dunkle

Gestalten? Warum heute und jetzt? Sie wirkte unsicher und das gab es nur selten. Sie nahm ihr Handy und rief nochmal Zven an, dessen Mailbox sich wieder zuverlässig meldete. Sie war auf sich alleine gestellt. Wo war dieser Zven, wenn man ihn brauchte? Verdammt! Sie konnte sich auf die erhaltenen Informationen keinen Reim machen. Sollte sie die Polizei benachrichtigen? Wenn es dann doch kein geplanter Überfall war, dann machte sie sich lächerlich. Und wenn es doch einer war? Sie könnte auch vorne die Filiale betreten und dort die Mitarbeiter vorwarnen. Die würden dann auch Alarm auslösen.

Hitze stieg in ihr hoch.

Die Aufregung.

Endlich kam sie zu einem Entschluss und wählte nervös auf dem Smartphone die 110.

„Giesecke ist mein Name. Ich stehe am Hinterausgang der Volksbank in Sachsenhausen. Hier gibt es zwei verdächtige Gestalten. Dunkel gekleidet. Einer verließ gerade einen alten VW-Bus. Es sieht so aus, als wenn die Bank überfallen werden."

„Sind sie in Sicherheit?"

„Ja, ich sitze im Auto."

„Geben sie bitte die genaue Straße und Hausnummer durch." – „Okay, Danke. Bleiben sie, wo sie sind. Wenn möglich filmen sie verdächtige Situationen, aber nur wenn es ungefährlich ist. Sind weitere Personen in der Nähe?"

„Es gibt ein paar Fußgänger. Ob jemand in der Bank ist, kann ich nicht überblicken."

„Haben sie Waffen gesehen?"

„Nein, nicht direkt. Jetzt geht der zweite vorne in die Filiale. Auch er hat eine Tasche und einen Rucksack."

„Wir schicken sofort einen Streifenwagen vorbei. Bleiben sie ruhig."

Franziska ging es besser. Besser einmal zu viel gewarnt, als zu wenig. Damit schwenkte sie auf mein Motto ein.

Kevin stieg aus und ging in den Eingangsbereich in der Bank. Vor dem Geldautomaten wartete er auf ein Zeichen von Shanty und darauf, dass sich wenige Kunden in der Bank befanden. Wo blieb der Anruf? Zu lange durfte er hier nicht stehen und schauen, dann wäre das zu auffällig. Er zog die Coronamaske enger um den Mund. Die angestellten Raucher mussten zum Innenhof kommen. Kevin verließ nochmal die Bank. Die Sekunden für das Öffnen der Tür hatte er verinnerlicht. Endlich meldete sich Shanty.

„Schritt zwei ist gestartet. Ich geh mal eine rauchen."

Jetzt brauchte Shanty vermutlich noch zwei Minuten. Kevin startete die Stoppuhr. Wenn er drei Personen im hinteren Bereich der Bank hereinkommen sah, würde er auf den Tresen zugehen. Er prüfte den Sitz seiner Waffe. Im Rucksack befanden sich jede Menge Sprengstoff. Den Behälter würde er gegen Geld tauschen. Ein gutes Geschäft. Er lächelte dreckig.

Shanty war schneller als gedacht. Er schubste die zwei eingeschüchterten Angestellten vor sich her. Die Waffe hatte sofort Eindruck gemacht und die Raucher waren ängstlich zur hinteren Tür gegangen. Einer gab mit zittrigen Fingern den Code auf einer Tastatur ein. Es summte. Natürlich filmte eine Kamera alles. Jetzt musste es schnell gehen.

„Bewegt euren Arsch. Na los. In die Filiale."

Die beiden stolperten mit erhobenen Armen vor ihm her. Noch eine weitere Sicherheitstür musste mit einem Code geöffnet werden. Dann meldete sich Shanty bei seinem Kollegen: „Sind drin."

Schritt drei startete damit, dass Kevin sich die Mütze herunterzog, die Waffe nahm und in die Filiale stürmte.

„Überfall. Geld her, sonst hat es sich ausgelebt." Er stellte eine topfgroße Bombe vor der Sicherheitsscheibe ab, die vermutlich einer Sprengung nicht standhalten könnte.

„Macht keine Faxen, dann passiert nichts. Los, los, los. Zum Tresor. Ihr müsst jetzt schön mitarbeiten."

Die fünf Angestellten rissen erschrocken ihre Hände hoch. Ansonsten waren noch drei Kunden in der Bank. Stumm zeigte einer auf eine Seitentür, wo sich der Tresor befand.

„Wer hat den Schlüssel? Ich frage nur einmal." Er richtete seine Knarre auf eine 50-jährige Frau, die jammernd zusammenbrach. „Bitte, bitte nicht."

Es meldete sich zaghaft ein Krawattenträger.

Shanty hatte nun Sichtkontakt mit Kevin und übernahm den Krawattenträger. Er schubste diesen unsanft vor sich her und verschwand mit ihm hinter der Tür. Kevin hielt die anderen vier und die Kunden in Schach. Ängstlich blickten ihn einige Augenpaare an, andere vermieden jeden Blickkontakt. „Wie früher in der Schule", dachte Kevin.

Plötzlich zuckten blaue Lichter durch die Bank. Wer hatte die Alarmanlage ausgelöst? Kevin war verwirrt und zielte nacheinander auf jede Person. Die mittelalte Frau fing erneut an zu jammern. Sollte er die Bombe zünden? Dann wäre er mit dran. Das war so nicht geplant. Scheiße.

„Alle in die Ecke da vorne", trieb er die Gruppe zusammen. „Nicht so lahmarschig."

Wo blieb Shanty mit dem Geld? Das dauerte zu lange. Oder hatte ihn sein Zeitgefühl verlassen? Noch hatte keiner seine täuschendechte Spielzeugwaffe erkannt, mit der er im Notfall nur wenig Druck ausüben konnte.

„Wir müssen dann eben hinten raus und über die Mülltonnen über die Mauer", plante er im Kopf.

Es dauerte nach dem Eingang der Meldung keine fünf Minuten, da erschien das erste Polizeiauto und fuhr demonstrativ langsam die Straße entlang. Anschließend folgten zwei schwarze Mannschaftswagen, aus denen blitzschnell Männer einer Sondereinheit heraussprangen und den Bus umstellten.

Alles clean.

Zwei weitere liefen zum hinteren Tor.

Verschlossen.

Mit einer Endoskopkamera lugten sie über den Zaun. Der Innenhof war leer und sie gaben die Meldung an die Leitstelle. Sie blieben auf dem Posten und bewachten das Tor, um den Tätern keine Rückzugsmöglichkeit zu geben.

Zwei Rettungswagen fuhren nun ebenfalls vor. Der Einsatz lief wie in einer Übung ab.

Vier Polizisten der Sondereinheit, in 30 Kilogramm schweren gepanzerten Schutzanzügen und Helmen, näherten sich dem Eingang der Bank. Die Maschinenpistolen im Anschlag. Ihre Bewegungen waren katzenhaft. Schnell und präzise. Zwei analysierten die Lage und gaben kurze Informationen an die Leitstelle. Auf ein Zeichen stürmten sie die Bank.

Geschrei, Tumult, Rauch, Nebel.

Kevin war überrascht. Es ging schnell. Er wurde zu Boden geworfen, seine Waffe wegetreten. Benebelt verstand er nur noch Polizei, Polizei. Chancenlos ergab er sich. Ein Angestellter zeigte stumm auf die Seitentür. Die Beamten bewegten sich schnell dorthin. Einer gab Deckung von hinten, dann stürmten sie den Tresorraum. Sie schrien, sie klopften. Das ganze Spiel dauerte keine zwei Minuten. Zwei Minuten, in den sich die Gangster keinen anderen Plan zurechtlegen konnten. Dieser Schritt kam bei ihnen nicht vor.

Shanty schaufelte gerade das Geld in den Rucksack. Mit der Pistole hatte er um den Bankberater herumgefuchtelt, der seine Befehle zu langsam umsetzte. Als die Tresortür endlich aufging, legte er seine Pistole zur Seite. Ein fataler Fehler.

Nach fünf Minuten gaben die Polizisten Entwarnung. Es schien, als seien die Polizisten über die Gegebenheiten bestens informiert gewesen.

Franziska verfolgte den Spuk aus dem Auto heraus, machte Fotos und schrieb Details in ihren Notizblock. Nicht alles konnte sie sehen, wollte aber auch nicht aussteigen. Nach einer Viertelstunde war das ganze Spektakel vorbei. Erst kamen die Angestellten und Kunden aus der Bank. Rettungssanitäter kümmerten sich um die Geiseln.

Zwei Männer in schwarzen Hoodies wurden in Handschellen abgeführt. Die vier Polizisten umrahmten die beiden. Franziska atmete erleichtert auf. Ihre Entscheidung war richtig gewesen. Sie ging zurück zu ihrer Wohnung, wo mittlerweile kräftige Arbeiter Stützen, Keile und Bretter für ein Gerüst von einem kleinen LKW abluden. Sie nahm die Treppe und klingelte. Mit dem Ohr an der Tür horchte sie. Nichts. Oder doch? Da war doch ein Grunzen oder ein dumpfes Klopfen. Sie schloss auf und schaute auf ihre bekannten Möbel, die ein komisches Gefühl in ihr erzeugten. Das Grunzen kam von links. Aus dem Vorratsraum. Sie drehte den Schlüssel um, öffnete die Tür.

Da lag ich.

Gefesselt.

Neben mir eine Schüssel mit trockenen Nudeln und eine Flasche Wasser.

In der Ecke ein Eimer mit meinen Exkrementen. Es musste erbärmlich stinken und ich schwankte zwischen Glücksgefühl und Peinlichkeit. Nein, es war sogar Scham.

„Mein Gott, Zven. Was ist passiert?" Franziska riss mir die Verklebung vom Mund und holte den Knebel heraus. Ich prustete, während sich mein Atem beschleunigte.

Luft.

„Gut, dass du kommst", hechelte ich. „Mach mich los. Mir tut alles weh", wollte ich sagen, schaffte es aber nicht. Ein Hustenanfall schüttelte mich.

Sie rannte in die Küche, holte ein scharfes Messer und trennte die Kabelbinder durch.

Endlich.

Ich schaute auf meine steifen Hände und bildete mir ein, sie gehörten zu mir. Langsam durchströmte das Blut die Gliedmaßen.

„Wo sind die beiden?", fragte ich mit zittriger Stimme. Ich rieb mir die schmerzhaften Gelenke und bewegte meinen Kiefer. Ein pochender Schmerz zerriss meinen Schädel und eine Übelkeit kam hoch, als ich versuchte, mich aufzurichten. Franziska musste mich stützen.

„Die wollten heute tatsächlich die Bank überfallen. Beide sind von der Polizei verhaftet worden. Ich habe es sogar mit angesehen."

„Dreckskerle. Und ich lag hier, als sie alles vorbereitet haben", stammelte ich und ergab mich dem hochsteigenden Schwindel. Mir ging es hundeelend.

Zuhause berichteten wir uns über unsere jeweiligen Erlebnisse. Detailliert beschrieb ich meine Gefangennahme und die unwürdigen Tage auf dem harten Dielenboden des Anschlussraumes, bis ich später eine Matratze, eine kleine Lampe und sogar ein Radio bekam. Toilettengänge und Essen waren nur in vorgegebenen Zeiten möglich gewesen, wenn mich einer der Beiden entfesselte. Meist war es Shanty, dem es gefiel, Befehle zu erteilen und checkte, dass sie befolgt wurden. Ich nutzte jede Zeit meine Muskeln zu dehnen. Dass etwas an dem Tag im Busch war, hatte ich bemerkt, als sie mir morgens den Knebel in den Mund schoben und meine Hände wieder zusammenbanden. Ich hatte die quietschenden Stiefel hektisch auf dem Boden hin- und herlaufen hören.

Alles war gut gegangen, obwohl ich mein Glück arg strapaziert hatte.

„Und das alles nur wegen diesem Mist NextParadise. Zwei Gaunerbanden bekriegen sich und wir sind genau dazwischen", sagte ich erschöpft. „Die kennen keine Gnade. Wir werden zerrieben. Ich muss zur Polizei und meine Geiselnahme anzeigen."

„Zven, du bist großartig", lenkte Franziska mit mutigem Augenaufschlag ab. „Das brauchst du nicht, die beiden sind doch schon von der Polizei festgenommen worden und bekommen ihre Strafe."

„Ich tauge nicht für diese Abenteuer. Das Wasser in der Flasche muss ein Beruhigungsmittel enthalten haben."

„Ruhe dich jetzt erstmal aus. Dann sehen wir weiter."

„So eine Geiselnahme hatte ich bisher nicht auf meiner Bucket Liste."

„Das Leben hält immer Überraschungen für uns bereit."

„Auf manches kann ich aber verzichten."

„Zven, wir müssen das alles zu Ende bringen. Es ist noch nicht vorbei."

„Franziska, bitte lass uns morgen darüber sprechen. Ich will jetzt nur noch duschen und dann schlafen. Mein Kopf brummt."

*****

„Na Shanty, das ging ja schnell", sagte der Kommissar im Verhörraum des Polizeipräsidiums. „Du konntest es wohl nicht mehr erwarten, dass wir uns wiedersehen, was?"

„Leck mich. Ich sage nichts." Damit presste er seine Lippen aufeinander und legte die Stirn in Falten.

„Du brauchst nichts sagen. Nicken reicht. Jetzt mal ganz von vorne. Was hast du im Hinterhof der Bank gemacht? Oder bist du zur Müllabfuhr gewechselt? Das wüsste ich aber. Gaaanz gaaanz schlechter Plan, den ihr euch da ausgedacht habt. Du und dein Freund Kevin."

Shanty blieb stumm.

„Wo ist dein Problem? Wir haben euch erwischt. Leugnen lohnt sich nicht. Du hast nur eine Chance dein Strafmaß einigermaßen im Griff zu halten: erzähle mir die ganze Geschichte von Anfang an. Keine Märchen bitte."

Als Shanty stur geradeaus blickte, stand der Kommissar auf und ging im Zimmer auf und ab, um sich möglicherweise eine andere Strategie zu überlegen. Währenddessen klopfte es laut und kurz und die Tür öffnete sich von außen. Ein Polizist trat nur einen Schritt in den Verhörraum und übergab dem Kommissar einen Zettel, der ihn schnell überflog. Mit festem Blick, in die Augen von Shanty fragte er mit ernster Stimme: „Es gibt Neuigkeiten Shanty. Woher hattest du die Waffe?"

Shanty schwieg. Er kannte diese Verhöre. Was sollte schon passieren. Er ging für ein bis zwei Jahre zurück in den Knast. Es gab Schlimmeres und Kevin, diesen Besserwisser, hatten sie diesmal auch am Wickel.

Der Kommissar ließ eine Pause entstehen.

„Okay. Nur zu deiner Info. Wir ermitteln jetzt auch in einem Mordfall. Da kannst du dich auf mindestens zehn Jahre einstellen. Willst du nicht besser aussagen?"

Shanty schaute verdutzt nach oben.

„Mit deiner Waffe ist ein Mensch getötet worden. Das ergibt eindeutig die ballistische Untersuchung."

Seine Überraschung ließ sich Shanty nicht anmerken.

Was sollte das Spiel?

Bullengelaber?

Alles nur Fake?

„Ich hole meine Kollegin von der Mordkommission dazu. Dann gehen wir deinen kurzen Aufenthalt in der Freiheit Minute für Minute durch. Puzzlestück für Puzzlestück setzen wir dein Leben zusammen. Mal sehen, was dabei herauskommt."

Shanty hatte diverse Erfahrungen mit solchen Verhören gemacht und er wusste, wann man verloren hat.

14. Dritte Spur

Manche Frauen können ganz schön energisch sein. Wenn sie erstmal einen Plan haben, dann wird der auch gnadenlos durchgezogen, während sie großzügig ihr Lächeln verschenken. Widerreden oder gar zu berücksichtigende Bedenken werden genauso ignoriert, wie kleine Verbesserungen. Franziska gehörte sicherlich zu dieser Gruppe. Genaugenommen, führte sie diese sogar an. Vielleicht müssen Journalisten auch so ticken. Die ganze Angelegenheit ging jedenfalls noch weiter. Obwohl ich gerade zum ersten Mal in meinem Leben in einen wahrscheinlich geladenen Revolverlauf geschaut hatte, ließ ich mich zur Teilnahme an weiteren Abenteuern anstiften. Hätte ich nur gewusst, was für ein Höllentrip bevorstand, ich hätte meine Seele nicht verkauft. Ich war über mich selber erstaunt. Aus Zuneigung wurde eine gewisse Art von Abhängigkeit.

*****

„Das Impressum im Internet ist falsch und die Adressen auch. Wie kommen wir weiter? Mich würde es wundern, wenn #nextParadise in der Schweiz sitzt. Dort wird nur das Konto sein, was dann schnell leergeräumt wird", äußerte ich meine Meinung, als ich, wieder halbwegs erholt, zusammen mit Franziska bei einem Tee im Sessel des ungemütlichen Wohnzimmers von Clemens Giesecke saß. Meine Gedanken kreisten um NextParadise, von dem ich nicht loslassen konnte.

„Da hast du vollkommen recht. Ich habe in den letzten Tagen recherchiert und habe einige Telefonnummern herausbekommen. Und jetzt halte dich fest: die sitzen in Ungarn. In Budapest." Franziskas Blick forderte meine Stellungnahme, als sie mir einen Zettel mit drei Telefonnummern hinhielt.

„Woher hast du die denn?" Ich starrte auf die Zahlenkolonnen, die mit jeweils +361 begannen.

„Journalisten haben da so ihre Quellen", sagte sie geheimnisvoll. „Ich habe in der Redaktion jemanden darangesetzt, der zu den drei Telefonnummern eine Adresse in Budapest ermittelt hat."

Ich stutzte. Es ging alles so schnell.

„Schau mal hier bei Google Maps. In diesem Haus sitzen die."

„Wer ist DIE?"

„Ich vermute diese NextParadise Mafia. Es sieht aus, wie eine Villa mit großem Grundstück und Zaun."

„Zeig mal." Ich nahm neugierig das Tablet und schaute mir die Gegend genauer an. Beim weiteren Heranzoomen wurde allerdings das Bild unscharf. Mir war auch nicht klar, wie alt die Satellitenfotos waren.

Ich schaute Franziska fragend an. Sie fasste mit beiden Händen meine Schultern und schüttelte mich leicht, als ob ich benommen sei.

„Das müssen wir uns näher ansehen", ereiferte sie sich. „Oder willst du, dass immer mehr Menschen abgezockt werden von diesen miesen Verbrechern." Der Ton war eindringlich und eine Oktave höher.

„Nein, aber was sollen wir denn tun?", antwortete ich etwas hilflos und fühlte mich überrumpelt.

„Ich will, dass wir den Mörder meines Onkels finden. Pass auf, Zven. Ich besorge uns Flugtickets nach Budapest. Du schaust dich schonmal am Samstag dort um, machst ein paar Fotos und dann beraten wir die weiteren Schritte. Du hast eine so tolle Kamera", ermutigte sie mich. Franziska war impulsiv und von ihrem eigenen Plan getrieben.

„Wieso ich? Warum fliegen wir nicht zusammen?"

„Ich habe noch eine wichtige Redaktionssitzung am Sonntag. Bei uns ist der Teufel los - wegen der Wahlen. Aber ich komme ein oder zwei Tage später dazu. Wir machen uns dann ein schönes Wochenende in Budapest. Ich freue mich so auf eine Auszeit mit dir."

„Keiner drängt uns. Wir können bis nach der Wahl warten und dann haben wir zusammen viel mehr Zeit", räumte ich ein.

Franziska rutsche nun wieder näher an mich heran, legte ihren Arm auf meinen und schob ihre Füße unter meinen Oberschenkel. Ihrem verführerischen Blick konnte man keinen Wunsch abschlagen.

„Weißt du, was mein Vater immer zu mir gesagt hatte, wenn ich anstehende Aufgaben verschieben wollte? Er war ein Freund der Poesie und zitierte folgendes Gedicht *Später*.

Wir reden später.
Ich rufe dich später an.
Wir sehen uns später.
Wir gehen später spazieren.
»Ich werde es dir später sagen. »
Wir verschieben alles, aber vergessen, dass "später" uns nicht gehört.
Später sind unsere Liebsten nicht mehr bei uns.
Später hören wir sie nicht mehr und sehen sie nicht mehr.
Später sind sie nur Erinnerungen.
Später wird der Tag zur Nacht, Kraft wird zur Macht, Lächeln wird zur Grimasse und Leben wird zum Tod.
"Später" wird "zu spät".

Mach es jetzt.
Leçon De vie"

Ich hatte ihrer sanften Stimme gebannt zugehört, dann innegehalten und sie schließlich in den Arm genommen. „Das war ein sehr schönes Gedicht."

Meine rechte Hand strich über ihre Wade langsam nach oben. Wieder einmal blieb die Zeit für uns stehen.

„Gut. Ich bin dabei", flüsterte ich. „Jetzt, nicht später."

Als ich am Samstagvormittag im Flugzeug nach Budapest saß, bereute ich zunächst meinen spontanen Entschluss. Mir war noch unwohl bei dem Gedanken an den „Banküberfall". Unter diesem Begriff hatte mein Gedächtnis den Vorfall abgespeichert. Dann dachte ich an meine junge Kollegin Leonie und an Franziskas Onkel und an all die anderen in Frankfurt und anderswo. Sie waren nicht nur um ihr Geld betrogen worden, sondern hatten auch teilweise mit ihrem Leben bezahlt. Viele Existenzen standen auf dem Spiel, wenn sie sich gegen den Betrug nicht wehren könnten.

Franziska hatte recht, wir mussten dieser Mafia, oder wer auch immer dahintersteckte, das Handwerk legen. Ich verlangte von mir etwas mehr Risikobereitschaft und ein wenig mehr Mut, auch wenn ich mir eingestehen musste, dass wir ein wenig planlos agierten.

*****

„Frau Giesecke, hier ist nochmal Kommissarin Bakri. Es gibt einige Ermittlungsneuigkeiten, die ich mit ihnen besprechen muss."

Es passte Franziska überhaupt nicht. „Frau Bakri, wir sind hier mitten in der Endredaktion. Es stehen die Wahlen an. Hat das nicht Zeit bis nächste Woche?"

„Nein, ich brauche ihre Aussage. Jetzt." Die Stimme klang energisch.

Franziska einigte sich mit der Kommissarin, dass man sich in der Redaktion treffen könne. Eine Stunde später war Ahlem Bakri auch schon da.

„Gehen wir hier in den kleinen Besprechungsraum?" Franziska zog die Innenrollos vor der Glaswand zu, um vor den neugierigen Blicken ihrer Kollegen geschützt zu sein.

„Frau Giesecke, es geht nochmal um den Tod ihres Onkels und um den Tod von dem Makler. Er hieß übrigens Gabor Nagy. Kannten sie ihn?"

„Gabor Nagy? Nein."

„Er ist ihnen nie begegnet?"

„Nein, warum sollte er?"

„Überlegen sie doch bitte noch einmal," und zeigte das Leichenfoto, was in den Lokalzeitungen abgedruckt war. „Durch unsere Ermittlungen haben wir nun von anderen Zeugen seine Telefonnummer erhalten." Die Kommissarin sah Franziska geheimnisvoll an. "Und wissen sie was? Die Ortung des Telefons ergab, dass es in der Mobilfunkzelle in der Nähe des Hauses ihres Onkels zuletzt eingeloggt war, das sie jetzt bewohnen. Was sagen sie dazu?"

„Dann scheint er dort vorbeigefahren zu sein. Vielleicht stellte er ihm aus irgendeinem Grund nach."

„Oder es liegt dort."

„Das kann nicht sein." Franziska drehte sich zum Fenster.

„Es geht noch weiter. Eine Interessentin hat bei einem Termin mit dem Makler von einer Wohnung Fotos bei einer Besichtigung gemacht. Die liegen uns nun vor. Und stellen sie sich vor: ich habe sie auf einem Foto erkannt. Zwar im

Hintergrund, aber trotzdem gut zu erkennen. Da ist unser kriminaltechnischer Dienst sehr zuverlässig."

„Was wollen sie mir unterstellen?"

„Sie haben an einer Wohnungsbesichtigung teilgenommen und zwar am 24. November. Dort haben sie den Makler Gabor Nagy, genannt Marvin mindestens gesehen."

„Hmm."

„Ich helfe ihnen. Es war die Wohnung, in der Gabor Nagy später tot aufgefunden wurde. Also geben sie doch zu, dass sie dort waren."

„Da muss ich in meinen Kalender schauen."

„Machen sie das. Und noch etwas. Die Obduktion hat ergeben, dass Herr Nagy nicht an einem Schlag auf den Kopf oder einen Tritt gegen den Brustkorb gestorben ist. Wir haben eine kleine Einstichstelle in der Oberschenkelvene gefunden. Er ist an einer Embolie gestorben."

„Was hat das mit mir zu tun?"

„Genau das will ich mit ihnen klären. Auf einem Foto der Zeugin ist Herr Nagy von hinten zu sehen. Er trug am linken Handgelenk eine Uhr. Diese Uhr, eine Montblanc Star Legacy, ist verschwunden. Jedenfalls haben wir sie bei dem Toten nicht gefunden."

Franziska biss sich auf die Unterlippe.

„Wir haben bei den Doppelkopf-Freunden ihres Onkels nachgefragt. Es war die Uhr ihres Onkels, der sie kurz vorher von der Reparatur abgeholt hatte."

Franziska sah Ahlem Bakri still an. Man sah, wie ihr Gehirn arbeitete. „Dann zeigt das doch nur, dass dieser Nagy meinen Onkel auf dem Gewissen hat. Er hat ihn ermordet und die Uhr geklaut."

„Es ist ein Indiz, kein Beweis. Aber ein sehr starker Ermittlungsansatz." Die Kommissarin stützte sich mit beiden

Händen entschlossen auf den Konferenztisch auf. Die Luft in dem kleinen Raum schien zu flimmern.

„Meine Fragen gehen noch in einer anderen Sache weiter. Sie haben neulich die Polizei über den Banküberfall in Sachsenhausen benachrichtigt. Die beiden festgenommenen Männer haben in ihrer Wohnung gewohnt. Ganz schön viele Zufälle, finden sie nicht? Vielleicht waren sie sogar an den Vorbereitungen beteiligt und hatten dann ein schlechtes Gewissen. Immerhin kennen sie die Aussicht aus der Wohnung bestens. Sie konnten den beiden beste Tipps geben, nur selbst wollten sie saubere Hände behalten. Haben sie die beiden verpfiffen, weil der Bankraub nicht korrekt ablief?"

Franziska sank auf dem Stuhl zusammen. „Nein, damit habe ich nichts zu tun. Was glauben sie?"

„Was ich glaube ist egal. Ich muss nur alle möglichen Wege ausloten. Wir haben die Männer verhört." Die Kommissarin blickte sehr ernst. „Es gab da noch eine andere Anzeige eines Arztes, der zusammengeschlagen worden war. Und scheinbar wollten die beiden ihr Geld von Gabor Nagy zurückholen. Einer der beiden hat zugegeben, Herrn Nagy bedrängt zuhaben, nachdem wir ihm nachweisen konnten, dass wir seine Fingerabdrücke an der Wohnungstür sichergestellt haben. Noch immer Erinnerungslücken? Die beiden Tateinheiten gehören also zusammen."

Franziska blieb stumm.

„Sie brauchen jetzt auch nichts zu sagen, Frau Giesecke. Sie können sich ihren Anwalt hinzunehmen. Ich habe hier einen Durchsuchungsbeschluss für das Haus ihres Onkels. Wenn wir dort die vermisste Uhr und das Handy von Herrn Nagy finden, dann erwarte ich eine Erklärung von ihnen. Bitte, nach ihnen. Fahren wir los. Meine Kollegen warten schon unten."

Sechs Beamte durchsuchten das ganze Haus und sogar den Sperrmüll. Schubladen wurden aufgerissen, Bücherregale abgeräumt und Wäsche betastet. Alle verbliebenen Umzugskisten wurden ausgepackt. Ein Polizist rief laut „Fund", als er im Schlafzimmer jede Ecke untersucht hatte. Ein entladenes Handy wurde in der unteren Schublade des Nachttisches gefunden und wanderte in eine Beweistüte. Franziska stand hilflos im Eingangsflur und beobachtete die Arbeiten.

Die Suche nach der Uhr dauerte länger und wurde schließlich abgebrochen. Sie befand sich möglicherweise nicht im Haus. Eine Montblanc Armbanduhr fand sich später im Handschuhfach ihres Autos.

Franziska wurde abgeführt und kam auf das Präsidium. Sie wurde nun nochmals vernommen.

„Und jetzt noch einmal von vorne", begann die Kommissarin das Verhör. „Sie können uns helfen, das alles etwas abzukürzen." Sie drückte auf den roten Aufnahmeknopf des kleinen Aufzeichnungsgerätes, das auf dem nüchternen Tisch stand. Der Raum hatte keine Fenster, war abgedunkelt, nur zwei Strahler erleuchteten den Tisch und die daran sitzenden Personen.

Franziska räusperte sich und schluckte laut. „Ja, ich war in der Wohnung zur Besichtigung. Dort habe ich diesen Makler Marvin gesehen und erkannte auch die Uhr meines Onkels an seinem Handgelenk. Sie ist ja ein ausgesuchtes Stück Handarbeit und auffällig. Außerdem hat sie auf dem Uhrendeckel eine persönliche Gravur." Sie biss sich auf die Lippen und fuhr mit der rechten Hand durch die Haare. „Ich dachte, ich sehe nicht recht. Hier stand der Mörder meines Onkels und führte uns freundlich durch eine Wohnung. Der Betrüger und Mörder machte einfach weiter, als sei nichts gewesen." Franziska drehte nervös eine Locke in ihrem Haar. „Ich bin dann raus aus der Wohnung und habe eine kurze Zeit überlegt, was ich machen soll. Nachdem alle Besucher weg waren, ging ich wieder hoch und wollte diesen Makler zur Rede stellen. Aber die Tür stand noch auf und er lag auf dem Boden. Im Flur. Ich habe gedacht, dass er tot sei. Den Puls habe ich nicht gefühlt. Ja, ich habe die Uhr und sein Handy an mich genommen." Es entstand eine kurze Pause. „Die Uhr ist ja auch mein Erbe, oder nicht? Mein Vater hatte auch so eine."

Die Kommissarin sah Franziska eindringlich an. „Und wie ging es dann weiter?"

„Ich bin sofort raus und bin in die Redaktion gefahren."

„Haben sie jemanden im Treppenhaus oder vor dem Haus gesehen?"

„Nein, nicht bewusst. Darauf habe ich aber auch nicht geachtet. Ich war im Schockzustand."

„Okay. Es könnte aber auch so gewesen sein: sie wollten Gabor zur Rede stellen, was ihnen zu gefährlich war, da sie sich nicht verteidigen konnten. Im Vorgarten, in der Nähe der Mülleimer, fanden sie eine Spritze. Zufällig. Vermutlich von Drogenabhängigen, die sich dort in der Nähe treffen. Sie haben die Spritze nur als Abwehrwaffe an sich genommen. Als sie wieder an der Wohnung waren, lag Gabor im Flur. Sie wollten ihm erst mit der Spritze drohen, realisierten aber, dass keine Gefahr mehr von ihm ausging. Und da er schon wehrlos am Boden lag, haben sie die Nadel vorsätzlich in den Schenkel gerammt. Genau die Stelle wo er ihren Onkel mit dem Schuss verletzt hatte." Die Kommissarin legte zum Beweis ein Detailbild des weißen Oberschenkels auf den Tisch und drehte es zu Franziska hin. Mit dem Finger tippend sagte sie: „Und zum Schluss haben sie vorsätzlich mit der Spritze Luft in den leblosen Körper reingepresst. Dann haben sie das Handy und die Uhr an sich genommen."

„Nein. So war es nicht", rief Franziska erregt und haute zur Unterstützung ihres Arguments mit der Hand auf den Tisch. „Nein. Ich war wie in Trance. Ich wusste nicht, was ich machen sollte. Ich habe ihm keine Spritze in den Oberschenkel gedrückt. Ich habe ihn nicht umgebracht."

„Aber er ist an einer Embolie gestorben, auch wenn sie es nicht wollten. Wo haben sie die Spritze entsorgt?"

„Nein. Kein weiterer Kommentar. Ich will einen Anwalt anrufen."

„Können sie gleich machen. Sie werden jetzt erkennungsdienstlich behandelt." Die Kommissarin klappte die Ermittlungsakte zu. „Wir werden das Gelände vor dem Haus, ihr Auto und das Haus ihres Onkels penibel nach Spritzen absuchen. Und wenn wir eine Spritze mit dem Blut von Gabor und ihren Fingerabdrücken finden, dann überlegen sie sich eine andere Story. Danke. Das wäre es fürs Erste. Sie sind vorläufig festgenommen und der Haftrichter wird entscheiden, ob sie in das Untersuchungsgefängnis kommen." Und zu dem Beamten an der Tür: „Abführen."

15. Ein folgenreicher Ausflug

Ich muss leider gestehen, dass ich zu diesem Zeitpunkt nicht mehr Herr meiner Sinne war. Ich war blind vor Liebe und ihr fast hörig. Ich hinterfragte auch nicht, woher Franziska die Adresse in Budapest hatte. Was für eine Dummheit. Aber ich wollte mir keine Blöße geben. Kein Angsthase sein. Kein gewöhnlicher, spießiger, konservativer Bürger. Zven Bergmann wollte auch irgendwann einmal ein Held sein, zu dem alle, oder mindestens Franziska, aufschauten. Seht her, da kommt der Mann, der dieser Mafia das schmutzige und hinterlistige Handwerk legte. Einer, der endlich mal die eingesetzte KI-Technik verstand und zum Wohle des richtigen gesellschaftlichen Nutzens einsetzte. Nicht die Polizei, sondern dieser verliebte Trottel hat sie alle zur Strecke gebracht.

Oh, war ich naiv. Scheinbar hatte Franziska die Kontrolle über mich erlangt.

Aber ich bettele an dieser Stelle nicht um Ihr Mitleid, lieber Leser, sondern nur um etwas Verständnis und Nachsicht.

*****

Geduldig wartete ich im Security Bereich des Frankfurter Flughafens auf meine Leibesvisitation. „Die Arme bitte anheben. Danke. Einmal drehen. Okay."

Ein grün aufleuchtendes Lämpchen ließ mich durch. Mein Handgepäck erwartete mich schon am Ende des Laufbandes. Überall stand Polizei mit Maschinengewehren und missmutigen Gesichtern. Ich beeilte mich, zum Flugsteig 23 zu kommen. Die Personenförderbänder zum schnelleren Transport nutzte ich trotzdem nicht. Die Menschen warteten in der kleinen offenen Halle auf das Boarding, das laut einer Durchsage mit 15 Minuten Verspätung starten sollte, da die Maschine gerade erst aus Paris kommend, gelandet sei. Ich schaute mir meine Mitreisenden abwesend an. Eine Schulklasse, telefonierende Business Typen mit Laptops und Touristen auf dem Hin- oder Rückflug. Gerade noch rechtzeitig fiel mir ein, dass ich mich wenigstens bei Mario abmelden sollte. Ich rief ihn an und sagte, ich sei auf dem Weg nach Saarbrücken zum Kunden *ImmoServ*, um unser Problem mit *Agent24* dem Management zu erklären.

Endlich startete das Boarding. Mein Onlineticket verriet mir, dass ich Class 4 sei und warten sollte. Holzklasse. Sei´s drum.

Mochte auch der Flug in dem Airbus 320 noch so ruhig sein, meine Gedanken waren auf dem Weg nach Budapest aufgewühlt. Was sollte mich dort erwarten? Die Sitze in der Economy-Class waren eng, sodass es mit meinem Sitznachbarn ein kurzes, aber unvermeidbares, Gerangel um die Armlehne gab. Rückzug. Ich gab auf. Über meine Earpods hörte ich auf der verbliebenen Flugzeit einen Wissen-Podcast. Eine gute Ablenkung.

Nach der sanften Landung nahm ich mein Handgepäck aus dem darüberliegenden Staufach und wehrte erste Vorwärtsdrängler hinter mir ab. Die Autovermieterstationen waren gut ausgeschildert und ich suchte einen leeren Schalter auf. Ein kleiner Opel Corsa brachte mich zu der Adresse, die wir auf Google Maps ausfindig gemacht hatten, nachdem ich mehrmals versucht hatte, mein iPhone über CarPlay mit dem kleinen Bildschirm zu verbinden. Fast hätte ich vergessen, ein paar Euro in Forint zu tauschen. Das Zielobjekt lag 30 Kilometer südwestlich vom Zentrum, in Tököl, nicht weit von der Donau. Tököl hatte schon dörflichen Charakter, mit einer kleinen Kirche und einem Sportplatz. Eine große steinerne Sonnenuhr und eine Gedenksäule waren hier scheinbar wichtige touristische Attraktionen, da große bunte Schilder darauf hinwiesen.

Ich mietete mich in einer kleinen Pension mit Frühstück ein. Zunächst wollte ich noch auf Franziska warten, machte mir aber schon Gedanken über die beste Vorgehensweise zu dem bevorstehenden unbekannten Abenteuer. Das typisch ungarische Paprikahuhn zum Mittagessen war hervorragend, was man von meiner Unterkunft nicht behaupten konnte. Das Zimmer war einfach, aber zweckmäßig eingerichtet. Ein Geruchsmixtur von Mottenkugeln und Desinfektionsmitteln lag in der Luft, an den ich mich aber schnell gewöhnte. Das Badezimmer war klein, hatte aber immerhin eine Badewanne. Es gab sogar eine kleine Küchenzeile mit zwei Herdplatten und einen Kühlschrank. Vermutlich stiegen hier eher Handwerker in der Woche ab. Jetzt war es sehr ruhig. In der Nachttischlampe leuchtete nur noch eine matte 25 Watt Lampe, obwohl der Lampenschirm zwei angesenkte Ecken aufwies. Gedankenverloren testete ich das weiche Bett und freute mich schon auf Franziskas Nachricht, sie am Flughafen abholen zu können. Ich bemerkte eine leichte Erektion, als ich an das sehr schöne bevorstehende Wochenende dachte. Um später mehr Zeit zu zweit genießen zu können, entschloss ich mich dazu, mit ersten Ermittlungen selber zu starten.

Ich stieg die steile knarrende Holztreppe nach unten. Die dickliche freundliche Vermieterin verteilte neue Gedecke auf den Frühstückstisch, als ich sie nach einem gewissen Marvin befragte, der hier in der Nähe wohnen sollte (oder könnte). Sie meinte, es gebe hier sehr viele Marvins. Ein typischer ungarischer Vorname. Ihre schlechten braunen Zähne versteckte sie hinter ihren nur leicht geöffneten rot geschminkten Lippen. Ihr gebrochenes englische Nuscheln, war daher schlecht zu verstehen. Ich lud ein Bild von der Frankfurter Nachrichtenseite auf mein Tablet und zeigte es ihr, die nun mit dem Abräumen des Frühstücksbuffet beschäftigt war. Sie erschrak über das weiße Gesicht, überlegte und verneinte.

„Nein, diesen Marvin kenne ich nicht. Wie heißt der denn weiter? Ist der tot?" Die Kommunikation blieb etwas umständlich, da ich beschlossen hatte, alles über die Translator-App in Ungarisch übersetzen zu lassen. Ich bejahte und murmelte einen unverständlichen Nachnamen.

„Also, der sieht jemanden hier ähnlich. Aber der hieß? Moment. Der hieß Gabor und nicht Marvin. Gabor Nagy, richtig. Der hatte mal eine Autowerkstatt hier."

„Hat er hier noch Verwandte?", fragte ich interessiert.

„Da müssen sie mal unten am Fluss in der Werkstatt fragen."

Gegen Mittag klingelte mein Handy und es war Franziska mit einer mir unbekannten Frankfurter Festnetznummer. Ich freute mich über ihren Anruf. „Wann landest du? Ich hole dich ab. Ich habe für uns eine kleine Pension in Tököl gemietet."

„Zven, mein Schatz. Es tut mir wirklich leid. Ich kann nicht kommen. Jedenfalls nicht in den nächsten Tagen. In der Redaktion ist die Hölle los. Es sind sechs Redakteure krank. Alle Magen/Darm." Ihre Stimme klang belegt. Wahrscheinlich total überarbeitet.

„Dann komme ich auch wieder nach Frankfurt. Dieser Marvin heißt mit richtigem Namen Gabor Nagy. Das habe ich …"

„Nein, du bleibst da, auch wenn ich im Moment nicht kommen kann", unterbrach sie mich und sprach dann flehentlich weiter: „Du musst die Sache #nextParadise zu Ende bringen, versprich es mir."

„Ich kann ja mal sehen, was ich hier ausrichten kann."

„Du schaffst das. Zven, du bist der Beste. Mache es für mich. Ich liebe dich."

Anstatt gegen diese unsinnige Aktion zu protestierten, schaute ich nur auf mein Handy in meiner Hand herunter. Also blieb ich und war auf mich alleine gestellt. Das kurze energische Telefonat hatte mich zunächst überrascht und dann frustriert. Meine geheimen erotischen Gedanken waren erstorben.

Ich schlenderte an diesem und am nächsten Tag zu dem besagten Haus. Es hatte Züge einer Villa, deren Baustil sich von den wenigen umliegenden Häusern stark unterschied. Vorbild Toskana. Die Villa lag etwas abseits in einer ruhigen Gegend. Die mit einigen Bäumen gesäumte Straße war eng und im schlechten Zustand. Es gab keinen Bürgersteig, dafür einige tiefe Schlaglöcher, und noch mehr große Pfützen. Die Villa war einigermaßen gepflegt, jedenfalls der große Garten, der durch eine höhere Mauer eingezäunt war. Nur durch einen Spalt rechts vom Tor konnte ich das Haus beobachten. Die Rollläden waren teilweise heruntergelassen, und wenn ich nicht einmal Licht gesehen hätte, hätte ich vermutet, die Bewohner wären im Urlaub. Ein Skoda mit Allradantrieb stand unbewegt in der Einfahrt vor einer Garage. Ich beobachtete das Haus von diversen Positionen aus, bis ich kalte Füße bekam. Für einen ersten Eindruck reichte es. Mit meinem Handy hatte ich die

Situation auf vielen Fotos dokumentiert. Ein weiterer Schritt zum Ziel. Aber was war das Ziel?

Wahrscheinlich kam ich so nicht weiter und überlegte mir den nächsten Planungsschritt. Auf dem Bett sitzend analysierte ich die Bilderserie, löschte einige, zoomte Ausschnitte größer und schickte vier Bilder zusammen mit einer Nachricht per WhatsApp an Franziska. In der Nacht überlegte ich mir den weiteren Schritt, damit ich nicht ergebnislos zurückfliegen müsste, denn bisher empfand ich das Zwischenergebnis meiner Exkursion als zu mager.

Am darauffolgenden Tag klingelte ich mutig vorne am Tor der Villa und wartete. Die Sprechanlage knackte und es meldete sich eine raue Frauenstimme. Vermutlich Raucherin.

„Ja?"

„Guten Tag. Mein Name ist Zven Bergmann. Darf ich Englisch oder Deutsch sprechen?"

„Deutsch ist okay."

„Ich bin ein Freund von Gabor Nagy. Sie kennen ihn. Ich möchte ihnen neue Nachrichten von ihm überbringen."

„Wer schickt sie?"

„Keiner. Ich komme aus Frankfurt, aus Deutschland. Ich habe mit Gabor zusammengearbeitet."

Das Klicken des elektrischen Toröffners zeigte mir, dass ich richtig lag. Ich atmete tief durch und versuchte, in lässiger James Bond Manier das Haus zu erreichen. Alle meine Sinne waren für die nächsten zwanzig Meter geschärft. Die Muskeln angespannt. Was kam nun?

An der Tür empfing mich eine Frau, Anfang fünfzig, mit schwarzen, streng zurückgebundenen Haaren und einem etwas fülligen Körperumfang, aber sehr gepflegt. Ihre Lippen waren augenscheinlich mit Botox aufgespritzt. Durch den geöffneten Türspalt konnte ich ihre knallrot lackierten Fußnägel in goldfarbenen Badelatschen sehen. Mit einer Hand und langen aufgeklebten Fingernägeln hielt sie die Tür einen Spalt auf. Mehrere dicke Goldringe klunkerten an ihrer Hand. Es roch förmlich nach Luxus und Geld.

„Was ist mit Gabor?", fragte sie scharf. Scheinbar hatte sie keine neuen Informationen über ihn. Ein Pluspunkt für mich.

„Wie gesagt, ich komme aus Frankfurt. Ich habe schlechte Nachrichten." Ihr fragender Blick kreuzte den meinen. „Gabor ist leider tot."

„Nein, das kann nicht sein." Ihre Stimme hörte sich erschüttert an. Ich zog das Bild aus der Innentasche meines Mantels.

„Ist das Gabor?"

„Oh mein Gott. Was ist passiert?" Erschrocken sah sie sich das kalte Leichengesicht an.

„Darf ich reinkommen?" Ich befahl mir, den Blick eines netten hilfsbereiten Handwerkers aufzusetzen.

Sie öffnete mir die Tür und ich betrat den Carrara-Marmorboden des großen Empfangflurs. In zwei Ecken standen riesige blau-weiß bemalte chinesische Vasen, die bestimmt über einen Meter maßen. Die Luft war übermäßig warm und es roch nach Lavendel. Es war still im Haus, bis ein riesengroßer Hund angelaufen kam und mich beschnüffelte.

„Der tut nichts." Ich hoffte, dass es stimmte.

„Darf ich fragen, wie sie zu Gabor stehen?"

„Ich bin Ilona. Er ist unser, äh, er ist unser Mitarbeiter."

„Ilona, ich bin ein sehr guter Freund von Gabor gewesen. Er hat mir alles anvertraut, über die Wohnungsplattform #nextParadise." Ich überlegte, was ich sonst noch von Leonie erfahren hatte. „Ich habe ihm häufig in Frankfurt geholfen und nun ist er vermutlich umgebracht worden. Vielleicht hat er von mir auch erzählt." Ich imitierte einen getragenen Tonfall.

„Umgebracht? Wann denn? Und wie?" Sie ging in einen Nachbarraum und setzte sich auf einen großen verzierten Holzstuhl. Die Einrichtung passte geschmacklich überhaupt nicht zum Erscheinungsbild des Hauses und zu ihr.

„Er starb an einem heftigen Schlag auf den Kopf. Aber es ist schon drei Wochen her."

„Drei Wochen? Und ich weiß nichts davon." Ihre brüchige Stimme wurde wieder härter.

„Ilona, mir geht es wie ihnen. Der Schock sitzt immer noch tief. Gabor war so ein netter Kerl. Ich suche den Mörder. Vielleicht können sie mir helfen?", sagte ich mit einer Mischung aus Besorgnis und Mitgefühl. Die Existenz des Hundes irritierte mich weiterhin.

Ilona schaute grübelnd aus dem Fenster und ging zu einem Haustelefon. „Tibor, kannst du mal in den Empfang kommen."

Die kurze Wartezeit verbrachte ich damit, dass ich mir Gedanken über die Rolle von dieser Ilona machte. War sie die Hausdame? Hatte sie eine wichtige Position? Dann erschien auch schon ein kräftiger, tätowierter Mann, der jünger als Ilona war. Das Hemd spannte sich um seinen Bauch. Die Ärmel waren aufgekrempelt. Er hatte lange schwarze gegelte Haare, die er zurückgekämmt hatte. An seinem feisten Hals baumelte eine schwere Goldkette. Nach seinem ganzen Erscheinungsbild, tippte ich auf Marke ehemaliger Kampfsportler.

Ilona erzählte kurz, wer ich sei und den Grund meines Besuches. „Und du hast das doch gewusst, oder? Warum hast du mir nichts erzählt?"

Tibor schwieg. „Ja, ich wollte dich nicht aufregen. Das Leben geht weiter und Gabor war weit weg." Zu mir gewandt sagte er noch mit Balsam in der Stimme. „Danke für ihren Besuch. Wir können nicht helfen. Gabor hat hier nicht gewohnt."

„Tibor, ich kenne das Geschäft. Wir können offen miteinander reden. Ich will nur den Mörder von Gabor finden. Das bin ich ihm schuldig."

„Sorry, wir können sie dabei nicht unterstützen. Wir haben keine weiteren Informationen." Tibor machte eine Handbewegung, die mich herausbegleiten sollte.

Ich versuchte es erneut. „Tibor, bitte, Gabor ist von einem Wohnungsinteressenten erschlagen worden. Soll der Täter nicht bestraft werden? Soll er einfach da draußen weiter rumlaufen?" Ich fragte mich, ob ich etwas raffinierter hätte vorgehen sollen. Wie könnte ich ihn aus der Reserve locken?

„Das soll die deutsche Polizei machen. Ihr Deutschen könnt das doch gut. Wir können nicht helfen. Also – bitte." Er grinste mich abschätzig an.

Nun kam meine letzte Chance. „Vielleicht brauchen sie auch noch technische Unterstützung für ihr Geschäft. Ich bin Informatiker, ich kann ihnen helfen. Das Geld liegt auf der Straße. Man muss es nur aufheben."

„Wir brauchen keine Hilfe." Die Antwort war bissig.

„Ähm. Moment. Ich kann eine Sprachanalyse von den Interessenten einbauen." Bloß jetzt nicht den Gesprächsfaden abreißen lassen, trichterte ich mir ein. *Denk nach, denk nach.*

„Wozu?"

„Na, sie können aus den Sprachfragmenten andere Nachrichten zusammenbauen." Ich wurde nun erfinderisch und das positive Ergebnis unserer Wohnungsannonce in Sachsenhausen ermutigte mich.

Tibor schwieg einen Moment. Ich sah, wie er nachdachte.

„Kommen sie morgen um elf Uhr wieder. Wir überlegen uns das."

Der ganze Besuch dauerte nur circa zwanzig Minuten. Ich hatte mich gut geschlagen – fand ich, aber womöglich war das bloße Einbildung. Ich war über mich hinausgewachsen. Beinahe hätte ich gelacht.

Als ich wieder in der Pension war, rief ich Franziska an, um ihr die Neuigkeiten zu erzählen. Aber ich musste mit der Mailbox Vorlieb nehmen. Auch auf meine WhatsApp mit den Fotos vom vorherigen Tag hatte sie bisher nicht reagiert. Wahrscheinlich war sie sehr busy und würde bald zurückrufen, doch sie tat es nicht.

Den ganzen Nachmittag und Abend überlegte ich mir, mit welchem kriminellen Geschäftsmodell ich diesen Tibor ködern könnte. Mit der Stimmenanalyse kannte ich mich aus, mit Verbrechen nicht. Ich rief schließlich Mario an, damit ich einen kompetenten Gesprächspartner hatte. Von dem konkreten Vorhaben und der neuen Situation erzählte ich nichts. Aber Mario war ein Kenner der Szene und hatte eine geniale Idee.

*****

Ich konnte die ganze Nacht nicht schlafen. Nach dem opulenten Frühstück mit Eiern, Speck und frischen Brötchen machte ich mir ein paar Notizen und fuhr schon um zehn Uhr los. Mehrere alte Bäume gaben mir Deckung. Aus dem Auto heraus bewachte ich die Villa und die Toreinfahrt. Um halb elf kam eine große schwarze Mercedes Limousine mit verspiegelten Fenstern vorgefahren. Das Tor rollte sofort auf. Ich rutschte in dem Autositz nach unten und konnte mit Mühe zwei Personen erkennen. Als sie das Auto verließen, kam dieser Riesenköter vorbei und begrüßte schwanzwedelnd die Männer.

Punkt elf Uhr klingelte ich und wurde von Ilona an der Haustür empfangen. Sie sah heute empfindsamer aus. Hatte sie geweint? Um Gabor? Ihre Augen waren rot und etwas geschwollen.

„Kommen sie mit in den Keller. Sie werden erwartet", sagte sie mit belegter Stimme und ging voran. Von dem Hund gab es keine Spur und das war mir sehr recht.

Der Keller war eigentlich kein Keller, sondern eine Arbeitsetage. Vermutlich gab es hier auch einen Serverraum. Ich jedenfalls wurde in ein fensterloses großes Besprechungszimmer geleitet. Tibor und vier weitere misstrauisch schauende Personen saßen dort, zwei davon sahen aus wie Personenschützer. Sie wurden mir nicht vorgestellt. Mein Handy wurde eingezogen, nachdem es beim Körperabtasten gefunden wurde.

„Guten Tag, vielen Dank für die Einladung", sagte ich konzentriert mit vermeintlich fester Stimme.

„Das ist Zven Bergmann aus Deutschland. Er hat mit Gabor zusammengearbeitet. Er ist IT'ler und auf der Suche nach einem neuen Job. Er wird uns seine Idee für ein Projekt vorstellen. Also?" Tibors Einleitung und Begrüßung war extrem kurzgehalten. Ich hatte wenig Zeit, die ganze Atmosphäre zu bewerten. Nicht einmal eine rudimentäre Gefahreneinschätzung konnte ich für mich erstellen.

„Also gut. Ich will sofort zum Kern meiner Idee kommen. Ich bin Informatiker und Experte in der Stimmenerkennung, also der Software zur Stimmenanalyse." Ich schaute in die Augen der kleinen Runde, die regungslos dasaß. „Ihr Unternehmen bekommt und speichert heute alle Daten zu Wohnungsinteressenten ab. Vermutlich werden die Daten auch verkauft. Wenn sie bei NextParadise auch die Stimme eines Interessenten aufzeichnen würden, dann könnte man mit Hilfe einer KI aus den Satzfragmenten andere Sätze und andere Inhalte zusammenbauen. Die Person sagt dann mit ihrer eigenen Stimme also etwas ganz anderes."

„Und wofür dieser Fake?", raunzte einer, der auch im Winter die Sonnenbrille auf den kurzen Haaren trug. Ich durfte ihn trotzdem nicht unterschätzen.

„Man kann damit zum Beispiel Familienmitglieder anrufen." Ich wartete kurz, damit die Spannung stieg. „Die Oma, die Mutter oder die Freundin wird dann von der originalen Stimme angerufen und behauptet, die Person braucht Geld, da sie einen Autounfall hatte, im Krankenhaus im Ausland liegt oder einen Anwalt nach einer Verhaftung braucht. In Deutschland gibt es diese Anrufe: Hallo Oma, hier ist dein Enkel. Oma, ich hatte einen Unfall und brauche Geld." Gespannt wartete ich auf Reaktionen.

„Und das klappt?"

„Ja, ein KI-System kann dann Smalltalk mit der originalen Stimme senden."

Eine lange Pause entstand.

„Genial. Die Affen sollen sich am Telefon um die Wohnung bewerben. Dann haben wir die Stimme. ...."

„.... Und ganz ohne Risiko füllt sich ihr Schweizer Konto", ergänzte ich und kam mir dabei vor wie ein Schwein. Und doch irgendwie stolz.

„Was willst du dafür haben?"

„Oh, ich kann einen Prototypen erstellen. For free. Dann will ich zwanzig Prozent der Einnahmen. Haben sie genug Rechenpower hier?"

Statt einer Antwort, schauten sich die anderen nur an, standen auf und verließen den Raum, bis ich nur noch mit Tibor alleine war.

„Dann fange mal an. Die anderen sind gespannt."

Ich wurde in einen anderen Raum geführt, in dem mehrere PC's und sehr viele Monitore aufgebaut waren. Alle Geräte waren bestens mit schnellen 16 Kern Prozessoren, 32 Gigabyte

Haupt- und rasend schnellem SSD-Speicher ausgestattet. Ein Mann kam herein und richtete mir einen Account ein. Ich blieb fragend zurück. Was sollte das? Sofort prüfte ich eine Verbindung zum Internet. Es funktionierten nur Downloads von bestimmten Technikseiten. Uploads von Bildern oder Mails waren nicht möglich. Eine Sackgasse.

Ich stand auf und blickte mich um. Neben dem Arbeitsraum fand ich eine Tür zu einer Toilette und Dusche, als würde hier nächtelang geschuftet. Daneben war ein großer Sicherungskasten installiert, der mit einem Schloss versehen war.

Vielleicht war es auch nur eine Art fachliche Prüfung, die mir bevorstand. Auf einem Blatt Papier skizzierte ich ein Ablaufdiagramm und eine Softwarearchitektur meiner Idee. Ob es schon Abend war, konnte ich nicht genau beurteilen, da ein Fenster fehlte. Dafür kam Ilona mit Essen und Trinken herein.

„Bin ich hier nun eingesperrt?", fragte ich sie genervt und nutzte ihre Anwesenheit als Komplizin.

„Nein, aber du sollst ein neues System entwickeln, sagen sie." Ein Hinweis, den ich eigentlich nicht gebraucht hätte.

„Ich könnte also jetzt aufstehen und gehen?"

„Heute nicht. Später schon. Tibor wird es dir sagen."

„Ilona, ich will den Mörder von Gabor finden. Ich habe den Eindruck, dass du das auch willst."

„Ja klar. Aber du musst Tibor überzeugen, dass du zu uns gehörst. Du musst Vertrauen aufbauen, denn wir sind eine große Familie."

„Okay, das mache ich. Solange ich keinen umbringen muss." Ich wartete die Reaktion ab und überlegte. „Der Mörder von Gabor ist einer von der Interessentenliste von der Wohnung. Er war Teilnehmer des Besichtigungstermins. Du musst mir diese Liste besorgen. Dann kann ich in Frankfurt mit meiner Arbeit beginnen. Oder komme ich hier über den PC an die Daten heran?"

„Mache deine Arbeit", war ihre kurze Antwort, die sich aber nicht ganz so überzeugend anhörte. „Tibor kann unberechenbar sein", warnte sie.

Später kam sie nochmal herein und brachte mir Wäsche, ein Handtuch und klappte ein Schlafsofa aus. Ich hatte mein Zeitgefühl verloren. Außerdem bemerkte ich, dass meine Konzentration abfiel und ich müde wurde. Dennoch war mein Schlaf sehr unruhig.

Am nächsten Tag arbeitete ich die Architektur der Softwarekomponenten im Detail heraus. Ich beschrieb sie grob, zeigte auf, welche Bibliotheken eingesetzt werden sollten, welche Hardwarevoraussetzungen zu schaffen seien und im Datenflussdiagramm spezifizierte ich diverse Datenpakete mit Pfeilen. Vermutlich verstand Tibor und seine Getreuen das alles nicht, aber egal. Im Haus war nichts zu hören. Ich traute mich trotzdem nicht aus dem Raum heraus. Sicherlich wurde ich per Kamera beobachtet und überwacht. Meine Erfahrungen mit Pistolenmündungen waren auf Jahre hinaus gesättigt.

Nach einer weiteren Nacht besuchte mich Tibor zusammen mit dem stummen IT'ler.

„So, nun erkläre uns mal deine Lösung zum Stimmensimulator", forderte er schnippisch. „Wir haben das System OMA genannt. Klingt doch gut."

Ich war gut präpariert, zeigte meine Skizzen, präsentierte die Architektur und beantwortete alle Fragen. Nach meinem ersten Eindruck, hatte Tibor angebissen.

„Für die Realisierung brauchen wir aber ein generisches neuronales Netz. Ich kann so etwas besorgen. Aber dafür muss ich nach Frankfurt. Es gibt dort eine Firma FIVE-Star, die sich auf KI-Anwendungen spezialisiert hat. Auch für Stimmen gibt es schon eine nutzbare Lösung. Das muss man nicht alles neu entwickeln."

„Gefällt mir gut. Wir werden überlegen."

Ich war über das Resultat enttäuscht. Die nächste Nacht brach an und ich bemerkte, wie ich langsam Panik bekam.

Am darauffolgenden Morgen kam Tibor erneut zu mir in den spärlich möblierten Raum. „Wir nehmen deine Lösung. Besorge den Rest. Wie lange brauchst du für den Prototypen?"

Hoffnungsvoll antwortete ich: „Zwei bis drei Wochen."

„Ich dachte, du machst das hier in den nächsten Tagen."

„Nein. So einfach geht das nicht. Das ist ein komplexes System und wir brauchen diverse Sicherheitsbarrieren, das niemand das System hacken kann."

Das zog.

Tibor überlegte, welches Risiko er einging. „Acht Tage sind genug. Wir sehen uns dann wieder. Hier ist dein Handy. Aber glaube nicht, dass wir dich aus den Augen verlieren. Wir sehen alles. Kein Gequatsche. Sonst folgst du Gabor. Der hat auch Geld unterschlagen und dachte, uns austricksen zu können."

Ich verstand die Drohung, nahm mein Handy, meine Jacke und wurde aus dem Keller nach oben begleitet. An der Haustür stand Ilona. Sie drückte mir kurz den Arm und sah mich intensiv an.

Kurz darauf saß ich in dem gemieteten Corsa und fuhr zu meiner Pension. Nur weg hier, bevor mich eine schwarze Gestalt zurückhalten wollte.

Als ich den Zimmerschlüssel aus der Jacke zog, fand ich einen kleinen Zettel in meiner Tasche, der mehrmals geknickt war. Erst dachte ich an ein Bonbonpapier. Ich faltete ihn auf. In kleiner sauberer Schrift stand dort:

Sonnenuhr rechts unten!

Ich konnte mir keinen Reim darauf machen. Was sollte das und wie kam der Zettel in meine Jackentasche? Hatte es mit meinem Besuch in der Villa zu tun? Ich kannte weder die Schrift, noch eine Sonnenuhr, bis mir ein Hinweisschild am Marktplatz von Tököl einfiel, auf dem auf diese lokale Attraktion aufmerksam gemacht wurde. Mein Detektivsinn erwachte erneut. Schnell machte ich mich zu Fuß auf und nach zehn Minuten erreichte ich diese vier Meter hohe Säule mit einer aufgesetzten eckigen Schale. Der lange nach unten gerichtetem Stab hatte Rost angesetzt. Jetzt, im Winter, war die Sonnenuhr außer Betrieb. Ich suchte am rechten Rand des Fundaments nach irgendwelchen Auffälligkeiten. Die vier Grabkerzen waren ausgebrannt und standen vermutlich schon Monate dort. Ich hob jede an, analysierte den verdreckten roten Plastikkorpus und stellte sie wieder zurück. Gebückt strich ich mit der rechten Hand über den rauen Beton. Dann spürte ich im hinteren Bereich eine kleine Öffnung, wo ein Stück Stein abgeplatzt war. Meine Finger erforschten die Größe der Lücke und plötzlich rutschte ein glänzendes Metallstück heraus. Ich blickte mich um und als ich bemerkte, dass mich keiner beobachtete, hob ich die kleine Platte auf und sah erstaunt auf einen USB-Stick in meiner Hand. Sofort ließ ich ihn in der Jacke verschwinden, klopfte mir die Hosenbeine sauber und lief mit schnellen Schritten zurück in die Pension.

Nervös schaute ich auf mein Handy. Schwarzer Bildschirm. Es war völlig entladen. Ich suchte das Ladegerät in meinem Koffer.

Langsam fing ich an zu zittern. Meine Lage hatte sich nicht wirklich verbessert. Ich war jetzt auf dem Radar von diesen Typen, die sicherlich vor nichts zurückschreckten.

Was sollte ich machen?

Was konnte ich machen?

Eine Woche Ruhe und dann? Verstecken? Wie lange? Sie würden mich bestimmt finden. Dabei wollte ich doch nur in Zufriedenheit leben.

Mein Smartphone meldete sich nach einigen Minuten mit einem vertrauten Gong. Die ersten zwei Prozent waren geschafft und das Betriebssystem lud. Ungeduldig starrte ich auf das bläuliche Display. Sofort rief ich die Mailbox an. 15 neue Nachrichten. Ich überflog die Nummern. Wo war die Nachricht von Franziska? Nichts. Nur Kollege Pascal forderte mehrmals meinen überarbeiteten Input für das Angebot und meine Chefin Chrissy fragte energisch, was los sei und ob es mir gut ginge. Der dritte Anruf von ihr klang bedrohlicher. Meine Tochter wollte vom Reiterhof abgeholt werden. Das war gestern. Warum meldete sich Franziska nicht? Ich rief sie an und landete wieder auf ihrer Mailbox. Mir kamen Zweifel. War ich in dem großen Spiel als der Verlierer abgestempelt? War Franzi etwas zugestoßen? Oder hatte gar Tibor einen Killer auf sie angesetzt? Ich traute ihm alles zu.

Abgelenkt von den frustrierenden Umständen, ließ ich mich auf das Bett fallen und schlief vor Erschöpfung ein. In meinem Traum waren Männer mit tiefen Brummstimmen hinter mir her, Bildschirme flackerten hell, bis ich meine Sinne verlor und Roboterhunde an meinem Körper nagten.

Schweißnass wachte ich auf. Es war dunkel. Es war Nacht.

Nach einem Glas Wasser konnte ich wieder einen klaren Gedanken fassen. Der zugesteckte Zettel und der USB-Stick fielen mir wieder ein, deren Herkunft ich Ilona zuschrieb. Wahrscheinlich war sie nicht in das Geschäftsgebaren eingeweiht. Jedenfalls nicht in alles. Schnell war der Laptop startbereit und ich klickte doppelt auf ein Excel-File-Symbol auf dem Stick. Ich spürte ein gewisses Zittern in meiner Hand. Ein Tabellenblatt mit über 500 Adressen öffnete sich. Nur kurz musste ich die Struktur und den Aufbau der Tabelle erfassen. Fein säuberlich waren hier alle Interessenten mit ihren Daten aufgelistet. Namen, Termine, Wohnungen, Kontaktdaten, Kaution. Mit dem Finger suchte ich auf dem Bildschirm und fand die Namen von Clemens Giesecke, Francisca Giseke und Leonie Kleinschmidt. Bei zweien stand die bezahlte Summe.

Was sollte ich nun mit diesen Informationen machen? Ich war alleine hier und außer meinem Handy und meinem Laptop hatte ich keine Werkzeuge zur Hand. Dann kam mir eine geniale Idee.

Ich kopierte alle Mailadressen aus dem Excel-File in mein Mailprogramm und schrieb:

Hallo und Vorsicht,

Du bist von NextParadise betrogen worden und hast viel Geld verloren? Ich auch. Und ich wehre mich nun. Mach mit und unterstütze mich.

Ich habe die Adresse von diesen Verbrechern herausgefunden. Sie ist in Tököl, 30 Kilometer südwestlich von Budapest in Ungarn. Die Gauner sitzen in einer Villa. Hier die GPS Daten: 47.303069, 18.947378. Ihr könnt das Haus bei Google Maps sehen.

Und sie planen noch weitere kriminelle Betrügereien. Das müssen wir stoppen.

Wir sind über 500 Betrogene. Wenn wir zusammenhalten sind wir stark. Die Polizei ist machtlos.

Hilf Dir selbst, sonst hilft Dir keiner.

Daher kommt alle in einer Woche, also am 16.12. vor diese Villa.

Wir protestieren laut.

Wir holen uns unser Geld zurück.

Wir sind es der Gesellschaft schuldig, dass diese Gauner zur Rechenschaft gezogen werden.

Ich baue auf Euch alle.

Euer
Zven

Ich überflog nochmals die Mail, die zugegeben nicht besonders originell formuliert war, aber ich hatte keine Zeit und mein Gehirn funktionierte im Moment im klobigen Überlebensmodus. Dann schickte ich sie an alle Betrogenen auf der Liste ab, und bat Leonie in einer weiteren Mail, diese Nachricht auch in der Facebookgruppe #nextParadise, weiter zu verteilen.

Hastig packte ich meine Tasche und fuhr zum Flughafen, damit ich dort meinen Rückflug erneut buchen konnte.

16. Aufstand

Noch auf der Landebahn in Frankfurt, schaltete ich erwartungsvoll als erstes mein Handy ein. Auf der Mailbox gab es keine Nachrichten. Als ich zuhause wieder etwas zur Ruhe kam und einen klaren Gedanken fassen konnte, kamen mir Bedenken, dass Tibor und seine Bande mein Handy mit einer Abhörsoftware versehen haben könnten. Mit großer Wahrscheinlichkeit war es auch so. Ich rief nochmals, aber wieder vergeblich Franziska an. Sie war mir in den letzten Tagen irgendwie fremd geworden. Allzu gut kannte ich Franziska nicht. Was wusste ich schon über sie? Wir hatten keine gemeinsamen Freunde und über ihre Vergangenheit hatte sie nicht viel erzählt. War es von ihr womöglich langfristig geplant gewesen, dass sie nicht mit nach Budapest kommen wollte und hatte sie mich nur vorgeschickt? Wollte sie mich, wenn auch nur für kurze Zeit, loswerden, damit ich nicht störte? Aber wobei? War ich der nützliche Idiot, der ihr gefallen wollte und nur auf eine kleine Gegenleistung pochte? In Menschen kann man sich täuschen, aber ich wollte nicht lockerlassen.

Ich fuhr zum Haus ihres Onkels. Vielleicht hatte sie einen Unfall und lag dort im Wohnzimmer. Aber in der langen Einfahrt stand kein Wagen, die Haustür war verschlossen und das Klingeln erbrachte keine Reaktion. Resigniert drehte ich um und fuhr kurzerhand in meinem Büro vorbei. Ich schlich mich ins Gebäude und war froh, als ich endlich an meinem Schreibtisch saß. Ruhe und Gewohnheit. So wie früher.

Ich rief in der Redaktion der Frankfurter Rundschau an und konnte mich noch rechtzeitig an den Namen eines Kollegen von Franziska erinnern. Joel, aber wie weiter? Mit einer ungewohnten Ausdauer fragte ich mich durch, bis endlich ein Joel in der Leitung war.

„Franziska habe ich hier auch nicht mehr gesehen. Vor einer Woche hatte sie hier einen Termin mit einer Kommissarin. Ich dachte, es geht um ihre Recherche, oder so.“

„Und seitdem ist sie verschwunden?“

„Also, ich habe sie jedenfalls nicht mehr gesehen. Sie ist in letzter Zeit oft unterwegs gewesen. Wir haben hier keine Anwesenheitspflicht.“

Ich bedankte mich und rief die Ahlem Bakri an, die einzige Person, die ich als Kommissarin kannte. Sie konnte mich sofort zuordnen. „Ah ja, Herr Bergmann, richtig, das war der Fall mit dem Banküberfall.“

„Ich bin auf der Suche nach Franziska Giesecke. Vielleicht können sie mir helfen. Ich hoffe, ihr ist nichts zugestoßen.“

„Herr Bergmann, ich darf am Telefon eigentlich keine Auskünfte geben. Nur so viel, sie ist in Sicherheit“, beruhigte sie mich. Nach einer kleinen Pause fügte sie leise hinzu: „Sie ist in Untersuchungshaft.“

„Oh, mein Gott! Was ist passiert?“, schrie ich reflexartig in das Telefon hinein und musste mich zurückhalten. Ich wusste nicht einmal mehr, was ich denken sollte.

„Keine Auskunft am Telefon.“

„Dann komme ich vorbei.“

Schockiert, und ohne eine Antwort abzuwarten, legte ich auf und fuhr sofort in das Polizeipräsidium. Den Rückspiegel hatte ich während der Fahrt permanent und ängstlich im

Blick. Mir folgte keiner. Trotzdem hatte ich das Gefühl, dass mir alles aus den Händen glitt.

„Kann ich mit ihr sprechen?", preschte ich gegenüber der Kommissarin vor.

„Es gibt zwar Besuchszeiten. Aber ich lasse sie holen. Warten sie in dem Vernehmungsraum. Und beruhigen sie sich, sonst kann ich ein Zusammentreffen nicht verantworten."

Ich nickte kleinlaut. Es dauerte lange zehn Minuten, bis Franziska eintrat. Ich erschrak, als ich sie sah. Müde und abgemagert stand sie mir ohne Körperspannung ungeschminkt gegenüber. So kannte ich das Energiebündel nicht.

„Was ist denn passiert. Wie geht es dir?" Natürlich wollte ich sie umarmen und trösten aber ein Polizist trat dazwischen und trennte uns sofort. „Keine Berührungen bitte. Und mindestens einen Meter Abstand."

„Zven. Danke, dass du gekommen bist. Es ist schrecklich und ein großes Missverständnis." Ihr Blick ging zum Boden und sie suchte nach den richtigen Worten. „Mir wird vorgeworfen, ich hätte diesen Makler Marvin oder Gabor mit einer Spritze getötet."

Sie erzählte dann den ganzen Umstand, den ich fassungslos anhörte. „Hast du einen Anwalt?", wollte ich wissen, als mein Verstand sich beruhigt hatte.

„Ja, natürlich."

Der Beamte zeigte uns mit der Hand noch drei Minuten Restzeit an.

„Und von seinem Handy hattest du die Adresse in Budapest?"

„Ja, das war alles sehr einfach. Ich habe das Handy entsperrt und die PIN geändert. Auf seinem Handy waren viele Fotos, kleine Sexvideos, Spiele und WhatsApp-Nachrichten. So ein fremdes Handy ist wie ein Blick in eine fremde Seele. Im

Telefonverzeichnis standen sehr viele Namen. Es gab eine Häufung von ungarischen Nummern. Dann brauchte ich nur noch die letzten Anrufe zu prüfen und die Spur führte nach Budapest." Franziska knetete ihre Hände. „Ich erkläre dir später alles."

Kurz fasste ich meine letzte Woche zusammen. Ich erwähnte auch, dass Tibor bemerkt hatte, dass Gabor Geld unterschlagen hätte. „Ich weiß aber nicht, um welche Summe es geht. Die beiden Bankräuber haben den bestimmt umgebracht, als sie merkten, dass er sie über den Tisch gezogen hat. Ich bin mir ganz sicher", fasste ich meinen Eindruck zusammen.

Franziska lächelte stumm und drückte meine Hand.

Beim Abschied durfte ich ihr einen flüchtigen Kuss geben, bevor mich der Justizangestellte nach draußen eskortierte.

*****

Nun war ich auf mich alleine gestellt und die Sache wurde immer vertrackter. So einfach kam ich aus der Nummer nicht mehr heraus. Daher beschloss ich, mir zwei Vertraute an Bord zu holen und versuchte Chrissy Zielke, meine Chefin, und Mario, meinen Mitarbeiter zusammenzutrommeln. Im Sekretariat erfuhr ich durch Ann-Katrin, dass Chrissy für drei Tage geschäftlich in London und dann bis Ende der Woche in Amsterdam sei.

Shit.

Unglücklicherweise hatte ich mir irgendwo eine Erkältung eingefangen. Kein Wunder, bei dem Wetter in Ungarn. Mein Kopf dröhnte und brummte. Schon am Morgen spürte ich beim

Schlucken einen ersten kleinen schmerzhaften Widerstand. Am Abend kochte ich mir einen Holunderbeersaft mit Zitrone und genoss das Getränk mit einem großen Schuss Rum, der meine kalten Füße beim Zubettgehen langsam aufwärmte. Beim Aufwachen konnte ich keinen klaren Gedanken fassen. Meine Glieder schmerzten. Ein in Wasser aufgelöstes Grippemittel und zwei weitere Schmerztabletten brachten mich wieder auf ein halbwegs normales Niveau. Am liebsten wollte ich zuhause bleiben, die Decke über den Kopf ziehen und schlafen.

Dann gab ich mir einen Tritt.

*****

Das große schwarze Taxi hatte Christine Zielke direkt vom Heathrow Airport in die Innenstadt von London gebracht und vor dem futurischen Bürogebäude aus Glas und Beton abgesetzt. Sie ging durch die große automatische Glasdrehtür und stand in einem riesigen, hellglänzenden Foyer, das sich wie eine überdimensionale Spirale in die Höhe schraubte und sich nach oben verjüngte. Aus der Kuppel hing ein riesiges fünf Meter langes Leuchtschild mit der Aufschrift *DeepTech* herunter, was dezent und langsam, aber permanent, die Farbe wechselte. Geschäftig liefen Menschen in Anzügen und Kostümen an ihr vorbei. Sie meldete sich an der großen steinernen betonfarbenen Empfangstheke, die vor einem sehr großen Bild eines schneebedeckten Berges stand, wahrscheinlich der Mont Everest. Rechts von ihr plätscherte ein Wasserfall, der in einen künstlichen Bach mündete, gesäumt von vielen Farnen und kleinen Palmen. Schon oft war sie in England gewesen. Beruflich und privat. Es war immer wieder eine komplett andere Atmosphäre als in Deutschland, obwohl London auch nicht England war. Diese Mischung aus Tradition, Business und vornehmer Zurückhaltung waren einzigartig. Hier wurden Trends für Mode, Kunst, Design, Architektur, Musik und Film gesetzt. Die Anziehungskraft war gigantisch. Und das *DeepTech* Gebäude war einzigartig. Chrissy fühlte sich irgendwie wohl in dieser technikbegeisterten Atmosphäre.

„My name is Zielke, from the German company FIVE-Star. I have an invitation from Mr. John Bradford." Der Angesprochene war Teil eines großen Teams hinter der Theke, die alle schwarz gekleidet waren. Er lächelte geschäftig und widmete sich kurz seinem Bildschirm.

„Yes, Miss Zielke. A warm welcome in London." Unvermittelt wechselte er in akzentfreies Hochdeutsch. „Sie stehen auch hier auf der Besucherliste. Das Meeting ist im zwölften Stock. Die Aufzüge sind dort drüben. Sie werden oben erwartet. Hier ist noch ihre Visitor Card. Einen erfolgreichen Aufenthalt bei uns."

Canary Wharf, nur 4 Kilometer von der City of London entfernt, hatte sich als blühendes Finanzzentrum in der Hauptstadt etabliert. Ursprünglich aus verlassenen Docklands entwickelt, hatte sich dieses Viertel einer bemerkenswerten Transformation unterzogen und stand nun als Symbol für Moderne und Fortschritt. Mit über 16 Millionen Quadratmetern Büro-, Einzelhandels- und Freizeitfläche war Canary Wharf zu einem lebendigen Geschäftszentrum geworden. Und Chrissy war nun mittendrin.

Der gläserne Aufzug war so gigantisch schnell, dass sie bei der Beschleunigung einen leichten Druck in den Ohren verspürte. Als die Tür aufschwenkte, sah Chrissy auf die atemberaubende ikonische Skyline mit kosmopolitischem Flair. Der Genuss war nur kurz.

„Hallo Christine", sagte eine freundliche Männerstimme, die John Bradford gehörte. „Nice to seeing you again. Thanks for your visit." Er reichte ihr die Hand und zeigte den Weg in den Meetingroom namens *Blueberry*.

„Wie war der Flug?"

„Kurz, London ist so nah."

„Und es regnet heute sogar nicht. Darf ich dir unseren Managing Director Sam Thompson vorstellen? Coffee?"

John erschien im weißen Hemd und Anzughose schlank und drahtig mit einer typischen englischen Ausstrahlung. Sam war wohl Amerikaner, von seiner Statur her etwas unbeholfener, mit mindestens 20 Kilo zu viel Gewicht, was sich über den ganzen Körper verteilte. Er hatte das Ende seiner langen Krawatte in seine braune Anzughose gesteckt.

Die beiden Herren setzten sich höflich auf die großen Ledersessel, nachdem sie Chrissy bedient hatten.

„Well, wo soll ich anfangen, Christine. Ich bin ein Freund offener Worte. Also. *DeepTech* ist ein zuverlässiger Finanzinvestor. Wir haben uns vor drei Jahren an deiner Firma FIVE-Star beteiligt. Wir haben mit unserem Investment von sechshundert Millionen Pfund das Rechenzentrum übernommen, was euren artificial intelligence Projekten in Deutschland zur Verfügung steht." Chrissy hörte gespannt zu. Sie hatte das rechte Bein übergeschlagen. Es begann zu wippen.

„Now. Wir wollen, oder besser wir müssen weiter investieren. Das Computing Center soll um die doppelte Rechenleistung vergrößert werden. Wir bauen an und kaufen neue Hardware. In Frankfurt steigt der Bedarf in den nächsten Jahren enorm. Ihr habt den weltweit größten Internet Knotenpunkt."

„Oh, good news." Chrissies Handy vibrierte stumm auf dem Tisch. Sie schaltete es aus und legte es zurück.

„Wait, wait. It´s not for free. Dafür muss FIVE-Star die computing power bezahlen."

Bisher hatte nur John gesprochen. Sam hatte Chrissy aus einer zurücklehnenden Sitzhaltung intensiv angesehen.

„Und an welchen Preis hat *DeepTech* gedacht?"

„Wir machen einen Full Service Vertrag." Sams Stimme war dunkel und tief. „Den Preis müssen wir noch kalkulieren. But full costs plus a small margin."

Chrissy zuckte. Damit hatte sie nicht gerechnet. „Dann können wir unsere Dienstleistungen in Deutschland nicht mehr so günstig anbieten." Ihr übergeschlagenes Bein wippte unbewusst heftiger.

„Ihr müsst eure Verträge nachverhandeln", sagte John mit bedauerlichem Tonfall und goss sich einen weiteren Kaffee ein.

„Sie müssen verstehen, dass die KI-Chips von Nvidia immer teurer werden. Hinzu kommen die hohen Energiepreise bei euch in Germany. Wie konnte eure Regierung nur die Atomkraftwerke abschalten? Stupid. Nur Wind und Sonne? Wir haben dann über 1,5 Milliarden Euro in Deutschland investiert. Computingpower ist gefragt. Außerdem bietet die Konkurrenz von Microsoft, Google und Amazon mit an. Und das sind nur die Großen. Ein großer neuer Markt entsteht. Run Faster. Run Smarter. Run Good. Level up your running game with AI-powered tracking." Sam beugte sich nach vorne und stützte sich mit beiden Armen auf dem Tisch auf. „Wir könnten auch in Norwegen investieren", fügte er betont leise hinzu und zog verschwörerisch eine Augenbraue hoch.

„Christine, pass auf. Sobald wir die Vollkosten haben, melde ich mich bei dir", übernahm John im moderaten Tonfall die Gesprächsführung erneut.

„John, ich kenne das Spiel. Ihr wollt Geld aus FIVE-Star herausholen. Erst heißt es, ihr bezahlt eine kleine Marge für

Computing. Wenn dann unser operativer Gewinn einknickt, sollen wir wieder bessere Zahlen liefern. An irgendwelchen Schrauben wird immer gedreht. So wird es laufen."

„Wir wollen FIVE-Star an die Börse bringen. Dazu stimmen die KPI's noch nicht. Mit deinen Anteilen wirst du sehr reich werden, stell dir das vor. Das IPO-Prospekt wird von unseren Banken schon vorbereitet. You know. Wir wollen an die NASDAQ in den USA. Verbessert die Kostenstruktur und die Verträge. FIVE-Star steckt zu viel eigenes Geld in die Forschung. Lasst euch das vom Kunden bezahlen. Oder holt das Geld aus Brüssel. Da gibt es genug Geldtöpfe, das brauche ich dir nicht erzählen." John's Ton hörte sich nun merklich energischer an. Ein Stich ins Unfreundliche.

„Die Projektanträge benötigen in Brüssel eine sehr lange Vorlaufzeit. Das weißt du."

„Die EU in Brüssel stellt vier Milliarden Euro mit dem neuen Programm *KI-Horizon* zu Verfügung. Da müsst ihr ran. FIVE-Star sitzt doch an der Quelle. Ihr braucht die nur anzapfen und das Geld abholen."

„Richtig. Diese Initiativen werden die Entwicklung der neuen Welle generativer KI-Technologien und ihre Einführung in wichtigen Industriesektoren der EU und im öffentlichen Sektor unterstützen. Aber 50 Prozent Förderung heißt auch, dass wir selber die andere Hälfte investieren müssen."

„Du weißt am besten, wie das geht. Kurzfristig musst du dann eben an die Gebäudemieten, die Gehälter, eure teure Autoflotte, was weiß ich rangehen. Change-Management. Alles gehört auf den Prüfstand. Wir brauchen eine Menge good news für den Börsengang. Die Börse will keine rundgelutschten und weichgespülten Firmen. FIVE-Star wird das neue Einhorn."

Sam und John standen, wie abgesprochen gemeinsam auf. Immerhin gaben sie Chrissy zum Abschied noch die Hand. „Der weltweite Druck nimmt zu. FIVE-Star muss robust, echt und hart im Business rüberkommen." Sams fleischiger Zeigefinger richtete sich nun auf Chrissy. „Ich glaube nicht, dass ich ihnen einen Fachvortrag halten muss, Christine. Ich bin nur ein begrenzt intelligenter Banker. Aber eure Lösungen basieren auf der *Transformer Architektur*. Die ist brachial. Gute Leistung, aber riesige Datenmengen bei sehr hoher Rechenleistung. That´s old fashioned. Es gibt heutzutage schon bessere Ergebnisse mit der *Long-Short-Term Memory Architecture* und KI direkt auf dem Chip. Das ist Innovation", betonte er langgezogen. „Das ist KI in der dritten Generation. Das ist Zukunft. Die Börse will diese Stories."

Chrissy wechselte den Blick mit John.

„Eine Architekturumstellung kostet sehr viel Geld und Zeit. Das wisst ihr auch." Sie bemerkte, wie sie sich in diesem Haifischbecken zunehmend unwohler fühlte.

„Wie lange willst du uns das noch erzählen?", wand John nun genervt und sogar aufbrausend ein. Er hatte seine schützende Fassade aufgegeben. „Das Zauberwort heißt Transformation. Und ihr müsst effizienter werden, agiler. Understand? Just think, execute and deliver. See you soon. I will call you a taxi."

Chrissy setzte sich wieder, als die beiden die Konferenzraumtür von außen schlossen. Erschöpft und alleine. Sie spürte ein leichtes Flattern in der Magengegend. Diese Arroganz des Engländers und ganz besonders des Amerikaners hatte ihre Nerven strapaziert. Der Tanz hatte begonnen. Sie kannte die Spielregeln allzu gut. *Wer nicht liefert, der kann gehen.*

Sie sah resigniert auf ihr Handy auf dem Tisch; zehn Anrufe in Abwesenheit. Drei davon trugen den Namen Zven Bergmann.

„Ich habe nun andere Sorgen, als dieses fuck *ImmoServ* Problemchen. Mann Zven, werde endlich erwachsen und komme zur Lösung.“

Sie nahm ihren schmalen Laptop aus der Tasche und begann eine Mail an alle Mitarbeiter zu schreiben. Im Betreff stand: „Call to Action.“

*****

Mehrmals hatte ich versucht Chrissy zu erreichen. Erfolglos. Immer meldete sich nur die Mailbox, der ich mein Vorhaben nicht anvertrauen wollte. Die Situation war zu kompliziert, als dass ich es mit ein paar Sätzen erklären konnte. Meine längere nicht kommunizierte Abwesenheit, hatte unser gutes Verhältnis arg strapaziert. Allerdings machte mir die starke Erkältung zu schaffen. Ich warf eine weitere Schmerztablette ein und spülte sie mit reichlich Wasser herunter. Das half, auch wenn meine Nase lief und das Kratzen im Hals blieb.

Später wollte ich Leonie mit in mein Action-Team holen. Zunächst musste ich Mario aufklären und überzeugen, mitzumachen. Es dauerte über eine Stunde, bis ich Mario die ganze Geschichte erzählt und seine Fragen beantwortet hatte. Er war geschockt und überlegte, ob FIVE-Star negativ davon betroffen sein könnte. Immerhin stand unsere Zukunft auf dem Spiel.

„Kein Problem. Ich habe mit Chrissy gesprochen. Sie ist gerade in London und hat grünes Licht gegeben“, log ich, ohne rot zu werden.

Dann präsentierte ich den Plan, den ich mir ausgedacht hatte.

Mario erstellte einen ersten Prototyp, der aus drei Anrufen im Call Center einen Drohanruf mit derselben Stimme simulierte. Ich war gespannt. Er hatte ein Script geschrieben und ließ es durch die Anrufer-Stimme täuschend echt vorspielen.

> Hallo Mama, ich hatte einen schrecklichen Autounfall. Ich bin bei der Polizei. Ich habe eine Frau überfahren. Schrecklich, ich habe noch nie so viel Blut gesehen. Ich brauche Geld für eine Kaution und für einen Anwalt …..

Die KI konnte sogar auf ängstliche Zwischenfragen des Angerufenen reagieren.

> Wo bist du denn mein Kind?

> Ich, ich bin hier bei der Polizei. Es ist alles so schrecklich. Ich gebe dir mal den Kommissar.

schluchzte die Stimme aus dem kleinen Lautsprecher.

„Wahnsinn. Super Mario. Aber dieser Tibor will womöglich selber sprechen", wand ich ein. Mir war es wichtig, dass die Ungarn selber kurze knappe Sätze in ein Mikrophon sprechen konnten und die KI dies in eine Zielsprache umformulierte. Alle anderen Lösungen wären zwar einfacher gewesen, aber hätten vor den misstrauischen Banditen keinen Bestand gehabt.

Ich rief Leonie erneut an und fragte, ob sie meine Mail auch bekommen habe.

„Ja klar. Wo warst du denn?"

„Genau an dem angegebenen Standort. Machst du mit?"

„Ich bin dabei. Der Aufruf ist auch schon in den sozialen Netzen viral gegangen."

„Sehr gut. Christine Zielke und Mario sind eingeweiht. Kein Wort zu niemanden. Kann ich mich auf dich verlassen?"

„Ja klar, Zven. Ich bin verschwiegen, wie ein Grab."

„Sehr gut. Ich habe eine spezielle Aufgabe für dich. Kannst du eine Kameradrohne fliegen?

„Nee, das habe ich noch nie gemacht."

„Kein Problem. Das ist ganz einfach. Ich besorge die Drohne. Die Steuerung geht mit dem Handy. Du hast noch zwei Tage Zeit zu üben. Das wird reichen." Ich hustete leicht und schniefte, da die Wirkung des Gesundheitsshakes nachließ.

Meine Gedanken drehten sich nur noch um dieses eine Event. Meine Umgebung nahm ich nicht mehr wahr. Ich befand mich in einem mentalen Tunnel. Mario bekam weitere Instruktionen von mir, als wäre ich ein militärischer Hauptfeldwebel in einem wichtigen Gefecht. Falls der Hund auftauchen sollte, hatte ich ein spezielles Leckerli vorbereitet.

Mit viel technischen Gepäck starteten wir endlich am Montag um sechs Uhr früh mit dem Auto Richtung Budapest. Knapp 1000 Kilometer lagen vor uns. Meinen Körper hatte ich mit Medikamenten zugedröhnt. So ging es, obwohl ich auf der Fahrt länger schlafen musste. Jedenfalls machte die Erkältung die Lage nicht weniger kompliziert.

Am nächsten Morgen stand ich mit dem Auto vor der Villa. Ich schaute mich um, sah aber nur vertrautes Gelände. Acht Tage waren vergangen, in denen ich vermutlich sehr genau beobachtet worden war. Bemerkt hatte ich aber nichts.

Offenbar waren doch Profis am Werk. Ich war nun zu 80 Prozent entschlossen, die nächsten Schritte zu gehen. Naturbedingt sprachen 20 Prozent dagegen.

Nachdem ich geklingelt hatte, ging das Tor kurz danach auf, damit ich mit dem Auto langsam einfahren konnte. Mario hatte die Befehlsgewalt *on the ground*. Hinter meinem Auto huschten zehn weitere junge Männer gebückt und flink durch das Tor. Ich gab ihnen Deckung. Mit dem riesigen Hund hatte ich nicht schon im Garten gerechnet. Er begann laut zu bellen. Schnell holte ich die kleine Fleischwurst mit dem Schlafmittel aus der Tasche und schob sie dem Hund in das Maul. Gierig schluckte er die halbe Wurst herunter und trollte sich mit der anderen Hälfte in den hinteren Teil des Gartens. Die anderen Männer verteilten sich nun jeweils hälftig nach rechts und links, hielten sich eng an der Hausfassade und warteten auf weitere Befehle. Das Tor schloss sich geräuschlos hinter uns.

Ich schleppte meinen Laptop in einer Umhängetasche und wurde mit meinem technischen Equipment von Ilona ins Haus gelassen, die mich an der Tür erwartete.

„Sie kennen sich ja aus", sagte sie mit trauriger Stimme. Unter ihren Augen fielen mir dunkle Ränder auf und die milchige Haut ihrer Arme erschien mir fahl und schlaff. Ilona machte einen ungepflegten oder mindestens vernachlässigten Eindruck auf mich.

„Ich habe den Mörder von Gabor gefunden", flüsterte ich verschwörerisch in ihr Ohr und wartete auf eine Reaktion. „Es waren zwei Bankräuber, denen er in die Quere gekommen war", murmelte ich mit einem komplizenhaften Blick. „Er hat sie beauftragt", dabei kickte ich meinen Kopf nach rechts, wo ein imaginärer Tibor stand. Ilonas Augen füllten sich mit Tränen. Ihre Ahnung hatte sich vermutlich bestätigt. „Danke für Alles", sagte ich leise und hob aufmunternd den Daumen, obwohl mir sofort darauf die Geste als unangepasst erschien.

Im Haus war es sonst ruhig und für mein Empfinden immer noch viel zu warm.

Im Keller hatte sich seit meiner Abwesenheit nichts verändert. Alles stand an seinem alten Platz. Ich baute die technischen Komponenten zusammen, machte einen kurzen Test und wartete gespannt auf Tibor und seine Leute. Nervös kaute ich an meinen Nägeln. Jedes kleinste externe Geräusch wurde von meinen Sinnen registriert.

Sie kamen eine halbe Stunde später und diskutierten noch miteinander. Ich hörte nur Schnipsel von „Was machen die da draußen?", bis sich alle setzten.

„Halt´s Maul. - Nun zu dir, mein Freund. Zeige uns mal, was du gemacht hast. Tibor ist ganz gespannt." Dabei grinste er drohend. Dieser gefährliche Blick war mir mittlerweile bekannt, was ich als sein aufbrausendes Naturell interpretierte.

Ich schluckte und konzentrierte mich auf mein aufgebautes Testlabor. Ich erklärte nochmals den ganzen Aufbau des Prototyps und forderte Tibor anschließend auf, in das Mikrophon zu sprechen. „Es können irgendwelche unzusammenhängende Sätze sein. Je mehr, umso besser. Aus dem Stimmmaterial kann ich dann andere Sätze mit der Originalstimme erstellen lassen."

Tibor zierte sich und schaute die anderen fragend an. Es fiel ihm wenig ein. „Hallo, wir haben einen Wasserschaden. Wann können sie kommen? Es ist dringend. Das Wetter ist egal. Mein Auto hat einen Platten. Wieviel Uhr ist es? Budapest ist eine schöne Stadt."

„Danke, das reicht schon." Ich drückte die Taste zum Starten des Systems, und sofort begann ein runder Pfeil zu kreisen.

Draußen wurde es merklich lauter. So laut, dass man es nun auch im Keller hörte.

„Was ist da los?", schrie Tibor. Und dann noch lauter „Ilona?" Tibor war ungehalten und ich konnte spüren, dass er selten Widerworte akzeptierte.

Ilona öffnete ängstlich die Tür und trat vorsichtig nur einem Schritt in den Raum, ohne die Tür loszulassen. „Da draußen auf der Straße sind Menschenmassen. Jedenfalls sehr viele Leute mit Transparenten. Eine Demo, vielleicht."

„Was ist das für eine kranke Scheiße. Die protestieren bestimmt gegen die Umgehungsstraße. Oder gegen die Regierung von Orban. Spinner gibt es überall. Mach weiter."

Ich kam nicht dazu. Fensterscheiben splitterten, ein Baumstamm wurde gegen die Haustür gerammt. Es roch nach Rauch. Ein Tumult brach los, als würde die Erde beben.

Draußen hatten sich fast 700 Leute versammelt und das Haus umstellt. Sie schrien, pfiffen und trampelten.

„Paradies ist mies. Paradies ist mies."

Das Geschrei war ohrenbetäubend. Einerseits folgte es einer einstudierten Choreografie, anderseits war es nur Tumult. Die Anspannung entlud sich. Mario wies die Menge an weiterzumachen, indem er mit seinen Händen auffordernd winkte. Seine beiden kleinen Truppen legten Atemschutzmasken an. Rote Pyrotechnik-Rauchfahnen wurden gezündet, dass es das Haus, wie im Frankfurter Waldstadion den Rasen, vernebelte. Die Mauer und das Tor waren nicht mehr zu erkennen. Über der Villa flog eine Drohne und filmte den Einsatz der Ultras. Der abziehende Nebel wurde sofort durch neue Zündungen aufgefrischt. Die Männer verständigten sich durch stumme Zeichen. Ein erneutes Bengalofeuer wurde abgebrannt. Eine zischende Rauchfackel strömte eine Minute lang aus der langen Farbpatrone mit Kaliber 25. Ein lila waagerechter Schleier bildete sich aus und waberte langsam um das Haus und wurde durch den Lärm angefeuert. Aus lila wurde gelb und blau, bis es in ein höllenrot überging, das nun aussah wie der Vorhof zum Fegefeuer.

Leonie stand etwas abseits an der nächsten Straßenecke, die etwas erhöht lag. Von hier hatte sie einen guten Rundumblick. Sie musste ihre Begeisterung in den Griff bekommen. Die Rauchdichte und Intensität der Farben hätten sie fast überwältigt. Mit einem Knopf im Ohr, hatte sie wichtige Aufgaben zu übernehmen und steuerte mit dem Handy die Drohne. Die 4K-Bilder kamen wackelig herein. Teilweise war durch den Rauch nichts zu sehen. Dann setzte die Bildübertragung ganz aus.

Shit.

Sie justierte feinfühlig den Funkkanal am Drehknopf nach und schaltete die Bildauflösung herunter. Jetzt war es besser. Und nun, aber nur kurz, gestochen scharf. Der kleine Bildschirm in ihrer Hand zeigte viele Informationen zum Flug an. Fast zu viele. Sie steuerte nun die Drohne elegant in eine Höhe von 20 Metern. Lautlos folgte das Gerät dem Befehl. Als eine rote Nebelsäule aufstieg und die Drohne in der Farbwolke versank, drückte sie schnell den imaginären Hebel auf dem Bildschirm nach oben. Das Bild wurde wieder klar. Sie überflog das Haus in hoher Höhe. Das spontane Manöver hatte fünf Prozent der Akkuleistung gekostet. Sie zoomte den Bildausschnitt mit dem Objektiv der Kamera heran. Auf der hinteren Hausseite kam nun eine kleine Terrasse in das Bild. Die Drohne senkte sich, verblieb aber im Abstand zum vernebelten Haus. Aus der Gartensicht analysierte sie die Fassade des Gebäudes. *War da nicht ein Nebenausgang?* Etwas näher heran. Schon befand sich die Drohne wieder im lila Nebel.

Zu gefährlich.

Also zurück.

Diese kritischen Situationen hatte sie nicht trainieren können.

Sie rief Chief-Commander Mario an. „Hinten im Garten ist eine Tür. Ihr müsst an der Garage vorbei. Vorsicht, da sind große Fenster. Man könnte euch sehen."

Mario quittierte die Aufklärungsinformation mit einem kurzen: „Check."

Die Drohne sank kurz herab und drehte mit einem schnellen Schwenk nach rechts ab. Jetzt hatte Leonie wieder eine bessere Sicht, allerdings kosteten die abrupten Kursänderungen Akkuleistung. Das kleine Batteriesymbol begann schon zu blinken. Vor dem Tor schrie eine Meute Menschen und die zwei kleinen Gruppen im Garten versteckten sich hinter Bäumen und an der Garagenmauer. Leonie konzentrierte sich, obwohl der Lärm immer noch ohrenbetäubend war. Es war ihre Aufgabe mit Hilfe der Drohne die Übersicht zu behalten und wichtige Informationen über den Einsatz weiterzugeben. Zu viele Eindrücke prasselten auf sie ein und ihr Stresslevel war am Anschlag. Sie kniff kurz die Augen zusammen. Was sah sie nun auf dem kleinen Monitor? Eine Person hatte sich aus der linken Gruppe entfernt und trug einen Stock bei sich. Sie steuerte die Drohne runter, um klare Sicht zu erhalten und zoomte erneut. Nein, es war kein Stock, es sah wie ein Gewehr aus. Und dieser Mann schlich gebückt in den linken Teil des Grundstücks, dort, wo es viele Büsche und Bäume gab. Leonie befahl der Drohne, die Situation aufzuklären und lenkte nach rechts. Jetzt nochmal heranzoomen. Wieder kam ein grüner Nebelschwaden dazwischen. Die Farbe des grün blinkenden Batteriesymbol änderte sich plötzlich in Rot und die Drohne kehrte automatisch zum Startpunkt zurück.

Ich konnte meine Präsentation nicht weiterführen, da Tibor und seine Leute nach oben stürmten. Jetzt war es wichtig, dass ich mich in Sicherheit brachte. Aus meiner Tasche holte ich eine gelbe Warnweste, die ich unter mein T-Shirt schob. Mein abgesprochenes Erkennungszeichen. Dann schlich ich auch die Treppe nach oben und prüfte die Lage.

Es wurde noch lauter.

Aus dem Fenster blickte ich auf eine leuchtende gelbe Wand. Es zuckte und flackerte.

Keine Chance zur Flucht.

Ich sah Tibor, wie er eine Waffe aus einer Schublade holte und die Haustür einen Spalt öffnete. Plötzlich brach sie von außen auf und er taumelte zurück. Ein, zwei, drei Schüsse. Aber ohne Ziel. Wenn es eine Warnung war, dann führte sie dazu, dass niemand hereinkam.

Ich behielt die Haustür im Auge und die Frage beschäftigte mich, ob ich hier ein sicheres Schlupfloch finden könnte.

Im nächsten Moment strömte Pyrogestank mit leichten Nebelfäden hinein.

Die anderen waren abgelenkt. Die Situation sehr undurchsichtig.

Hastig drehte ich mich rum, beobachtete die Szenerie aus dem Augenwinkel und tastete mich zwei Schritte vor. Intuitiv testete ich zwei andere Türen.

Alle verschlossen.

Das Chaos nahm weiter zu. Tibor und die Männer schrien durcheinander. Winkten. Befehlten. *Wem?* Augenscheinlich waren sie total überfordert.

Wer war nun der Chef?

Dann hörten wir auch im Haus eine Sirene. Ein Martinshorn, was schnell lauter wurde. Die Feuerwehr rückte scheinbar mit an. Durch den nun gelben Dunst zuckten blaue

Blitze. Mir kam der Gedanke an ein monströses Fotoshooting – der völlig fehl am Platz war. Soweit ich die Lage mit einem Blick durch ein Fenster ausmachen konnte, folgten zwei Polizeiwagen.

Gut.

Ich hatte keine Ahnung, ob Mario und Leonie die Situation im Griff hatten. *Wo waren sie? Konnten sie den Zustand noch kontrollieren? Hatte Leonie mit der Drohne die Übersicht?*

Plötzlich spürte ich einen kalten Gegenstand in meinem Nacken und begann zu zittern.

„Du hast uns verarscht."

„Ich habe nichts damit zu tun", flehte ich mit zittriger Stimme.

„Quatsch nicht. Hör auf mit dem Gesülze. Ich schneid dir die Eier ab", blaffte er mich drohend an. „Solche Zufälle gibt es nicht. Leute, alle nach hinten."

Tibor zerrte mich mit zum Hinterausgang. Ich ließ es mit mir geschehen, da er brutal und unzurechnungsfähig war. Er schien, die Befehlsgewalt wiedererlangt zu haben. Aber auch hier qualmte es gelb, rot und blau. Ein Geschrei, wie Befehle.

Es wurde dunkel.

Blitze zuckten.

Ein entferntes Hubschraubergeknatter wurde lauter und kam immer näher. Sein gleißend heller Lichtstrahl war nach unten gerichtet und erhellte die gespenstische Szenerie von oben. Die Rotoren durchwirbelten das rot-blau-gelbe Farbgemisch über dem Haus. Kurz schien es, als wenn es aufklart, aber dann kamen neue und stärkere blaue und gelbe Rauchfahnen vorbei.

Keine Sicht.

Tibor hatte weiterhin Probleme, die sich schnell ändernde Situation zu erfassen. Ich spürte seinen harten Griff an meinem Arm und seine Pistole in meiner Seite. „Los zurück, nach unten."

Ich wehrte mich erst energisch, dann zögerlich.

Auch um Zeit zu gewinnen.

Die anderen trampelten in den Keller. Tibors zornig funkelnde Augen blickten mich an. „Geh, oder ich knall dich ab." Einige verschwitzte Haarsträhnen hingen ihm ins Gesicht, das nun rot aufgedunsen war.

Er sah aus wie ein Irrer.

Seine Augen traten angsteinflößend hervor.

Aber ich wusste nicht, was dann im Keller geschehen sollte. Hier oben befand ich mich in der Nähe eines Ausgangs und der Fenster, was für eine mögliche Flucht vorteilhaft war. Mutig blieb ich in dieser toxischen Atmosphäre stehen, obwohl mein Körper rot, mindestens dunkelgelb meldete.

Der Mann mit dem Gewehr suchte Deckung hinter den Büschen. Gebückt und flink wechselte er von Baum zu Baum und kam so dem Haus immer näher. Er war sich nicht sicher, ob überhaupt irgendjemand in diesem ganzen Chaos von ihm Notiz nehmen würde. Klar kannte er den Einsatz der Drohne, aber was sollte die schon ausrichten? Nur kurz vernahm er das Schwirren der Drohnenpropeller. Als er hochsah, schwenkte sie gerade zurück zur Straße. Seine Position war nun aussichtsreicher, da er durch das große Fenster Personen erkennen konnte, die sich nah am Hinterausgang befanden. Er hielt keuchend inne und dachte an seinen Bruder Nico und dessen Unfalltod. Das Ganze musste nun gesühnt werden. Er fühlte sich nicht nur mitschuldig, er war es. Pavle´s Schwägerin Elena hatte auch diese Mail erhalten, wo es um die Organisation dieser ganzen Veranstaltung ging. Seinen Entschluss dem Aufruf der Paradies-Geschädigten zu folgen, hatte er schnell getroffen. Das war er seinem Bruder schuldig.

Es war eine gute Gelegenheit. Nun hatte er sich seine Chance erarbeitet und wartete auf die ultimative Gelegenheit. Pavle sah, wie ein scheinbar geistesgestörter, schwitzender Mann einen anderen mit einer Waffe angriff. Er beschloss, weitere zehn Meter Boden gutzumachen und Deckung hinter einer Wassertonne zu nehmen. Ein gelber Schwaden zog an ihm vorbei und gab zusätzlichen Schutz.

Tibor zerrte an meiner Jacke, dem ich trotzig widerstand. Ein weiterer böser Blick traf mich, bevor er mir jähzornig vor das rechte Knie trat, dass ich laut aufschrie. Der Schmerz war höllisch. In meinem Kopf blitzte es.

„Ich kann noch besser. Dann wirst du es bereuen jemals hier gewesen zu sein", ätzte er laut schreiend.

„Du kannst mir nicht drohen", stöhnte ich vor Schmerzen prustend, „ihr habt keine Chance. Die Polizei ist schon da, mit sehr vielen Leute und das Haus ist umstellt." Nur mühsam konnte ich mich auf den Beinen halten.

„Du Dreckskerl hast uns die alle auf den Pelz geschickt. Scheiße, dass ich darauf reingefallen bin. Aber es ist nicht zu spät." Im nächsten Moment richtete er mit einem Ruck die Waffe auf meinen Kopf.

„Das musst du bezahlen. Mich verarscht man nicht." Mit dem Wortschwall schleuderte er mir widerliche Speicheltropfen entgegen. Meine Augen quollen vor Angst hervor und mein Herz raste unmittelbar auf Hochtouren.

Ich wollte nicht sterben.

Nein.

Es war doch ein so guter Plan.

Wo blieben die anderen? Wo die Polizei?

Es ging um Sekunden.

Ich sah in seine verwirrten Augen, die sich zu kleinen Schlitzen verengten und dann in die schwarze Mündung der

Waffe. Tibor senkte langsam die Pistole, als ob er den nächsten Schritt genau planen müsste. Scheinbar überdachte er die Konsequenzen. Hoffnung war so ein schönes Wort.

Meine positive Perspektive dauerte nur kurz. Denn er hob die kalte Waffe erneut an, als wenn er nach intensiver Abwägung nun mutig ein neues Ziel anvisieren wollte. Was hatte sich dieses kranke Hirn überlegt?

Ich schloss demütig meine Augen und faltete die Hände. Mein ganzes Leben war in eine tödliche Sackgasse geraten, aus der ich nicht herauskam. Mir war zum Heulen zumute.

„Bitte nicht. Bitte," flehte ich weinerlich. Unkontrolliert begann mein Körper zu zittern. Nur mit Mühe konnte ich aufrecht stehenbleiben.

Sehr wacklig.

Die Schmerzen waren vom Adrenalin ausgeglichen worden. Dafür meldete sich mein Darm, wurde aber vom Gehirn zurückbeordert.

Mein Kopf senkte sich automatisch.

Willenlos.

Extreme Stresssituation.

Pavle hatte die Szene beobachtet und genau studiert. Es waren viele Personen gegen einen, der, wie zur Exekution freigegeben, auf den Knien lag. Er machte ihn als Zven aus. Er meinte, sogar Stimmen aus dem Haus gehört zu haben. Jedenfalls hatte er *Dreckskerl* und *Polizei* verstanden. Als der Verwirrte mit dem dämonischen Blick seine Pistole erhob, nahm Pavle sein Gewehr in den Anschlag und zielte.

Ich hörte den Schuss. Oder waren es zwei? Eine Fensterscheibe zerbarst mit einem lauten Knall.

Ein Zucken durchfuhr meinen Körper.

Ich brach zusammen.

Alles schwarz.

„So ist also Sterben", dachte ich, „jetzt ist es gleich vorbei."

Kurz tauchte Franziska engelshell aus dem Dunkel auf.

Aber das Sterben dauerte lange. Zu lange. Und es kam kein neuer Schmerz hinzu.

Da gab es noch Gedanken.

Sogar ein Bewusstsein?

Ja!

Als ich verwundert die Augen langsam öffnete, sah ich Ilona, wie sie eine Pistole in der rechten Hand langsam senkte. Ihr verstörtes Gesicht mit den weit aufgerissenen Augen, verriet eine gewisse Befriedigung, wobei ihre Haare an der Stirn klebten.

Tibor lag wie ein verrenkter Sack neben mir.

Blut spritzte aus seinem Körper und sprudelte nun auch noch durch seinen leicht geöffneten Mund. Er hielt instinktiv seine Hand auf den Einschuss am Bauch, konnte aber keinen Druck aufbauen. Sein Gesicht zeigte keine Anzeichen von Schmerzen, eher Verwunderung. Sprachlos und erstaunt blickte er Ilona an. Aus einem weiteren Einschuss am Oberschenkel spritze auch Blut.

Emotional völlig erschöpft kroch ich zur Wand, lehnte mich sitzend an und schaute erstarrt Tibor beim Sterben zu. *Ich bin immer noch am Leben*, sagte ich zu mir selbst verwundert.

Ich musterte hilflos mein Gegenüber. Tibors Kumpanen brauchten einige Zeit, um die neue Situation zu erfassen.

Gleichgültig ließ Ilona die Waffe auf den Boden fallen und lehnte sich total erschöpft an den Türrahmen.

„Du hast meinen Sohn auf dem Gewissen", murmelte sie in einem Ton der inneren Zufriedenheit. „Und du wolltest noch nicht einmal Rache. Du Schuft. Fahr zur Hölle, du Schwein."

Zwei der anderen zwielichtigen Gestalten stürzten sich auf die Frau und rissen sie auf den Boden, was sie ohne Gegenwehr mit sich machen ließ. Ich sah ihre Pistole, die nur einen Meter vor mir lag. Ich robbte langsam hin und kickte sie mit dem rechten Fuß unter einen Schrank. Dann sah ich auf den toten Tibor, dessen Körper zwei Löcher aufwies unter denen sich jeweils eine große Blutlache gebildet hatte, die langsam und träge zu einem dunkelroten See verschmolzen.

Im selben Augenblick wurden die vordere und die hintere Tür gleichzeitig aufgestoßen. Es knallte und knirschte. Mehrere Polizisten strömten in einer abgestimmten Formation herein. Ich hörte nichts. Mein Gehirn unterdrückte die Aufnahme des Lärms. Ilona und den anderen wurden Handschellen angelegt. Da ich humpelte, stützte mich ein Polizist und begleitete mich aus dem Haus. Draußen war es immer noch nicht klar, obwohl der Hubschrauber den Nebel zur Seite geblasen hatte. Mario kam auf mich zugestürmt und wir umarmten uns. Ich war zu ausgelaugt und erschöpft, um meine Freude richtig zu zeigen. Nach einem Moment rollten mir dennoch Freudentränen über die Wangen.

Leonie hatte die Drohne sicher gelandet, sah mich mit Mario vor dem Haus und rannte auf uns zu. Wir drei lagen uns in den Armen. Keiner sagte etwas, weil jeder wusste: es ist vorbei.

Pavle warf zufrieden das Gewehr nach dem Schuss in die Wassertonne und gesellte sich zu den anderen. In dem Tumult fiel nicht auf, dass er sich abgesondert hatte. Er hatte sein Vorhaben zu Ende gebracht und das Resultat war besser, als er es jemals vorher gewagt hatte zu planen.

17. Existenz

Nach einem ausgiebigen Verhör der ungarischen Polizei, wurden wir nach vier Stunden alle wieder mit der Auflage freigelassen, das Land sofort zu verlassen. Ich hatte auch kein Bedürfnis, länger in Budapest zu bleiben. In meiner Aussage sprach ich immer von einem Schuss, den Ilona abgegeben hatte und konnte die polizeilichen Nachfragen zum zweiten Schuss nicht nachvollziehen. Der Schock über meinen fast bevorstehenden Tod saß tief und mein Leben hatte auf Messers Schneide gestanden. Ich wollte nur noch nach Hause in mein Bett und möglichst alles vergessen.

Auf der Rückfahrt am Freitag war es im Auto sehr still. Weder Leonie, noch Mario fühlten sich als Helden. Gottseidank hatte es nur einen Toten gegeben. Es hätten auch mehr sein können. Aber #nextParadise hatte nun schon den vierten Toten auf dem Gewissen. Wir fuhren an Wien vorbei, passierten nach weiteren drei Stunden problemlos die Grenze nach Deutschland und Leonie übernahm das Steuer. Ich schaltete das Radio ein. Bayern 3. Nach einigen Musikstücken vernahm ich einen kurzen Sportbericht:

…hat es Bayern München am Mittwoch nicht geschafft, die groß aufspielende Eintracht zu stoppen. Das zwei zu null geht leider völlig in Ordnung. Fahrig und unkonzentriert, mit viel zu vielen Abspielfehlern und einer schwachen Offensive …..

Erst jetzt fielen mir der Geburtstag von Ludwig und die zwei Tickets wieder ein.

Verdammt, ich Idiot. Erschöpft wählte ich die Mobilnummer meines Sohnes. „Hey Ludwig, mein Großer. Herzlichen Glückwunsch, nachträglich." Stille. „Ich war in einem großen Angebot vergraben. Sorry. Wir hatten viel Stress. Aber wir gehen bald zusammen zum Fußball. Versprochen. Okay?" Meine Stimme klang nicht nur verwaschen, sie war es, obwohl ich mich konzentrierte. Ludwig murmelte nur ein desinteressiertes *Danke*, was entweder auf eine enorme Enttäuschung oder auf meine unpassende Störung zurückzuführen war. Da war man sich bei Jugendlichen nie sicher. Ich fragte noch, ob er mit seinen Kumpels gefeiert habe und wer dagewesen sei, bemerkte aber bei ihm und mir, dass wir gerade in ein Kommunikationsloch gefallen waren.

Letztlich, am Ende des Tages, war ich nur noch für ein warmes Bett dankbar.

Ich schlief 14 Stunden am Stück. Mein Körper und mein Kopf wollten einfach nicht mehr. Mental und physisch hatte ich eine neue Grenzerfahrung erlebt.

Fix und fertig.

Entkräftet.

Nur noch Ruhe.

Nach einer kalten erfrischenden Dusche, versuchte ich Franziska am späten Samstagvormittag zu erreichen. Sie hob ab und wir verabredeten uns zum späten Frühstück in Clemens Haus.

„Guten Morgen Zven", sagte sie dünn, als sie mir die Tür öffnete. Ich schaute sie lange an und trat ein. „Du hast es vollbracht. Danke." Ein Kuss versöhnte mich. Franziska sah erschöpft und blass aus. Vielleicht lag es auch an dem viel zu großen Pullover, dessen Ärmel über ihren Händen hing, oder an dem fehlenden Lidschatten.

„Wo warst du die ganze Zeit?", fragte ich, obwohl ich meiner Stimme nicht vertraute. „Ich habe dir Blumen mitgebracht."

„Vielen Dank, ich weiß gar nicht, wann ich das letzte Mal Blumen bekommen habe. Komme erstmal rein. Ich habe frischen Kaffee und Croissants. Möchtest Du?"

Ich legte meinen Mantel ab, zog die hohen Stiefel aus und setzte mich zu Franziska in die Küche.

„Es stimmt. Ich bin dir eine Erklärung schuldig", sagte sie und goss mir dampfenden Kaffee in einen großen Becher ein. Der Küchentisch war schön gedeckt und mein kleiner Blumenstrauß stand nun zwischen dem Käse- und Aufschnittteller. „Möchtest du ein Frühstücksei oder ein Rührei mit Speck? Du siehst abgemagert aus."

„Ein Rührei wäre toll." Ich nippte an dem Kaffeebecher, während sie drei Eier aus dem Kühlschrank nahm und Schinken in der Pfanne briet.

„Die Polizei hat mich länger festgehalten. Das war der Grund, warum ich nicht kommen konnte. Es ging um den Tod von Marvin oder Gabor oder wie der auch hieß." Sie schlug die Eier in eine andere Pfanne und quirlte geschickt die flüssige Masse mit einer Gabel auf.

„Aber Shanty und Co haben den doch auf dem Gewissen. Was hast du damit zu tun?"

„Ja, aber ich war auf einem Foto bei einer Besichtigung zu sehen. Am Tag seines Todes und am selben Ort. Die Polizei wollte alles genau wissen und JA, ich war da. Gabor hat meinen Onkel umgebracht, verstehst du? Ich habe ihn an der Uhr mit der Gravur erkannt. Er trug die Uhr meines Onkels am Arm."

„Das war dann aber ein langes Verhör", brachte ich sarkastisch hervor.

„Ich soll ihn getötet haben, behauptet jedenfalls die Polizei." Franziska drehte sich zu mir um.

„WAAS? - NEIN. - DU? - Wie denn?"

„Aus Rache mit einer Nadel."

„Eine Nadel? Wie soll das denn gehen? Er hat den Tod verdient. Die haben viele Menschen betrogen und dann noch deinen Onkel auf dem Gewissen." Ich machte eine Pause. „Und? Hast du?"

„Ich kann es dir nicht sagen. Besser du weißt nicht Bescheid."

„Franziska, es war eine Ausnahmesituation. Du erkennst den Mörder deines Onkels. Du standest unter Schock. Es war Notwehr", protestierte ich. „Er fühlte sich ertappt und hat dich angegriffen."

„Ja." Sie schluckte laut. „Mein Anwalt hat eine erweiterte Obduktion beantragt. Die toxikologische Analyse des Körpers hat ergeben, dass dieser Gabor drogenabhängig war."

„Siehst du. Genau. Der hat sich selber totgespritzt." Meine Analyse war klar, obwohl ich keine genauen Details kannte.

„Wahrscheinlich. Komm, nimm noch ein Croissant."

„Der war ein Dealer, ein Betrüger und ein Junkie. Wie geht es weiter?"

„Ich werde angeklagt. Hier, ließ." Damit hielt sie mir einen bräunlichen mehrseitigen Brief von der Staatsanwaltschaft hin, den sie von ihrem Anwalt zugestellt bekommen hatte. Schockiert überflog ich die wichtigen Stellen.

...... Die Körperverletzung mit Todesfolge wird mit einer Strafe von mindestens drei Jahren Freiheitsstrafe geahndet.
Eine Höchststrafe ist im Gesetzestext nicht verankert.
Allerdings ist der eindeutige Bezug zu den Formen der vorsätzlichen Körperverletzungen getroffen, die in den Paragraphen 223 (leichte Körperverletzung) bis 226a StGB festgelegt sind. Es ist damit unerheblich, welche der

vorsätzlichen Formen verwirklicht wurde. Im Bezug auf die Körperverletzung mit Todesfolge ist vor allem das Resultat der Straftat von Bedeutung. In einem minder schweren Fall kann das Strafmaß für die Körperverletzung mit Todesfolge auf eine Freiheitsstrafe zwischen einem und zehn Jahren herabgesetzt werden.....

„Franziska, das kann nicht sein", rief ich erschrocken und bemerkte, wie ich in ein emotionales Chaos abglitt.

„Wird es auch nicht. Ich habe vorgesorgt. Sie müssten mir die Tat nachweisen. Es gibt keine Beweise. Aber ich hätte sein Handy nicht mitnehmen dürfen. Besser ich hätte vorher die SIM-Karte entfernt, aber ich war total verzweifelt und konnte in dem Moment keinen klaren Gedanken fassen."

„Was ist das für ein Staat, wo die Verbrecher noch gedeckt werden? Ich bin froh, dass er tot ist. Mir ist egal, ob er sich selber umgebracht oder Shanty seine Kontrolle verloren hat."

„Erzähle mir lieber davon, wie es euch ergangen ist. Du musst mir jedes Detail schildern. Die Story bringen wir zusammen ganz groß heraus." Ihre Aussprache klang wieder gefasst. „Du hast einen Orden verdient."

Ich überlegte kurz, räusperte mich und begann, bis mir am Abend die Stimme versagte.

*****

Fasziniert starrte ich am Montagmorgen auf den Bildschirmschoner meines Firmencomputers, wie er aus kleinen Pixeln immer wieder neue Bilder in kürzester Zeit zusammenzaubern konnte, die sich dann wieder wie in Luft auflösten, als das Telefon klingelte.

„Guten Morgen Zven. Kannst Du bitte mal in das Büro von Chrissy kommen", meldete sich die Sekretärin Ann-Katrin. Mich wunderte, dass sich Christine Zielke nicht selber gemeldet hatte, so wie sie es immer tat. Unsere Büros lagen auch nicht ganz weit auseinander und bei FIVE-Star war es üblich, unkompliziert in andere Büros zu gehen. „Jetzt gleich", fügte Ann-Katrin eindringlich hinzu.

Ich hatte die letzte Woche noch nicht verarbeitet. Zu viele Eindrücke, Gefahren und Aktionen waren auf mich eingeprasselt. Ich stand etwas unbeholfen auf und verwarf sofort wieder den Gedanken, dass ich entweder zum Rapport oder *zum Ringe küssen gehen* bestellt würde.

Als ich das Büro unserer Chefin betrat, saß sie an dem kleinen Konferenztisch und erwartete mich schon. Ihr Gesichtsausdruck war streng, was auch durch das dunkle Kostüm verstärkt wurde. Sie schien überarbeitet zu sein. Ihre unüblich fahle Gesichtshaut zeigte Ringe unter den Augen.

„Guten Morgen Chrissy", sagte ich freundlich. Sie bot mir mit einer Handbewegung formal den Sitzplatz gegenüber an.

„Zven, dieses Gespräch fällt mir sehr schwer. Es wird nicht gut sein und wir müssen ernsthaft miteinander sprechen. Auch wenn wir uns viele Jahre kennen und ich deine Arbeit sehr schätze."

„Was gibt es denn?", fragte ich kleinlaut. Lieber hätte ich von dem Budapest Abenteuer mit dem guten Ausgang erzählt, obwohl ich eine Ahnung hatte.

„Du hast ohne Absprache deinen Arbeitsplatz verlassen. Es gab keine Krankmeldung, es gab keinen Dienstreiseantrag. Du warst auch nicht zu erreichen. Was soll das?" So hatte ich Chrissy noch nie erlebt.

„Ich war in Budapest und wir haben mit Hilfe unserer KI eine Betrugsmafia ausgeschaltet." Es war so, auch wenn es unglaubhaft klingt.

„Davon habe ich gehört. Du hast Leonie und Mario angestiftet, mitzumachen. Du hast alle und dich in Gefahr gebracht. Deine Beteiligung an der wichtigen Ausschreibung war grottenschlecht. Und zu guter Letzt hast du unsere BKA Software *TRUTH* für fremde Einsätze missbraucht. Hast du überhaupt die leiseste Ahnung, was passiert, wenn das herauskommt?"

„Ja, aber ..."

„Kein ABER. Die Presse wartet nur auf solche Fehler von einem Unternehmen. Wir sind weg vom Fenster." Chrissy hatte sich in Rage geredet. „Es war so, wie ich es sage. Du hast mich nicht informiert ..."

„Ich habe versucht dich auf dem Handy zu erreichen. Es war immer nur die Mailbox dran."

„Unterbrich mich nicht. Es war keine Nachricht von dir auf meiner Mailbox. Du hast arglistig mein Vertrauen missbraucht. Ich war in London und habe mit unserem Investor *DeepTech* verhandelt. Das war kein Zuckerschlecken. Was glaubst du was jetzt auf uns zukommt?" Mit aufgerissenen Augen starrte sie mich fragend an. „Und ich habe schon einige Kugeln abgefangen, das kann ich dir sagen."

Reumütig saß ich am Tisch, wich ihrem Blick aus und sah auf einen Papierschnipsel auf dem Boden.

„Dein Verhalten muss Konsequenzen haben." Es entstand eine kurze Pause. „Ich habe darüber nachgedacht und bin zu dem Schluss gekommen, mich von dir zu trennen. Du bekommst eine großzügige Abfindung."

Ich war schockiert. Mein Magen zog sich zusammen. Mein Kopf war auf der Stelle leer. Nach meinem Leben, stand nun meine Existenz auf dem Spiel.

„Bitte Chrissy. Ich entschuldige mich für mein Verhalten. Ich habe Scheiß gebaut. Ja – sorry. Ich akzeptiere eine Strafe, oder eine Abmahnung oder irgendwas. Aber bitte keinen Rausschmiss."

Mir kamen Tränen und ich bemerkte, wie meine Lippen zu zittern anfingen.

„Ich habe so schreckliche Erlebnisse gehabt. Ich gehe zum Therapeuten", schluchzte ich. Auf diese unabsichtliche Aufforderung, sich über die letzte Woche zu erkundigen, reagierte Chrissy mit einem längeren Schweigen.

„Okay", unterbrach sie die unangenehme Stille. „Gib mir zwei Wochen Bedenkzeit. Du gehst in eine psychiatrische Traumabehandlung und dann sprechen wir noch einmal miteinander. Wir können uns in Zukunft solche Eskapaden nicht leisten. Die Zeiten stehen auf Sturm. Das solltest auch DU mitbekommen. Also, heute in zwei Wochen. Aber die Entscheidung ist offen. Verlass dich drauf."

Sie schlug mit der Hand auf den Tisch und stand auf. Ohne mich anzusehen, drehte sie sich zu ihrem Schreibtisch um. Ich schlich aus dem großen Büro, packte meine Sachen und fuhr nach Hause. Der Schlag hatte gesessen.

*****

Zwei Wochen später erschien im *Landboten Wetterau* folgender Artikel.

Trauriger Unfall fordert einen Toten

Am Wochenende kam es auf der Landstraße L3134 nach Butzbach zu einem folgenschweren Unfall. In einer Linkskurve verlor anscheinend die Fahrerin bei glatter Fahrbahn die Gewalt über ihren PKW und raste gegen einen Baum. Die Fahrerin Bellina

M. aus Rockenberg war auf der Stelle tot. Sie hinterlässt einen Mann und zwei Kinder im Alter von zehn und zwölf Jahren.

Bellina M. und ihr Mann betreiben einen Bio-Bauernhof mit 40 Rindern und einen Hofladen. Wie es zu dem Unfall kam, ist noch ungeklärt. Die Polizei ermittelt. Bellina M. kannte die Gegend und die Straße sehr gut. Ob sie einem Tier oder einem entgegenkommenden Wagen ausweichen wollte, ist nun im Bereich der Ermittlungen.

18. Das Leben geht weiter

Isabel hatte ihr Kind rechtzeitig in der KiTa abgeben
können, obwohl Carla mal wieder getrödelt und ihre Mütze
versteckt hatte. Die kurze Trennung bis zum frühen
Nachmittag fiel beiden inzwischen etwas leichter. Gehetzt, wie
immer, betrat sie das Gebäude von *ImmoServ*, legte schnell den
Mantel ab, bevor sie das Headset über ihren Kopf streifte. Die
Tage im Call Center waren anstrengend aber nicht eintönig.
Jeder hereinkommende Fall war anders. Kaum war sie
arbeitsbereit, leuchtete auch schon über ihr ein gelber LED-
Streifen auf und gleichzeitig erschien auf ihrem *Customer
Interaction Monitor* folgende Meldung:

Water, Call 24.10.2025, open,
Prio mid, Custom Class A
Service Level 4
74 dB; male; age > 45;
German; drugs!.

„Guten Tag, Isabel von *ImmoServ* begrüßt sie Herr Mario
Suhlmann. Womit kann ich ihnen helfen?" Isabel wunderte
sich über den Eintrag *drugs!*, Was würde nun kommen?
„Hallo Isabel. Nicht erschrecken. Dies war nur ein
Testanruf. Ich bin Mario Suhlmann von FIVE-Star. Wir haben
die neue Software ausgeliefert. Ich hatte mich schon vorher mit
der KI unterhalten. Sie hat meinen sehr emotionalen Anruf
zum Wasserschaden gut bearbeitet."

„Alles klar. Dann bin ich ja beruhigt." Isabel fiel ein Stein vom Herzen.

„Bei Problemen mit den Stimmen oder der Gesprächsführung der KI melden sie sich bitte. Wir arbeiten an einer permanenten Verbesserung."

„Vielen Dank. Das werde ich machen."

„Und noch etwas. Wir haben nun Bruno, eine KI-Stimme, die die Nachtschicht unterstützt. Er kann sehr gut Smalltalk und erarbeitet die wichtigsten anstehenden Aufgaben. Die Liste kann dann in der Frühschicht abgearbeitet werden."

„Dann werden wir ja bald überflüssig, oder?"

„Nein, Bruno ist nur eine sehr gute Unterstützung und er ist twentyfour seven bereit. "

„Dann bin ich ja über den neuen Kollegen beruhigt. Kocht er auch Kaffee?"

„Noch nicht, aber wir arbeiten dran. Nach einer Analyse des Call-Aufkommens wird er starken Kaffee, Beruhigungstee oder einen Pikkolo vorbeibringen. Wäre das was?"

„Oh, wir werden hier Bruno alle lieben."

„Und sonst? Wie geht es an der Wohnungsfront?"

„Herr Suhlmann, was soll ich sagen. Heute früh hatte ich wieder eine Frau, der nun schon zum dritten Mal die Wohnung gekündigt worden ist. Nun fristlos. Bei näherer Betrachtung kam allerdings heraus, dass sie die Miete nie regelmäßig und wenn, dann unvollständig bezahlt hat. Wenn es hart auf hart kommt, gehen diese Leute zum Mieterbund, bekommen Tipps, dass sie die ausstehende Zahlung begleichen müssen und ein paar Monate später geht das Spiel von vorne los. Im Zweifel sind sie mit Attest schwerkrank."

„Und solche Anrufe kommen bei *ImmoServ* an? Die Vermieter haben einen schweren Stand und sie können doch nichts ausrichten."

„Stimmt. Ich höre zu. Hinterfrage. Aber im Grunde geht mich die persönliche Situation nichts an. Die Leute tun mir leid."

„Da kann Bruno natürlich auch nicht helfen. Wir denken mal über eine KI-Software zur Schuldnerberatung nach."

„Das wird der Renner, Herr Suhlmann. Tschau. Ich muss weitermachen.

Isabel drückte die rote Auflegetaste und lächelte stumm.

*****

„Ich bin ihr Super-Host von AirBnB. Natürlich können sie die Wohnung hier mitten in Barcelona sofort mieten. Wir sind direkt in der Nähe der *Rambla de Catalunya*. In zehn Gehminuten können sie die ganze Altstadt erkunden."

Die Frau zögerte keine Sekunde und unterschrieb den Online-Vertrag am Computer.

„Wenn sie das Geld bezahlt haben, dann schicke ich ihnen den Code vom Schlüsselkasten im Hausflur. Bitte nutzen sie unser Konto in der Schweiz. Und noch ein Tipp. Falls sie von den Möbeln oder aus der Küche etwas gebrauchen können, dann machen sie mir ein Angebot. Ich will mich von den Sachen trennen. Da werden wir uns schon handelseinig."

Die Frau bedankte sich über das freundliche Telefonat. Ihre Familie würde sich über eine Woche in Barcelona freuen. Besonders ihren Mann wollte sie zu seinem vierzigsten Geburtstag überraschen. Sie startete die Online-Banking-Seite und überwies 800 Euro in die Schweiz. Für Barcelona war die günstig gelegene Wohnung mit zwei Schlafzimmer ein Schnäppchen. Nun konnte sie endlich die vier Flüge buchen.

Der rechtmäßige ahnungslose Mieter der Wohnung weilte im Urlaub auf den Kanaren und hatte seine Wohnung abgeschlossen verlassen. Auf Facebook hatte er schöne Fotos gezeigt und von sechs Wochen Auszeit gesprochen. Währenddessen war sein Appartement in Barcelona aufgebrochen und das Schloss ausgetauscht worden. Die Anzeige auf AirBnB war immer noch online und der Link auf die externe fremde Seite funktionierte perfekt. Der Fake war bisher nicht aufgefallen.

In Barcelona kamen auf über 1600 AirBnB Kurzzeitvermietungen nur 80 reguläre Wohnungsanzeigen.

Der Kampf der Städte gegen AirBnB
Bauaufsicht jagt AirBnB-Vermieter

*****

Ich weiß nicht, wie es Ihnen geht, aber noch nie in meinem Leben war ich so kritisch gegenüber der Marktwirtschaft, wie heute. Sie erscheint mir kalt und wenig sozial. Durch meine Erlebnisse bekam ich einen ganz anderen Blick. Die Zeitungen und Medien waren in diesem Jahr voll mit Berichten über den Wohnungsmarkt, da es die Regierung versäumt hatte, entsprechende positive Rahmenbedingungen zu schaffen. Knappe Güter zogen Betrüger in diesem umkämpften Markt an. Auch wenn man nur die Überschriften im Internet und den Zeitungen las, wusste jeder sofort was los war.

Wohnungsnot als zusätzliche Jobbremse
Die Mietpreisbremse bremst nicht
Wenn schlichte Büros zu schicken Wohnungen werden
Wohnen für alle bezahlbar? Was dann?
Raus aufs Land statt Wohnungsnot in der Stadt

Steigende Mieten, Spitzen-Renditen
Die Generation „stuck at home"
Boom möblierter Wohnungen hebelt Mietgesetze aus
Krise am Immobilienmarkt: Ein Drama in Zeitlupe.
Wohnungsnot bei Studenten: Semesterstart im
Kinderzimmer
Baugenehmigungen brechen um ein Drittel ein
Neubauziel in weiter Ferne
Luftschloss Wohnungsbau
Jede sechste Wohnung steht leer
Nach Räumung, erneut Krawalle in Leipzig

Ich kann nur hoffen, dass sich die Lage nicht weiter zuspitzt. Wohnen ist ein teures, aber zentrales Grundbedürfnis wie Kleidung und Nahrung. Wohnen steht für Sicherheit, Schutz vor dem Außen, aber auch für einen Raum für persönliche Gegenstände und Erinnerungsstücke. Einen großen Teil unseres Lebens verbringen wir in unserer Wohnung.

*****

Ich habe mit Franziska nie wieder über Details des Vorfalls geredet. Die Erlebnisse saßen tief und das Drama war noch nicht überstanden. Im Grunde hatte ich Angst vor der Wahrheit. Was sollte ich auch machen? Natürlich hielt ich zu ihr.

Sechs Monate später wurde sie angeklagt. Es kam zum Gerichtsverfahren, bei dem sie aus Mangel an Beweisen freigesprochen wurde. Es wurden nur wenige Zeugen vorgeladen. Auf Kevins und Shantys Aussage wollte das Gericht in diesem Verfahren verzichten, der Hausmeister sollte darstellen, weshalb Süchtige ihre Spritzen vor dem Haus entsorgen konnten und drei Wohnungssuchende bestätigten, dass sie Franziska bei dem besagten Termin gesehen hätten. Das war alles sehr dünn, auch weil der Staatsanwalt nicht beweisen konnte, dass Franziska willentlich eine Embolie mit einer Spritze hervorgerufen hatte. Eine mögliche Tatwaffe wurde zwar im Gebüsch vor dem Haus gefunden, allerdings ohne DNA von Gabor und Franziska. Ihr Anwalt hatte einen weiteren Gutachter beauftragt, der Zweifel an dieser Todesursache streuen konnte, da es auch um einen Drogenabhängigen ging.

Franziska half mir in dieser Zeit, diese Geschichte zu strukturieren und gab mir Tipps bei den ersten Formulierungen, die ich dankbar aufnahm. Es war auch unsere gemeinsame Geschichte. Nach ihrem Freispruch, den wir gemeinsam feierten, verkaufte sie als Alleinerbin das Haus ihres Onkels und veröffentlichte im Fernsehen eine beachtenswerte Dokumentation zum kriminellen Wohnungsmarkt in Deutschland, der viele Leidtragende hervorbrachte.

Vielleicht täuschte mich mein Eindruck. Aber ich hatte das Gefühl, dass sich Franziska in diesem einen Jahr sehr verändert hatte. Die Gerichtsverhandlung war nicht spurlos an ihr vorübergegangen und hatte sie härter und in sich gekehrter gemacht, ohne dass sie ihr starkes Selbstbewusstsein in Frage stellte.

Ich hatte sie immer bewundert, wie stark und zielorientiert sie ihr Ego auslebte. Klar hatte sie auch das Bedürfnis, angehimmelt zu werden. Sie war aber genauso emotial zerbrechlich. Diese Kombination zusammen mit ihrem verführerischen dominanten Blick hatten mich gefangen genommen. Der Sex mit ihr war grandios und ich empfand intensive Gefühle. Aber mit der Zeit bekam ich das Gespür der

Einseitigkeit. Bald fühlte ich mich ausgequetscht, wie eine Zitrone. Es ging ihr mehr um sich und nicht um mich oder um uns. Somit war meine Beziehung zu Franziska wie ein Fiebertraum, der auch irgendwann wieder verging.

Leider.

Jetzt, wo ich meine Geschichte nochmal genauer durchgelesen habe, fällt mir doch noch eine kurze Ergänzung ein, die ich Ihnen, lieber Leser, nicht vorenthalten möchte.

Das kurze Auftauchen von Bellina und ihren tödlichen Unfall kommentierte Franziska damals äußerst schmallippig, was auch bei mir Fragen und ein unangenehmes Gefühl hinterließ. Ich erinnere mich nun, dass mein Auto damals eine altersschwache Batterie besaß und der Motor mal wieder nicht anspringen wollte. Ich half Franziska bei kleinen notwendigen Reparaturen am Haus und benötigte ein Werkzeug aus dem nächstgelegenen Baumarkt. Ich nahm damals den Wagen von Franziska, fuhr zum Baumarkt und musste feststellen, dass der benötigte Metallbohrer nicht vorrätig war. Als ich mich in ihren Golf setzte und auf dem Navigationssystem die Adresse eines anderen Baumarktes eingeben wollte, sah ich in der Liste der letzten Ziele eine mir unbekannte Adresse in Rockenberg. Neugierig wählte ich den interessant klingenden Namen aus und es wurde auf dem kleinen Bildschirm eine rote Kreismarkierung nicht weit von Butzbach entfernt eingeblendet. Was Franziska dort gesucht hatte und wann (und ob überhaupt) Franziska dorthin gefahren war, verdrängte ich.

Es gibt Fragen, die besser nie gestellt werden.

Irgendwie habe ich scheinbar mit meinen Frauenbekanntschaften kein Glück. Mit Sylvia, meiner Ex hatte ich wundervolle Jahre und zwei gesunde Kinder, bis mir das APTIL Projekt zum Verhängnis wurde. Zum damaligen Zeitpunkt lernte ich Chrissy kennen. Zwischen uns hat es zu meinem Bedauern nie richtig gefunkt. Ich habe sie immer angehimmelt und mache es immer noch. Sie war eine Nummer zu groß für mich. Darauf folgte meine Freundschaft mit Emma. Das große Glück. Aber ihr Unfalltod hat alle unsere Zukunftspläne vernichtet. Und schließlich Kara, die geniale kühle Schachspielerin, die mich noch heute fasziniert.[1]

Ich wollte immer schon alle Telefonnummern in meinem Handy löschen, aber sie sind immer noch im Kontaktverzeichnis vorhanden. Warum nur?

Alle diese Frauen beherbergen ihr eigenes Geheimnis. Und ich bin immer noch auf der Suche nach dem Schlüssel. Auch Frauen können morden. Vermutlich machen sie es viel subtiler, gewiefter und geplanter als Männer.

ENDE

---

[1] Diese fünf Frauen spielen in den vorherigen vier Büchern eine zentrale Rolle. Für weitere Informationen schauen sie einfach mal unter www.hallmann-autor.de nach oder blättern bis zum Ende. Jedes Buch ist in sich abgeschlossen, allerdings wird die Gründung und der Aufstieg der Firma FIVE-Star beschrieben.

Hauptpersonen

Franziska Giesecke	Nichte von Clemens, Journalistin
Clemens Giesecke	Rechtsanwalt, Rentner
Zven Bergmann	ehemaliger Projektleiter, heute Chief Technical Architect bei FIVE-Star
Ahlem Bakri	Kommissarin
Shanty	Gauner
Kevin	Gauner
Gabor Nagy	Makler (genannt Marvin)

Nebenpersonen

Günter	Freund von Clemens, Kartenspieler
Mario Suhlmann	KI-Experte bei FIVE-Star
Leonie Kleinschmidt	neue Mitarbeiterin bei FIVE-Star
Dr. Kemmer	Arzt, Wohnungseigentümer
Christine Zielke	(gen. Chrissy) CEO von FIVE-Star
Isabel	Mitarbeiterin im Call Center
Tibor und Ilona	Personen in Budapest
Stefan, Jenny	Studentenpärchen
Holger	Schulfreund von Zven
Max Krause	Bauunternehmer
Pavle und Nico	bosnische Brüder
Ann-Katrin	Sekretärin FIVE-Star
John und Sam	Manager bei DeepTech
Sylvia Bergmann	Ex-Ehefrau von Zven Bergmann mit Kindern Ludwig und Agnes
Bellina	uneheliche Tochter

Projekte

AGENT24

KI-Anwendungssystem zur
Unterstützung von Call Centern,
VOICE ist eingebettet.

VOICE

wichtigste KI-Komponente zur
Erkennung von Stimmen und
deren Modulation

TRUTH

KI-Projekt zur Erkennung von
Lügen durch Stimmenanalyse,
VOICE ist eingebettet

Danksagung

Diese Geschichte habe ich über ein Jahr in meinem Kopf mit mir herumgetragen, bevor ich ein Skript und schließlich das Buch verfassen konnte. Je intensiver ich mich mit der Wohnungssituation in Deutschland auseinandergesetzt habe, desto mehr kriminelle Einzelheiten fielen mir ein. Dabei kann ich sowohl den Vermieter, als auch Mieter und Wohnungssuchende gut verstehen. Es ist ein sehr enger träger Markt, der durch die Politik teilweise, aber unvollkommen reguliert wird. Bei Wohnungen existiert durch den enormen Zuzug ein Verdrängungswettbewerb von unten nach oben. Es ist wie Mikado: wer sich bewegt, der verliert. Ganze Wohnviertel ändern ihr Gesicht. Der Erwerb von Eigentum scheint eine Lösung zu sein, allerdings braucht es viel Eigenkapital und die sehr hohen Nebenkosten (Makler, Notar, Grunderwerbssteuer) schrecken ab, obwohl gerade hier der Staat regulierend eingreifen könnte. Einfachere Bauvorschriften mit günstigeren Baukosten würden jungen Familien enorm helfen.

Kurz vor Abschluss des Buches habe ich Portugal und Lissabon besucht. Hier scheint die Wohnsituation noch gravierender zu sein, da die Löhne geringer (22.000€ Brutto im Jahr 2023) sind und durch die von der Regierung forcierten Investitionen der Ausländer den Kauf und die Miete von Häusern haben explodieren lassen. Ein *goldenes Visum* mit Aufenthaltserlaubnis erhält ein Nicht EU-Bürger, wenn er 500.000€ investiert. Hier wurde seit 2012 sehr viel Schwarzgeld gewaschen und billigere Wohnungen zu exakt 500.000€ verkauft. Viele dieser Wohnungen werden dann in Porto, Lissabon und der Algarve über AirBnB für Kurzzeitmiete angeboten und somit dem allgemeinen Wohnungsmarkt entzogen.

Das Interview in Kapitel 8 wurde so ähnlich zwischen Markus Lanz und Heidi Reichinnek (Fraktionschefin der Linken) im ZDF am 30.4.2025 geführt. Das Gedicht „Später" im Kapitel 14 habe ich bei Mandy Schubert in Facebook am 30.07.2024 gefunden.

Diese Geschichte war der fünfte Teil um Christine Zielke und Zven Bergmann. Die Firma FIVE-Star ist vom Start-Up zu einem Global Player aufgestiegen und scheint nun in schwieriges Fahrwasser zu kommen. Ob ich ihre Erfolgsgeschichte noch weiterspinnen kann, entscheidet sich anhand meiner Phantasie. Mein Ziel ist es, spannende Unterhaltung mit einem informativen aktuellen Bezug zu geben. Vielleicht regen die Geschichten auch zum Nachdenken an.

Für Kommentare, Lob, Kritik, Anregungen oder Fragen können Sie mich gerne unter

das_projekt@gmx.net
oder über meine Internetseite
https://hallmann-autor.de

kontaktieren. Vielleicht möchten Sie mir auch schreiben, falls Sie Erfahrungen in den obengenannten Themengebieten gemacht haben. Ich freue mich auf Ihre Zuschriften.

An diesem Buch haben - wie immer - viele mitgewirkt. Bedanken möchte ich mich insbesondere bei meinen Krimikollegen Jenny Roters und Arno Mieth, meinem Golffreund Peter Baum, meinem Studienkollegen Dr. Jürgen Strauß (Doppelkopfspieler !) und meinem Wanderfreund Albrecht Völz, die das Manuskript gewissenhaft geprüft und mir wertvolle Tipps zur Verbesserung gegeben haben. Ich kenne sie alle schon so viele Jahre und wir verbringen viel Freizeit miteinander.

Einen großen Dank gebührt meiner Frau Barbara, mit der ich immer gewisse Handlungen besprechen konnte, obwohl ihr Psychothriller nicht ganz geheuer sind. Daher gab es diesmal einen Kriminalroman. Sie war in der formalen Analyse der Geschichte sehr kritisch. Danke - nicht nur - dafür.

Fast hätte ich noch meine lokalen Autorenkollegen und :innen (sic!) aus unserer Initiative RAUM vergessen. Danke für die reichlichen, immer aufmunternden Nachrichten (per WhatsApp). Ich freue mich schon auf die vielen neuen gemeinsamen Krimilesungen, die immer gut besucht sind. Am besten mit einem leckeren Drei-Gänge-Menü ☺.

So, jetzt ist der Winter endlich vorbei und ich habe die dunkle Zeit mit dem Schreiben gut genutzt. Nun bin ich wieder draußen im Sand beim Beachvolleyball (zweimal in der Woche), auf dem Fairway des Golfplatzes (wenn nicht dort, dann im Bunker oder im Wasser!), im Fahrradsattel, auf Reisen im Wohnmobil (es geht nach Norden) oder einfach nur im Garten (im Kampf gegen den Buchsbaumzünsler !). Der nächste Wirtschaftsthriller kommt also frühestens nach dem nächsten Winter.

Matthias Hallmann
Mai 2025

Über den Autor

Matthias Hallmann ist im schönen Münster/Westf. geboren und hat Informatik und BWL studiert. Nach der Promotion in Informatik arbeitete er in der Softwareindustrie in vielen Führungspositionen. Dabei lernte er sowohl Start-Ups als auch den Mittelstand bis hin zu sehr großen internationalen Konzernen kennen. Die Branchen der Telekommunikation und der  Automobilindustrie haben ihn in den letzten 25 Jahren geprägt. Nachdem er an vielen internationalen Vorhaben und Projekten in den unterschiedlichsten Führungsrollen beteiligt war, hat er das Genre gewechselt: aus Verträgen, Verhandlungen und E-Mails wurden Krimis, Thriller und Lesungen. Seine Erfahrungen hat er in den Büchern aufgegriffen, in denen er dem Leser Einblick in die moderne Wirtschaft und Softwaretechnik gibt, die unser heutiges Leben bestimmen. Der Leser kann den Aufstieg und den Niedergang der Firma FIVE-Star miterleben.

2020 schrieb er seinen Debutroman „DAS PROJEKT", der als Wirtschaftsthriller herauskam. Mit „Operation SCORE 13-4" wurde die Geschichte 2021 fortgeführt, mit „Die Aktie EM" eine weitere Facette der KI-Technologie 2022 beschrieben und schließlich mit „SUDDEN DEATH" 2023 erweitert,

Alle vier Bücher sind unabhängig und in sich abgeschlossene Geschichten, obwohl einige Hauptakteure weiterspielen.

Er wohnt mit seiner Familie in der Nähe von Frankfurt.

Mehr unter: www.hallmann-autor.de

Von Matthias Hallmann ist 2020 das Buch

DAS PROJEKT : Ich hätte. Ich könnte. Ich wollte. - Ich habe!

erschienen.

BoD – Books on Demand

Taschenbuch: 312 Seiten

ISBN-13: 978-3751918961

Zum Inhalt

Das Softwarehaus Curafox hatte bisher mit seinen Kunden immer gut zusammengearbeitet. Aber dann musste mit InfoLogis das verhängnisvolle KI-Projekt APTIL gestartet werden.

Eigentlich bestand das Projekt nur aus einem Vertrag in Papierform. Dafür sollte Software - ein immaterielles Gut - geliefert werden. APTIL war ein Projekt der künstlichen Intelligenz und an sich wertfrei, neutral und unparteiisch. Aber die beteiligten Firmen und Personen hatten bei diesem Geschäft ihre eigenen Vorstellungen, Ideen, Hoffnungen und Ansprüche an das Projekt. Der auf allen Seiten erzeugte enorme Druck lieferte hohes Konfliktpotential. Diese nicht kontrollierbare Gemengelage von unterschiedlichen Erwartungen projizierten sie auf nur eine Person. Die Nerven des Projektmanagers Zven Bergmann hielten dem nicht stand. Er konnte nicht alle Forderungen erfüllen. Er forderte Rache für die erlittenen

Demütigungen und Intrigen. Das tragische Gezerre um Macht und Geld begann und die menschlichen Defizite kamen bis zu einem tragischen Ereignis zum Vorschein.

APTIL stand unter keinem guten Stern und riss alle mit. APTIL hatte alle herausgefordert, aber alle hatten in Fairness und Umgang versagt. Die Schuld war ein Kollektiv.

Von Matthias Hallmann ist 2021 das Buch

Operation SCORE 13-4: Und raus bist du!

erschienen.

BoD – Books on Demand

Taschenbuch: 298 Seiten
ISBN-13 9783753462370

Zum Inhalt

Das Land hat sich verändert! Und dies nicht zum Positiven. Die Selbstmordrate steigt. Die Zahl der Obdachlosen wächst und wächst. Und immer mehr Ehen zerbrechen. Steckt eine geheime unheilvolle Macht dahinter? Und welche Rolle spielst DU dabei?

Christine Zielke ist Abteilungsleiterin in einem Forschungsprojekt der künstlichen Intelligenz und spezialisiert auf die Analyse von Röntgenbildern. Die Softwarefirma Curafox, die auch Cloudservices ihres Rechenzentrums für andere Kunden anbietet, entwickelt und betreibt die Patientendatenbank Doc4Pat. Viele Arztpraxen und Krankenhäuser sind dort angeschlossen. Bei einer Lesung trifft sie zufällig auf ihren ehemaligen Kollegen Zven Bergmann. Beide stellen fest, dass sich auch ihr persönliches Umfeld sehr zum Negativen verändert hat. Nach und nach kommen sie dahinter, was gespielt wird. Sie begeben sich in größte Gefahr, um das Land zu retten. Als sie endlich herausbekommen, wer ihr mächtiger rücksichtsloser Gegenspieler ist, merken sie, was für ein großes Rad gedreht wird.

Alles dreht sich um Geld und den Geheimcode SCORE 13-4. Es beginnt eine verzweifelte Jagd nach der Wahrheit, bis erste Morde geschehen. SCORE 13-4 ist nicht nur für sie eine große Gefahr, auch für DICH.

Von Matthias Hallmann ist 2022 das Buch

Die Aktie EM: Und ich besitze Dich!

erschienen.

BoD – Books on Demand

Taschenbuch: 295 Seiten
ISBN-9783756202775

Zum Inhalt

Stell Dir vor, du wirst beim Pokern von einem Profi ausgenommen und er fordert seinen Gewinn ein. Später findest Du heraus, dass er ein Psychopath ist – aber da ist es schon zu spät. Du musst ihm deine Zukunft abtreten, was er rücksichtslos ausnutzt.

Der Lehrer Tom Eigenstätter hat ein ausgefallenes Hobby: Er studiert Menschen und deren Körpersprache mit ihren kleinen, unbewussten Gesten. Diese sind seine Vokabeln, und wenn er die Grammatik entschlüsselt hat, nutzt er die menschlichen Geheimnisse beim Pokern schamlos aus. Sein letztes Opfer ist Emma. Sie hat im Spiel verloren, und sie weiß nicht mehr, wie sie ihre Schulden begleichen soll. Eine geniale Idee rettet sie – vorerst.

Als sie ihren Plan verwirklicht, gerät sie immer tiefer in die Fänge ihres perversen Gläubigers: sie verkauft sich, ihre Ideen, und ihre Ideale. Aber damit entkommt sie ihm und ihrem Schicksal nicht …

Die Situation wird immer bedrohlicher, und Unbeteiligte, wie der zehnjährige Maksym, werden mithineingezogen. Als dessen krimineller, skrupelloser Vater eine internationale weiterbildende Schule für ihn ausgesucht hat, wird Maksym zum Versuchskaninchen. Doch dort schwebt er bald in Lebensgefahr. Schüler werden im großen Stil von einer Software der künstlichen Intelligenz manipuliert und gesteuert. Alles gerät außer Kontrolle.

Was steckt hinter dem mysteriösem Projekt *SCOUT!*?

Und wie hängt das alles zusammen?

Nur einer durchschaut das Spiel und versucht, Rache zu nehmen. Doch der riskante Plan droht zu scheitern und scheinbare Mitwisser werden brutal ermordet.

Von Matthias Hallmann ist 2023 das Buch

Sudden Death: ..... Deine Zeit läuft ab!

erschienen.

BoD – Books on Demand

Taschenbuch: 310 Seiten
ISBN: 9783758309571

Zum Inhalt

Ein junges Pärchen wird in ihrem Wohnmobil bei einem Ausflug in die Pfalz tot aufgefunden. Alle Wertsachen sind vorhanden, nur Matts Laptop fehlt, auf dem die Ergebnisse eines Geheimprojektes der Firma FIVE-Star liegen, die führend im Bereich der KI ist. Die Polizei ermittelt, kommt aber nur schleppend voran. Schließlich führt eine Spur nach Serbien.

Kara wächst in den Kriegswirren des auseinanderbrechenden Jugoslawiens in einem Kinderheim auf, wo sie durch andere Kinder gemobbt wird. Zufällig erkennt sie im Heim ihre Liebe zum Schachspiel, das ihr eine steile Karriere beschert. Mit ihrer Genialität spielt sie bald hohe Gewinne ein, bis sie eines Tages bei einem wichtigen hochdotierten Schachturnier schmachvoll verliert und damit einer kriminellen Organisation ausgeliefert ist, die sie zum weiteren Erfolg verdammt. Der düstere Schatten aus der Vergangenheit holt sie jedoch ein.

Beide Vorfälle hängen zusammen. Eine große Betrugsmasche wird durch Zven Bergmann von FIVE-Star aufgedeckt, die nicht nur die Schachwelt erschüttert. Bis Zven und seine Chefin Chrissy selber zwischen alle Fronten geraten. Nicht nur ihr Leben steht auf dem Spiel.

Die Zeit läuft gegen sie.

Sudden Death ist allgegenwärtig.